U0887182

These

十三篇

[美]
威廉·福克纳
著
叶紫
译

William Faulkner

Thirteen

浙江文艺出版社
Zhejiang Literature & Art Publishing House

图书在版编目(CIP)数据

十三篇 / (美)威廉·福克纳著;叶紫译. —杭州:浙江文艺出版社,2023.8

ISBN 978-7-5339-7123-6

Ⅰ. ①十… Ⅱ. ①威… ②叶… Ⅲ. ①短篇小说-小说集-美国-现代 Ⅳ. ①I712.45

中国版本图书馆CIP数据核字(2023)第105272号

图书策划 诸婧琦
责任编辑 沈 逸
责任校对 唐 娇
责任印制 吴春娟
封面插画 CiCi Suen
封面设计 董茹嘉
营销编辑 余欣雅
数字编辑 姜梦冉 诸婧琦

十三篇

[美]威廉·福克纳 著 叶 紫 译

出版发行 浙江文艺出版社
地 址 杭州市体育场路347号
邮 编 310006
电 话 0571-85176953(总编办)
0571-85152727(市场部)
制 版 浙江新华图文制作有限公司
印 刷 杭州富春印务有限公司
开 本 880毫米×1230毫米 1/32
字 数 206千字
印 张 9.625
插 页 5
版 次 2023年8月第1版
印 次 2023年8月第1次印刷
书 号 ISBN 978-7-5339-7123-6
定 价 69.80元

版权所有 侵权必究

目录

第一部分

胜利

1

那个潮湿的清晨，在里昂车站看见他从马赛快车上下来的人所看见的是个个子高拔、动作有点僵硬的男人，铜黄的脸，尖翘的八字胡，几乎满头白发。见他一身素净、得体的正装，得体地携着得体的手杖，随身行李又少，他们都说："这是个英国老爷"；"一个军人老爷。但他眼睛有点问题"。可这四年来，欧洲的男男女女，眼睛出问题的大有人在。他们就这么看他往前走去，挺着高出法国人半头的脑袋，眼神憔悴、紧绷，整个人似乎都刻意绷着，但同时也透着股自信；他坐进的士，消失在车站，即便还能在人们心中勾起一些联想，人们也只会觉得："他还能到哪里去呢，不是在公使馆的办公室里，林荫大道的餐桌边，就是在布瓦的马车上和漂亮的英国女士坐在一起。"仅此而已。

而在巴黎北站看见他从同一辆的士上下来的人，他们会觉得"这位老爷正往家赶呢"；替他提包的搬运工用地道的英语问他早安，还说他也马上要去英国，在换来一道刺眼的、多半不出所料的英式目光后，把他安顿在接驳列车的头等车厢。仅此而已。连他在亚眠下车的时候，人们也没多想。英国老爷有时也会这样。只有在罗齐埃尔，他所过之处，人们才注意到他，关心起他来。

暮色里，他坐着一辆租来的汽车，颠过一条残破的街道，街边是残破的屋墙，无门无窗，碎成两排锯齿。不时有坍塌的墙体多多少少地堵在路上，砖石成堆，石缝里还冒着几撮野草；汽车开过空荡、荒芜的庭院，一个院子里停着一辆坦克，哑了，锈了，斜在乱草丛中。这就是罗齐埃尔；他一路不停，因为无人可见，无处可停。

车就这么一颠、一颠，爬出了废墟。裸着泞泥的街道通往一个村子，村里有用粗糙的新砖和铁皮建成的房子，房顶上盖着美国制的油毡。车在最高的房子前停下。房子和街道齐平：砖砌的墙上开着一门一窗，美国造的窗玻璃上写有“饭店”二字。“到了，先生。”司机说。

乘客开门下车，带着行李包、厚大衣和那根得体的手杖。他走进一个相当宽敞却不见摆设的房间，刚刷了石灰的墙壁透着阴冷。房间里有张桌球台子，三个男人在玩。其中一个回头一看，说：

“你好，先生。”①

来客全无回应。他穿过房间，经过镀了锌皮的新吧台，走近一扇开着的门。门后有个女人，看不出年纪，四十上下

① 本篇楷体文字，原文皆为法语。

都有可能，她抵着大腿做着针线，抬头看了他一眼。

“你好，太太，”他说，“睡觉，太太？”

女人瞥了他一眼，瞥得短促、平静。“正是，先生。”她说着站起身来。

“睡觉，太太？”他略微抬高嗓门，胡尖上沾着几豆水露，潮湿掩不住那紧绷而自信的眼神。“睡觉，太太？”

“好的，先生，”那女人说，“好的，好的。”

“睡——”他刚想再试一遍，有人碰了碰他的胳膊，是他进来时从球台边冲他说话的男人。

“这边，英国先生。”男人说。他接过客人的包，另一条胳膊朝天花板一挥。“一间房。”他又碰了碰客人，脸往掌上一贴，眼睛一闭，又朝天花板打了个手势。而后，他穿过房间，走向一道没装扶手的木梯。经过吧台，他顺手拿上一截烛头，在楼梯口点上了烛火（大房间和门后那个女人坐的房间都有灯照着，电线从天花板上挂下，吊着孤零零、赤裸裸的灯泡）。

他们踩着时有时无的人影，登上忽明忽暗的楼梯，走进一条狭窄、阴冷、潮湿，像坟墓一样的走廊。墙面粗糙不平，石灰都还没干透。地板是松木搭的，没铺地毯，也没上油漆。廉价的金属门把手一左一右，成对地闪烁。凝滞的空气像无形的手，压着一汪烛火。他们拐进一个房间，里面比走廊还冷，也蓄着股湿石灰的气味；凝滞的阴寒稠得触手可及，仿佛在死去的内墙与新刷的外墙间，滞留不去的阴气像三分钟速成的专利甜品一样突然凝结。房里有一张床、一张梳妆台、一把椅子和一个盥洗台；碗、水罐和倒残渣的盆子都是美国产的搪瓷制品。客人伸手摸了摸床，亚麻床单不发出声响，糙得像麻袋一样，裹着沉沉死气，潮乎乎地粘着手掌，两人的气息在微弱的烛光里化作缕缕水雾。

店主把蜡烛放在梳妆台上。“吃饭吗，先生?”他说。客人低眼盯着店主，得体的衣装和紧绷的神气格格不入，两撇蜡胶的胡子像刺刀一样闪着微光，衬着颏下的条纹领巾；店主想必不知，这种配色的条纹是苏格兰军团的标志。“吃吗?”他大声问，演哑剧似的使劲空嚼起来。“吃吗?”他几近咆哮，影随手动，指向同一块地板。

“是，”客人大声回答，两张脸相隔不到一码，“是。是。”

店主使劲点头，指指地板，再指指房门，又点了点头，走出门去。

他回到楼下，在厨房里找到了那个女人。女人在炉边忙活。“他吃。”店主说。

“早知道了。”女人说。

“总以为他们会在家里待着，”店主说，“很高兴我不是那种生来就注定要待在一个连自己人都容不下的小地方的人。”

“他可能是来看打仗的。”女人说。

“他当然是来看打仗的，”店主说，“但他四年前就该来了。那才是需要英国人来看打仗的时候。”

“那会儿他也算老了，来不了的，”女人说，“没看见他的头发?”

“那他现在也该待在家里，”店主说，“都这个岁数的人了。”

“估计是来看他儿子的坟的。”女人说。

“他？”店主说，“就他？人冷成这样，哪生得出儿子。”

“有这可能，”女人说，“但那终归是他的事情。对我们来说，他有钱就行。”

“确实，”店主说，“干我们这行，没得挑剔。”

“挑是不行，剔可未必。”① 女人说。

“好！”店主说，“很好！剔他！该让那英国佬也尝尝这滋味。”

“何不等他走的时候再让他尝呢？”②

“好！”店主说，“这样更好。好啊！太好了！”

“注意，”女人说，“他来了。”

客人的脚步越来越近，沉重、平稳，接着，他出现在门口。大房间昏暗的灯光下，他黑着面孔，白着头发，像是柯达底片上的人像。

餐桌上摆着两副餐具，旁边各置一瓶红酒。英国客人刚一入座，另一位客人也走进房间，坐到另一个位置：一个老

---

① 上句中“挑剔”原文为“pick and choose”，“pick”有“挑选”之意，也有“偷窃”之意，店主的话中取“挑选”之意，女人的话中取“偷窃”之意，译文以“剔”字表现，取“刮取（油水）”之意。

② 第一次世界大战持续四年，法国是主要战场，英国军队加入了法国战场，但英国本土并未出现战争；店主和女人是法国人，此处的对话可能意在表现法国人认为英国人占了法国的便宜，所以店主和女人也想占英国客人的便宜，让他“尝尝这滋味”，而且要像法国人在打完仗后才意识到自己被占了便宜一样，让他在退房结账时再让他发现自己被占了便宜。

鼠面相的小个子男人，乍看好像完全没长睫毛。他把餐巾掖进背心领口，拿起长柄汤勺（盛汤的大碗在他俩之间，放在桌心），递给对面的客人。“幸会，先生。”他说。对方僵硬地低了低头，接下了汤勺。小个子揭开碗盖，等对方舀完才拿过汤勺，说：“您是来视察打了胜仗的战场的吧，先生？”对方看了他一眼。“先生，您可能有很多英国朋友就埋在附近。”

“我不说法语。”对方边吃边说。

小个子一愣，还没沾汤的汤匙悬在碗口：“跟我，您说什么都行。我会英语。我是瑞士人。什么都会。”可对方并不回话。他一口一口，不快不慢地吃着。“您是回来给您英勇的同胞们扫墓的吧？可能您儿子也在，是吧？”

“不是。”对方说，嘴里仍吃着东西。

“不是？”对方喝完了汤，把碗放到一旁，又喝了点酒。“太可悲了，多少人没了儿子，”瑞士人说，“好在都结束了。不是吗？”对方又不回话。他始终没看瑞士人一眼。他睁着憔悴的眼睛，生硬的脸上嵌着生硬的胡子，好像什么也没看。“我啊，也遭了罪了。谁都遭罪。但我告诉自己，遭罪又怎么样呢？这是战争。”

对方仍不应答。他一口一口，不快不慢地吃着，吃完便起身离开了房间。他在吧台点起蜡烛，店主倚着吧台，挨着另一个穿灯芯绒外套的男人，冲他稍稍举了举杯。“睡个好觉，先生。”店主说。

客人看向店主，烛光照出他憔悴的面孔，蜡胶的硬胡子撇在颊上，眼睛没在影里。“什么？”他说，“是。是。”他转身走向楼梯。两个男人在吧台边目送，望着他僵硬而从容的背影。

火车开出阿拉斯后，两个农妇的目光不曾离开过车厢里的另一个乘客。这是一节三等车厢（因为这条线上没有头等车厢），她们坐在座上，头裹披巾，腿上支着盖好的篮子，厚实的双手一上一下，静静叠在篮子上，眼看着坐在对面的男人——亮着一头白发，暗着憔悴的铜黄面孔、针一样的胡尖、外国剪裁的衣裤和那根手杖——坐着破旧、油腻的木座，一直望着窗外。起初，她们只是盯着，随时准备转移视线，可见对方似乎全无察觉，她们便抬手遮嘴，咬起耳朵。对方仍没反应，她们很快又低着嗓门，聊出了声，睁大明亮、警觉又好奇的眼睛，望着那副与周遭格格不入，塑像般僵硬的形体稍稍前倾，拄着手杖，望出污浊的车窗，却一无所见，只有偶尔闪入眼帘的残径和人一般高的残桩划裂一块块犁着螺纹、乱无章法的土地，把视线拉向螺心，拉向那一个个用低矮的红漆标牌标出的土墩——神秘、荒凉，怀着一地毁灭。火车放慢了速度，突然开到瓦砾滩上，窗外立着一间用瓦楞铁皮搭起的小屋，上面用大字写着一个名字；男人探身向前，两个女人目不转睛。

“看！”一个女人说，“看他的嘴。他在念那个站名。刚才我说什么了？就和我说的一样。他儿子就死在这里。”

“那他肯定有很多儿子，”另一个女人说，“我们离开阿拉斯以后，他一次一次，念了多少站名。欸！欸！他有儿子？这么冷冰冰的……”

“冷归冷，他们还真有孩子。”

“所以才离不开威士忌了。要不然……”

“是啊。这些英国人，满脑子钞票、吃喝。”

不久，她们到站下车；车继续前行。其他乘客拥进车厢，是另一些靴上沾满泥巴的农民，有的挎着篮子，有的带着或死或活的牲畜；火车穿越毁坏的大地，经过一个个在废墟般的瓦砾滩上用砖头或铁皮搭成的车站，接上一拨又一拨乘客，他们将一阵又一阵注视投向那个一动不动，生硬地俯在窗边的形体，投向念出站名的那一瞬间他双唇的颤动。“看来他终于听说了这场仗呢，让他好好看看。”车厢里发出议论。“看完了还有家回。仗又不是在他家的场院里打的。”

“也不是在他家的房子里打的。”一个女人说。

2

全营士兵列队稍息，站在雨里。他们在临时营地休息了两天，换洗了装备，补足了缺员，整顿了队伍，此刻正面朝浑身淌水的军士长，像驯服的蠢羊一般在永无休止的雨中列队稍息。

很快，上校从广场对面的一扇门里现身。他在门口站了片刻，扣紧了军用雨衣，然后在两个副官的随同下，小心翼翼地把擦得锃亮的皮靴踩进泥里，朝这边走来。

“检阅——立正！”军士长大喊一声。队伍发出一阵咔嗒阴沉的闷响。军士长转身迈出一步，向军官们敬礼，手杖夹在腋下。上校倏地用手杖指指帽檐。

“都有，稍息。”他说。队伍又发出一阵哗啦慵懒的细响。军官们走向一排首列，军士长跟到最后一名军官身后。一排的中士向前一步，抬手敬礼。上校毫无反应。中士跟到军士长身后，一行五人步过连队前排，依次审阅着每一张表情生硬、直视前方的脸。一连。

中士朝上校的后背敬了个礼，回到原先的位置，挺胸立正。二连的中士向前一步，敬礼，不见回应，照例跟到军士长身后，一行五人步过二连前排。雨水顺着上校的雨衣哗哗流向锃亮的皮靴。地上的泥浆爬上靴子，和雨水相遇，又随流而下，刚回到地上，便再次抬头，一道道爬上锃亮的靴面。

三连。上校在一个士兵前停下，雨衣在他肩上隆起双峰，雨水从帽背上淌下，让他看上去像只脾气暴躁、怒不可遏的大鸟。两个副官、军士长和中士也相继停下，五双眼睛直盯着眼前的五个士兵。五个士兵表情生硬，一眨不眨地直视前方，脸像木雕的脸，眼像木刻的眼。

“中士，”上校用耍性子似的声音说，“这个兵今天刮脸了没？”

“长官！”中士响亮地说；军士长也说：

“这个兵今天刮脸了吗，中士？”这时，五双眼睛都等着这个士兵，他生硬的目光似乎穿透了他们，好像他们都不在眼前。“在队伍里说话要向前一步！”军士长说。

一言未发的士兵踏步出列，一泼泥浆溅起，飞得比上校的靴筒还高。

“你叫什么名字？”上校说。

“024186 格雷。”士兵流畅利落地报上编号姓氏。全连、全营的目光都直直打向前方。

“叫长官!”军士长大喝一声。

“长——官。”士兵说。

“今早你刮脸了吗?”上校说。

“没有，长——官。”

“为什么不刮?”

“我不刮脸，长——官。”

“你不刮脸?”

“我没到刮脸的年纪。”

“叫长官!”军士长大喝一声。

“长——官。”

“你没到……”上校的声音没入躁怒的目光，被帽檐上淌下的雨水挡住。“记他的名，军士长。”说完，他继续向前走去。

全营目视前方，面容生硬。很快，上校、两个副官和军士长，一列五人，又重新步入全营的视野。军士长在恰当的位置立定，朝上校的后背敬礼。上校很快抬了抬手杖，脚下没停，两个副官紧随其后，朝广场对面他出现的地方小跑而去。

军士长又面向全营。“检阅——”他大喊一声。一种无影无形的动作——一瞬无影无形，孕育着那阵潮湿、阴沉且生而隐灭的声响的前奏，在队伍间传递。军士长松了腋窝，降下手杖，像军官一样拄着。他站了一会儿，目光扫过队伍前排。最后，他说:

“坎宁安中士！”

“长官！”

“那个兵你记名了吗？”

接着是片刻的静默——比一瞬稍长，比一阵稍短。然后，那中士说：“哪个兵，长官？”

“你的兵！”军士长说。

全营士兵生硬地站着。雨水如根根细矛，悄无声息地戳进军士长和队伍前排之间的泥地，像已筋疲力尽，不堪匆忙，也难再收止。

“你那个不刮脸的兵！”军士长说。

“格雷，长官！”中士说。

“格雷。跑步出列。”

这个叫格雷的兵不紧不慢，踏着重重的步子，面无表情地跑出队列，经过队伍前排，身上的苏格兰短裙黯淡、潮湿、沉重，像层湿透的马毯。他停步立定，面向军士长。

“今早你为什么没有刮脸？”军士长说。

“我没到刮脸的年纪。”格雷说。

“叫长官！”军士长说。

格雷的目光越过军士长的肩膀，生硬地打向前方。

“和一等士官长讲话，要叫‘长官’！”军士长说。格雷的目光越过他的肩膀，固执地打向前方，无舌软帽下的面孔像花岗岩一般，对冰冷的雨矛全无知觉。军士长提起嗓门：

“坎宁安中士！”

“长官！”

“这个兵，再记名一次，违抗命令。”

“明白，长官！”

军士长又看向格雷：“老弟，我保证惩戒营里有你的位置。入列！”

在军士长的注视下，格雷不紧不慢地转身归队，回到自己的位置。军士长又提起嗓门：

“坎宁安中士！”

“长官！”

“命令你记他的名，你什么也没记。再有这样的情况，就记你自己的名。”

“明白，长官！”

“继续！”军士长说。

“可你为什么不刮？”回到临时营舍，同班的下士问他。营舍是一座石筑的谷仓，里面暗无光照，墙上像害了麻风一样爬满了白斑；他们围着一只冒浓烟的火盆，蹲在湿草堆上，呼吸着氨臭刺鼻的空气。“你知道早上要检查。”

“我没到刮脸的年纪。”

“可你知道检阅的时候上校会注意到你。”

“我没到刮脸的年纪。”格雷重复了一遍，口气平静、固执。

3

“两百年来，”马修·格雷说，“除了星期天，哪天没有打格雷家钉子的船在克莱德建造起来，哪天没有钉格雷家钉子的船开出克莱德河口。”他低头透过钢边眼镜看向小亚历克。“哪怕是他们那罪恶的，不让敲锤拉锯的安息日到了，也是一样。如果一天要造一艘船，格雷家就造得出来。”他补充道，话里透着阴郁的傲慢。“现在也是，等你到了年纪，你就跟你爷爷和我到船厂里去，到男人里去当个男人，顶个位置，像男人一样用锤子锯子去赢得信任。”

“行了，马修，”老亚历克说，“这孩子，他现在锯得就一点不歪，一天钉的钉子也能跟你甚至我一样多了。”

对他的父亲，马修并不理会。他透过镜片望着他的长子，继续一词一句，慢慢说出他深思熟虑的教诲：“约翰·韦斯利还差两岁，小马修还差十岁，你爷爷也快要老了——”

“行了，”老亚历克说，“我还不到六十八呢。你大概想告诉这孩子，他到伦敦去走他一遭，回来就要到教区养老院去找我了是吗？不会，到圣诞假期，仗就打完了。”

“完与不完，”马修说，“格雷家的船匠都不必去打英格兰人的仗。”

“得了吧你。”老亚历克说。他起身走向壁炉边的柜子，回来时手里拿着一只盒子。一只上了年头的深色木盒，被擦得光亮，四角上包了铁皮，盒口封着一把硕大的铁锁，小孩用发卡一掏就能打开。他从袋里摸出一把几乎和锁一样硕大的铁钥匙。他打开盒子，从盒里小心提出一只裹着天鹅绒布的小珠宝盒，再小心打开。盒里的缎垫上躺着一枚勋章，一枚小小的铜章，配着深红的绶带：维多利亚十字勋章。“你西蒙叔叔去给女王出力，得了这一小块铜牌的时候，我就守在这里，让船不停开出克莱德去，”老亚历克说，“也没听有谁说三道四。必要的话，亚历克去给女王出力的时候，我也会守着，让船不停开出克莱德去。让孩子去吧。”说完，他把勋章放回木盒，重新锁好。“打一打，伤不着孩子。我要是他这岁数，或者你这岁数的话，要打，我也会去。亚历克，你听好了，孩子。我硬朗着呢，可你知道，我这六十八岁的小子，他们不会要了，不然，我就跟你一起去打，让马修这样的老家伙留下，在这儿拼命干活。好了，马修，别碍着孩子，女王有难，格雷家什么时候不出力了？”

于是，在一个普通的工作日里，小亚历克穿着最漂亮的衣服，带着扎在手巾里的《新约》和一块家烤的面包下山入伍。而这一天，也是老亚历克的最后一个工作日，因为紧接着有一天早上，马修便独自下山，到船厂工作，把老亚历克留在了家里。从那以后，只要天晴，他就裹着长巾，往门廊上的椅子里一坐，望着东南方向，不时冲屋里的儿媳嚷着：“快听。你听见没？那炮声。”（有时哪怕天气不好，他也会坐着，直到被儿媳发现，赶进屋里。）

儿媳会说：“我什么也没听见。就是金基德湾的海浪罢了。快进屋吧。马修会不高兴的。”

“行了，你这女人。你觉得格雷家的男人在这世上放了一炮，我会听不出来？”

格雷入伍不久，他们便收到一封从英格兰写来的信。信里他说，在英格兰当兵和在克莱德河边当船匠不同，还说过一阵他还会写信。于是，每隔一个月左右，他就有信写来，说当兵和造船不同，天还在下雨。接着，一连七个月，他们没再收到来信。但他父母没有停笔，仍在每月的第一个星期一联笔去信，每封信的内容都几乎和前一封甚至前十封一样：

> 我们都好。船在不停开出克莱德去，开得比他们炸得更快。你的《圣经》还在吗？

——先是他父亲的字迹，劲大势缓，刚硬工整。接着是他母亲的话：

> 你好吗？有什么需要吗？我和杰茜在织长袜，会寄去给你。亚历克，亚历克。

收到这封信时，他正在惩戒营里接受七个月的惩戒，他还没把这事告诉家人，信先到了之前同班的下士手里，才转交给他。他蹲在泥里，蜷在同营受罚的战友间，把报纸扣进军服，用扯成条子的毛毯包住头脚，写了回信：

> 我很好。是的，《圣经》还在。（没说他排里的人一直用书纸点烟，《耶利米哀歌》都早已撕完。）还在下雨。向爷爷、杰茜、马修和约翰·韦斯利问好。

然后，七个月到，惩戒结束。他回到原先的连，原先的排，看到一些新面孔，收到一封信：

我们很好。船还在不停开出克莱德去。你又有了个妹妹。你母亲很好。

他折起信收好。“我看见营里有很多新人，”他对下士说，“我看，是不是也有新军士长了？”

“没有，”下士说，“还是原来那个。”他看着格雷，目光专注，像在揣摩什么；格雷的脸刮得干干净净。“今早你刮了脸了。”他说。

“是，”格雷说，“我到刮脸的年纪了。”

那天晚上，全营正准备开拔，向阿拉斯进军。午夜就要出发，他立刻写了回信：

我很好。向爷爷、杰茜、马修、约翰·韦斯利和小宝宝问好。

“早！早！”将军盖着膝毯，套着兜帽，从停在路上的车里斜出身子，朝埋头苦行，取路沟而过，经巴波姆向北进军的部队挥起戴着手套的手，高兴地喊着。

“是个快乐的老家伙。”一个声音说。

“军——官——嘛，”第二个声音拉着调说；接着，他一个趔趄，一屁股跌进油般黏滑的泥浆里，手使劲扒着深有一膝的路沟的顶沿，嘴里咒骂起来。

“反正，”第三个声音说，“军官也得打仗，我看他也得去。”

“那他们怎么还没去呢？”第四个声音说，“他朝的方向可没仗要打。”

他们一个排、一个排地滑进或跳进沟里，从泥浆里拔出沉重的双脚，一步、一步，经过将军的汽车，无比艰难地爬回山巅似的路面。“他跟我说，他说：‘德国佬有门新炮要运到巴黎。’他说。我跟他说：‘这算什么，他们还有门能轰了我们指挥部的炮呢。’”

“早！早！”将军继续挥动手套，高兴地喊着；部队继续绕道进沟，涉泥攀坡，再返回路面。

他们摸进壕沟，一枪未开，直到第一发枪弹在眼前炸开。格雷是三号尖兵。此前，他们趁着照明弹投下的一阵、一阵光亮的间隙，从一个弹坑爬到另一个弹坑，格雷想方设法，紧跟在军士长和一名军官身后；军官领着他们朝铁丝网上的一处缺口爬去，在那第一发来复枪弹的光闪中，他看见了那个缺口，看见被乱弹刮掉泥巴和铁锈的铁丝网上微微亮着的冷硬的光点，看见军士长高大的身影衬着光幕一跃而下。于是，格雷也挺出刺刀，弹进沟里，沟里咕噜咕噜，一通吼嚷，伴着砰砰炸响。

照明弹开始一打、一打升空；在惨白如尸的光亮中，格雷看见军士长有条不紊地把一颗颗手榴弹扔进下一段土护墙里。他经过正弓腰折身，倚着射击踏台的军官，朝军士长跑去。军士长已转进墙后，不见人影。格雷紧紧跟上，贴到他背后，见他正侧着身子，一手抓住掀开的麻布遮帘，一手抄着手榴弹，准备往地洞里扔，像要往地窖里扔橘子一样。

光亮向天空蹿去，军士长回身一看。“是你，格雷。”

他说。地下传来砰的一声闷响；没等军士长从挂在脖子上的麻袋里抓出另一颗手榴弹来，格雷的刺刀就捅进了他的喉咙。军士长魁梧有力。他向后一仰，双手抵喉，把住伸到眼前的枪管，咧嘴吐着狠白的牙光，想把格雷拉到身旁。格雷扯紧枪腰。他扭扭刀柄，试着抖开那具戳着刀刃的身体，像要抖掉一只扒着伞骨的老鼠。

他拔出刺刀。军士长倒在地上。格雷倒转枪身，握住枪头，拿枪托朝军士长脸上猛捶，可沟里的泥地太软，完全吃不住力。他瞪眼看向四周，目光扎中一块翘在泥里的铺道板。他拔出板来，横着一塞，垫起军士长的脑袋，再一下、一下，拿枪托捶他的脸。身后，第一段土护墙间，军官正大声喊着："军士长，吹哨！"

4

嘉奖令里讲到，在一次夜袭行动中，列兵格雷，作为四名生还者之一，如何在军官负伤、士官全员阵亡之际及时把控形势，肩起指挥重任（本次行动旨在快速突袭，营救战俘），并在敌军前线守住一处据点，直到后援火力抵达，从而巩固了我军阵地。军官回忆了格雷如何发出指令，让其他人先行后撤，完成自救，又如何端着一挺德国机枪从某处现身，在三个战友垒起屏障的同时扑到军官身边，拿起他的维利式信号枪，把召唤进攻火力的彩色信号弹打向高空；一切都干脆利落，没等敌人策动反攻，撒开火力网，支援就到了。

至于他家人是否见过这份嘉奖令，就很难说了。不管见没见过，他住院养伤期间，家中来信的中心思想都和原来一样："我们很好。船还在不停开出河去。"

在伦敦的病床上躺了几个月后，他才重新坐起身来，给家里写信：

> 我病了，但现在好起来了。我也得了条带子，跟那盒子里的很像，但不是全红。当时女王也在。向爷爷、杰茜、马修、约翰·韦斯利和小宝宝问好。

回信是星期五写的：

> 你母亲很高兴你好起来了。你祖父死了。宝宝的名字叫伊丽莎白。我们很好。随信寄去你母亲的爱。

他的下一封信写在三个月后，又一个冬天：

> 我的伤好了。我准备去上军官学校。向杰茜、马修、约翰·韦斯利和伊丽莎白问好。

面对这封来信，马修·格雷陷入了沉思，一思就是好一阵子，本该在第一个星期一写出的回信拖到第二个星期一才写，晚了整整一个星期。他写得非常认真，等全家都睡了才开始动笔。信写得很长，或者说，他写的时间很长，一直写到他妻子披着睡袍走进房间。

“回去睡觉，”他对妻子说，“我很快就来。有些话得讲给那孩子听听。”

最后，他放下笔，靠向椅背，拿起信纸要通读一遍的时候，纸上已写下了一封长信，信里的字写得很慢，含着斟酌，没有涂抹、删改：

> ……你那条绶带……那就是虚荣和自负。让你想当军官的虚荣和自负。永远别弄错你的出身，亚历克。你不是什么绅士。你是个苏格兰船匠。如果你祖父还在，他也肯定会这样告诉你的……你的伤好了，我们都很高兴。随信寄去你母亲的爱。

他把勋章寄回家里，随信附了一张穿上肩头有星、胸前有带、袖口绣着条纹的新军装后拍的照片。春天，他回到佛兰德斯，正逢红罂粟在被炮火搅烂的卷心菜和甜菜地里绽开。轮到休假，他便在伦敦待着，到军官常去的地方转悠，从没告诉家人他还有假可度。

他还留着那本《圣经》。偶尔，在私人物什里摸到它时，他会翻开那皱巴巴的，改变他人生的一页：……一个声音说，彼得，振作起来；杀死——

他的勤务兵经常看见他不知不觉地翻开书来，对着那皱巴巴的一页沉入默想——这个士兵出身的军官，憔悴、孤单，一张不显年纪，又或缺乏年纪的脸：清醒、严肃，深邃而成熟的平静，每一个表情、动作都攥着一股庄重而从容的确信（传令兵说："像是黑格①本人一样。"）。此刻，勤务兵望着他坐在干净的办公桌前，平稳而缓慢地运笔写字，却又写得像小孩一样敷衍：

我很好。两星期没下雨了。向杰茜、马修、约翰·韦斯利和伊丽莎白问好。

四天前，这个营的将士从前线撤返。营里损失了少校、两名上尉和大部分中尉，于是，活着回来的上尉成了少校，连队由两名中尉和一名中士统领。同时，部队吸收了补员，又重新满编，将于次日出发再战。所以，这一天，K连全体站好队列，接受检查，代职上尉的（格雷）中尉慢着步子，依次走过每一个排的前排。

他一个兵、一个兵地检查，查得缓慢、仔细，中士跟在他身后。他停下脚步，说：

"你挖壕沟的工具在哪儿？"

"它炸——"士兵刚一开口，便咽了回去，目光生硬地看着前方。

"炸出背包了，是吗？"上尉替他说完，又继续发问，"什么时候？这四天里你打过仗了？"

士兵直视前方，生硬的目光穿过静息的街道。上尉迈步往前："记他的名，中士。"

---

① 道格拉斯·黑格（Douglas Haig，1861—1928），英国陆军元帅、军事家，一战时曾任驻法英军总司令。

他往前走到二排、三排，接着又停步站定，上下打量起眼前的士兵。

“你叫什么名字？”

“010801 麦克兰，长——官。”

“补员？”

“补员，长——官。”

上尉继续往前：“记他的名，中士。枪上很脏。”

夕阳西下。村子衬着余晖，显出黑色的轮廓；河水粼粼，映着火红的霞光。河上跨着石桥，桥像黑色的拱门，顶上缓缓有人走过，像用黑色纸片剪出的形体。

战斗分队蹲在路边的沟里，上尉和中士从低矮的挡墙后冒出脑袋，小心地观察。“你看得清吗？”上尉小声问。

“是德国佬，长官，”中士悄声回答，“我认得他们的头盔。”

接着，等那支纵队从桥上通过，上尉和中士爬回分队所在的水沟。队里有个头缠绷带的伤员。“别让他出声，准备。”上尉说。

他带队沿水沟行进，直抵村子周边。四下一片昏暗，他们围着伤员，静坐在一堵墙下，上尉和中士又匍匐而去。五分钟后，二人归队。“上刺刀，”中尉低声下令，“别出声，准备。”

“要我陪那受伤的哥们留在这儿吗，中士。”有人悄声问。

“不，”中士说，“赌个运气，带他一起。前进。”

他们跟在上尉身后，蹑着脚步，沿墙根潜行。墙向连着桥路的街道靠近，与街道垂直。上尉举手示意，从墙角处探头窥察。他们停在墙边，望着他的后背。他们正对着村口的桥头。桥头、路上，都不见人影；村子在夕阳下静静入梦。背后是回撤的纵队扬起的沙尘，灰土浮向傍晚的夜幕，染上一片金红。

突然，他们听到一个声音，一个短促的喉音词。不到十码开外，横着一截面向桥头、高不过胸的断墙，墙后有挺机枪，周围蹲着四个敌兵。上尉又举了举手。他们抓起步枪：鞋钉打在鹅卵石上，一阵叮咚；一波错愕的叫喊戛然而止；嘭嘭拳响，急促、粗重的喘息，咒骂；没有枪声。

头缠绷带的伤员尖声大笑起来，直到有人用染着铜味的手捂住他的嘴巴。依上尉的指令，他们撞开那栋房子的门，把机枪和四具尸体拖进屋里。他们把机枪扛到楼上，架在一个窗口，枪头自上而下，对准了桥头。残阳西沉，长影悄然落下，越过村子与河流。头缠绷带的伤员叽里咕噜地自言自语起来。

另一支纵队顶着煤斗式头盔翻上桥面，步伐坚定、整齐地过桥而来，穿过村子。一个分队从纵队尾部脱离，分成三个小队。其中两个小队配了机枪，两挺机枪分别架在街道两侧，近处的机枪架在一道街垒后面，所在的位置正是刚才那挺机枪被缴获的地方。第三个小队带着工兵的工具和炸药回到桥上。中士从十九个兵里调出六个，一声不出地走下楼梯。上尉留在窗口，把着机枪。

很快，又是一阵叮咚、一通乱响、一顿捶打。上尉从窗口看见，对街的小队脑袋往右一转，枪口往右一摆，机枪嗒嗒开火。上尉扣动扳机，冲他们一通扫射，顺势又扫向桥面，看着桥上的小队像一窝鹌鹑一样散向最近的护墙。上尉锁定他们，一一打击。他们撒腿狂奔，一一蔫下，变成一个个黑点，一动不动地定在白色的路上。接着，他拉回枪头，对准对街，打哑了那挺机枪。

他发出又一道命令。除了缠着绷带的伤员，剩下的士兵都跑下楼去。一半跑到窗底，拖转机枪。另一半冲向对街，去夺另一挺枪，但冲到一半，那枪咔咔响起，几人不及收步，一齐倒在地上，裙尾往前一翻，亮出几双灰白的大腿。门前的走道上，没等另外几人掀掉挂在机枪上的尸体，子弹便从对街飞来。上尉再次朝对街扫射，窗户左边啪啪喷起沙土，他的机枪咚咚响起金属碰撞的声音，一线灼烫划上他的胳膊，从肋间穿过，窗户右边又喷起沙土。他又是一顿扫射，打哑了那挺机枪。但他仍不罢休，继续朝机枪周围的土堆开火，枪声响了许久。

昏暗的大地咬向落日。街道罩入影中；最后一缕光线横进屋里，随即消散。他身后的伤员裹着沉沉暮气，大笑起来，接着那笑声又没入平静而满足的呓语。

就在天黑以前，又一支纵队从桥上通过。光线尚且还照得出这批军人身上的卡其军服和平顶钢盔。可照得出，也大概没人看得见了：一支分队登上二楼，找到了支在窗口的上尉，他身边的机枪冷了，他们以为他已经死了。

这一回，马修·格雷看到了嘉奖令。有人从《公报》

上剪下它来，送给了他，他又把它寄给医院里的儿子，并附信一封：

……既然你一定要去打仗，我们也很高兴你表现得不错。你母亲觉得你已尽了本分，该回家来了。但这些事情女人不懂。我自己倒觉得，这仗也是时候停了。工钱多有什么用呢，吃的贵成这样，除了投机的商家，谁也赚不到钱。打仗打到赢了的一边都没法让老百姓过上好日子了，就是时候停了。

5

下床前和他邻床，下床后又在拦着长玻璃的阳台上和他邻座的伤员，是一名中尉。他们常在一起聊天。更确切地说，大多数时候，是中尉说话，格雷听着。他说起和平，说起打完仗后的计划，说得好像仗已打得差不多了，过不了圣诞就会结束。

“到圣诞我们就该回去打了。”格雷说。

“中毒的人呢？中了毒气的人都不会被送回去打了。得把这些人治好。”

“我们会好的。”

“好了也来不及了。圣诞就结束了。不会再打一年。你不信我，对吧？有时候我觉得你是想回去打。但不会再打下去了。到圣诞就完了，完了我就出发。去加拿大。家里是什么也没了。”他看着身边的伤号，看着那具憔悴、消瘦，几乎满头白发，闭眼躺在秋日阳光下的形体。“你最好跟我一起。”

“圣诞那天我到日旺希和你碰头。”格雷说。

但他没去。十一月十一，他人在医院，听了钟声①，圣诞节当天，他哪儿也没去，在医院收到一封家信：

> 现在你可以回家来了。现在回来也不算早了。现在他们会比以往任何时候都更需要船，虚荣和骄傲，有这心也没那劲儿了。

军医乐呵呵地跟他搭腔。“去他妈的，明知道德文郡有个能听到夜莺唱歌的地方，还困在这里，哎！”他捶了捶格雷的胸，“没什么事了：就一点点杂音。没什么影响，只要从现在开始，别再往战场上跑。有点杂音也好，就当提个醒了，想打也打不了了。”他略一停顿，等格雷发笑，但格雷没笑。“不过，都结束了，去他妈的。来，在这儿签个名吧。”格雷签上名字。“但愿你忘了这一切，开始得多快，就忘得多快。好了——”他伸出手，露出那副消过毒似的笑容，“开心点喽，上尉。祝你好运。”

早上七点，下山而来的马修·格雷看见了他：一个脸上

---

① 1918 年 11 月 11 日，第一次世界大战停战协议签订，教堂鸣钟庆祝胜利。

染着病色，身上穿着城里人的衣服，手里拿着手杖的高个男人。他停下脚步。

“亚历克？”他说，“亚历克。”他们握了握手。“我都认不出——我没……”他望着他的儿子，望着那一头白发和两撇蜡胶的胡子。“现在你有两根带子能放进那盒子里了，你信里说了。”说完，还是早上七点，马修又转身上山。“我们去找你母亲。”

短短一瞬里，亚历克·格雷似乎回到了从前。也许，是他以为自己走了很远，其实还不够远；也许，是他一直在爬山的缘故，他这次回家，与其说是一次回归，不如说是一场离爆发只差最后一颗卵石触碰的山崩，尽管很快他又会离开。“船厂，父亲。”

他父亲提着饭盒，坚定地跨步向前。“那个再说，”他说，“我们去找你母亲。”

他母亲在家门口见到了他。在他母亲身后，他看见了长成小大人的小马修，看见了约翰·韦斯利，看见了从没见过的伊丽莎白。“你没穿制服回来。”小马修说。

“没，”他说，“没，我——”

“你母亲之前一直想看看你一身军装的样子来着。”他父亲说。

“没有，”他母亲说，“没有！从来没有！从来没有！”

“好了，安妮，”他父亲说，“是上尉了，有两根带子能放进那盒子里了。这就是假谦虚了。你表现出了勇气，应该穿上——但现在也不是时候：对格雷家的男人来说，一套工服、一把锤子，才是像样的制服。”

“是，长官。”亚历克说。他早已知道，没人有什么勇气，但他也知道，人走在街上，脚底一空，踩进开着口子的窨井里时，谁都会像瞎了眼睛一样跌跌撞撞地抢一口气，充个猛汉。

那天夜里，等他母亲和三个小孩都睡下，他才告诉他父亲：“我准备回英格兰工作。那边答应我了。”

“啊，”他父亲说，“或许，是在布里斯托尔？那边也有船厂。”

灯光晕开，拉长微暗的光指，伸向壁炉架上的黑盒，轻抚着光滑的盒面。一阵风刮起，掏空了星光鸟影，留下一口昏暗的夜“碗”，在暗淡的空间里雕出房子、山丘和岬角的轮廓。“天一亮，这风就过了。”他父亲说。

“也有其他原因，”亚历克说，“你知道，我交了朋友。”

他父亲摘下铁框眼镜：“你交了朋友。我看，是军官之类的朋友？”

“是的，长官。”

“有朋友是好事，夜里能围着炉子坐下聊天。但朋友归朋友，世上只有爱你的人才容得下你的过失。你得真心爱一个人，亚历克，才能忍受他带给你的所有苦恼。”

“他们也不是那种朋友，长官。他们……”他就此打住，没看他父亲一眼。马修坐在那里，缓缓用拇指擦着眼镜。风呼呼响起。“如果这次不行，我就回来到船厂干活。”

他父亲缓缓擦着眼镜，面色严峻地凝望着他。“这样可当不了船匠，亚历克。要敬畏上帝；作为船匠，船就是你自己的身体，把肋板当作你自己的肋骨，去一根一根安好……”说着，他挪了挪身子，“看看书里是怎么说的。”他重新戴上眼镜。桌上摆着一本厚重的铜皮《圣经》。他翻开《圣经》；经文似从纸页上升起，迎向他的目光。但他还是大声读了出来：“……千夫之长和万夫之长……”一段关于骄傲的训诫。他转过脸，低下脖子，透过镜片望向他的儿子。“那么，你要到伦敦去了？”

“是的，长官。”亚历克说。

6

他的职位在伦敦等他。他将坐到一间办公室里。他已提前做好了名片：“亚历克·格雷上尉，军功十字勋章，战时优异战功勋章。”一回伦敦，他就加入了军官协会，开始捐助孤儿遗孀。

他住在像样的地段，有几间屋子，上下班都靠步行，时时揣着名片，撇着蜡胶的胡子，穿着素净、得体的衣服，用一种难以模仿的姿态，神气却不招摇地携着手杖，把铜板分给皮卡迪利大街上的盲人和伤残者，问他们原来在哪个军团服役。他每月给家里写一封信：

> 我很好。向杰茜、马修、约翰·韦斯利和伊丽莎白问好。

他回伦敦工作的第一年里，杰茜结婚了。他紧紧腰包，动了积蓄，送了她一套上档次的餐具。他一直在存钱，但不是为了养老；他坚信大英帝国会给他养老，根本不用他自己花钱，他像一个女人、一个新娘一样，彻底把自己交给了国家。他之所以存钱，是因为将来某天，他会重渡英吉利海峡，回到那些深深埋葬在他失而复得的生命中的场景里去。

这是三年后的事了。当时，他正打算告假一阵，谁料有一天，没等他先开口，经理倒提起了这事儿。于是，他带上一只得体的包，起程去了法国。但到了法国，他并未立刻东转，而是一路向南，去了里维埃拉，在那儿住了一个星期，一个人，像绅士一样生活，像绅士一样花钱，在那阳光明媚的大鸟笼里，孑孑于来自欧洲各地、身材苗条的女人之间。

这就是为什么在巴黎看见他从地中海快车上下来的人们会说："这是个有钱老爷。"这就是为什么在三等硬座车厢里看见他拄着手杖，倾着上身，颤着嘴唇念出那一个个出现在这片静静笼罩着了无意义又挥之不去的烽火岁月，在过去的三年里渐渐苏醒的废土各处的铁皮车站的名字时，人们也说了类似的话。

回到伦敦，他知道了早在离开前就该知道的事。他的职位没了。经理秉着上级的姿态，收紧了腔调，说是形势使然。

剩下的积蓄慢慢消失：他用最后一点积蓄给他母亲买了一条黑色的丝裙，并附了封信：

我很好。向马修、约翰·韦斯利和伊丽莎白问好。

他拜访了朋友，拜访了认识的军官。其中，他最熟的一位在一个舒适的、生了火的房间里请他喝威士忌酒："你没在工作？哎，走霉运了。对了，你记得怀特比吗？之前他有个公司，在哪儿来着——他是个好人，可没什么人缘。上星期他自杀了。形势不好。"

"喔。是吗？嗯，我记得他。走霉运了。"

"是啊。走霉运了。是个好人。"

他不再给皮卡迪利大街上的盲人和残疾人分发铜币，这些钱都用来买了报纸：

招技工

熟练石工

汽车驾驶员。无需参军记录

店员（限二十一岁以下）

招船匠

最后还有一则：

有一定社会地位及社会关系的男士，负责与外地客户会面。短期

他得到了聘用。然后，他撇着蜡胶的胡子，携着得体的手杖，近至伦敦西区，远到伯明翰和利兹，在灯红酒绿中走了一遭。一睹奢靡之后，他结束了短暂的工作。

技工

木工

油漆工

冬天也很短暂。春天，他撇着蜡胶的胡子，穿着熨平的衣服到了萨里郡，开始代销一套百科全书。除了一身穿戴，他卖掉了所有东西，也交出了城里的几间屋子。

手杖、蜡胶的胡子和名片还在。优雅、青绿、温和的萨里郡。一个紧致的小花园里，一座紧致的小屋。一个上了年纪、一身便服的男人在一片花圃里晃悠。“你好，先生。我可以——”

一身便服的男人抬头一看：“去那边，行吗？别走这儿。”

他走到边门。门是板条做的，刚刷了白漆，门上有块搪瓷标牌：

小贩和乞丐不得入内

他穿门而过，敲响另一扇整洁而傲慢地掩在藤下的门。“你好，小姐。我能见见——”

“走开。没看见门上的字吗？”

“可我——”

“走开，不然我喊主人了。”

秋天，他回到伦敦。原因或许他自己也说不清楚。或许原本就说不清原因，或许是本能将他带回了伦敦，让他亲历眼下这个凝聚并透现着他又已死去的人生的终极时刻。但无论如何，他就在那里，照旧挺着腰板，撇着蜡胶的胡子；他左腋夹着手杖，冲胸戴铜甲、骑花斑阉马的皇家骑兵，冲穿着深红制服的皇家卫队，冲披着长巾、罩着白袍的战争教会的基督徒，冲衣衫素朴的亲王护神队一一立正，注目，倾听，每每在两分钟后陷入绝望。他还有三十先令。于是他补足了名片："亚历克·格雷上尉，军功十字勋章，战时优异战功勋章。"

那是个灰白的日子，一个似是而非的春日，好像春天早产，生下一个病恹恹的孩子，真正的春天要几星期后才会到来。稀薄的阳光下，楼房糊向半空，淡入金粉相间的雾里。女人把紫罗兰别上裘皮大衣，似要让自己像花一样在倦怠而诡秘的空气里开放。

正是这些女人，不止一次地看向一个拐角，看向那个靠墙站着的男人：一个憔悴的男人，满头白发，胡子扭成两撇糙乱的长尖，赛璐珞衣领里打着一条饱经磨洗、脱了色的军用围巾，一身正装磨光了绒毛，不见了光鲜，却相当平整，显然在一天内烫过；他闭着眼睛，靠墙站着，一顶破旧的帽子帽口朝上，托在身前。

他在那儿站了很久，直到有人碰了碰他的胳膊。那是个警察。"动一动，先生。不合规矩。"帽里落着七枚便士、三枚半便士。他买了一块肥皂、一点吃食。

又一个纪念日到来。他又站上街头，腋下夹着手杖，挺在人群当中：安静的人群，一片明亮无声的制服；破旧的制服，或是坦然，或是执拗，衬着半是忍耐、半是迷惑的面孔。此刻，他的眼神中，不是一个乞丐的无奈，乐观的无奈，而是一份苦涩，一阵回响，一阵苦笑的回响，一个驼子无人听闻的苦笑。

卵石坡上燃着一团孱弱的篝火。火光忽明忽暗，爬满菌藓的湿堤和石桥桥拱若隐若现。卵石坡底，无形的河水涨涨落落，潺潺汩汩。

篝火周围卧着五个人影，有的蒙着脑袋，像在睡觉，另外几个正抽烟聊天。其中一人背靠河堤，坐得直挺，两手垂在身体两侧；他是个瞎子，这就是他睡觉的姿势。他说，他不敢躺下。

“你又看不见你自己躺着，为什么不躺？”另一个人说。

“躺会出事。”瞎子说。

“什么？你觉得他们还能给你一炮，把你眼睛炸亮不成？”

“可不，该炸的总要炸的。”第三个人说。

“嚯。他们怎么不叫我们排好队伍，放他妈的一顿炮呢？”

“他是炸瞎的吗？”第四个人说，“挨了一炮？”

“嚯。他当时在蒙斯。当通信员，骑摩托车的。给他们说说，兄弟。”

瞎子稍稍抬起下巴，但其他部位一动没动。“她手腕上有个伤疤。那疤我一摸就知道。算得上是我在她手腕上留的。有天我们在铺子里干活。之前我捡到一台旧发动机，我们想把它装到一台自行车上，这样我们就能——”

“什么？”第四个人说，“他在说什么？”

“嘘——”第一个人说，“小点声。他在说他的姑娘。他以前在布莱顿路上有间自行车铺，他们要结婚来着。”他低着调子，声音将将压在瞎子疲倦而单调的声音之下，“他应征入伍，领到军装那天，全都准备好了，照片也拍了。那张照片他带在身上，带了好一阵子，直到有天被他弄丢。他跟疯了一样。所以最后，我们找了一张跟那照片差不多大小的卡片给他，说：‘照片在这儿。这回别弄丢了。’所以他现在还留着那卡片。等会儿他说了一半，可能会拿给你看。所以你别说漏了。”

“不会，”第四个人说，“我不多嘴。”

瞎子继续说着：“——在医院里，叫他们给她写了封信。果然，她来了。我一摸她手上的疤就知道是她。她的声音听起来不一样了，可那时候，什么东西听起来都不一样了。但我认得她手上的疤。我们会坐在一起，手握着手，我能摸到那伤疤，在她左腕内侧。在电影院里也是。我会摸那伤疤，就像我——”

“电影院？”第四个人说，“他？”

“是的，”第一个人说，“她会带他到电影院去，看些喜剧，让他听听里边的笑声。”

瞎子继续说着：“——跟我说看电影会伤她眼睛，说把我送到影院，等电影放完她就来接我。我说这样也好。第二天晚上，她也是这样。我也说这样也好。到第三天晚上，我说我也不去了。我说我们就待在家里，待在医院。然后好一阵子，她什么也没说。我能听见她的呼吸。然后她说，这样也好。于是从那以后，我们没再去过，就那么坐在一起，手握着手，我时不时就摸摸她手上的疤。医院里不能大声说话，我们就悄悄地说。但大多数时候，我们什么也不说，就那么手握着手。一共八个晚上。我一直数着。一直到第八个晚上。我们坐在那里，我握着她的手，不时摸摸那伤疤。突然，她把手一抽。我能听见她站起来了。她说：‘听着，不能再这样下去了。’还说：‘你总有一天会知道的。’我说：‘我什么也不想知道，除了一件事情。’我说：‘你叫什么名字？’她说了她的名字；一个护士。然后她说——”

“什么？”第四个人说，“这什么意思？”

“他不是说了，”第一个人说，“那是医院里的一个护士。他那姑娘早跟另一个家伙跑了，跑了还留那护士给他，让他握手，以为能糊弄住他。”

“可他怎么知道？”第四个人说。

“听着。”第一个人说。

“——她说：‘你从一开始就知道？’我说：‘那伤疤，你弄错手了。你弄到右手上了。’我说：‘前天晚上我摸着摸着，边上还翘起了一小块呢。是什么东西？鱼胶布吗？’”瞎子背靠河堤，坐得直挺，仍稍稍抬着下巴，两手一动不动地垂在身侧。“就这么知道的，我认得那疤。以为能糊弄住我，那可是我在她手腕上留的——”

卧得离火最远的人影抬起脑袋。他“嘿”了一声，说：“他来了。”

其他人一齐转头，望着坡口。

“谁来了？”瞎子说，“警察吗？”

其他人没有回答。他们望着进来的人：一个拿着手杖的高个男人。除了瞎子，所有人都闭着嘴巴，望着高个男人走到他们中间。“谁来了，兄弟们？”瞎子说，“兄弟们！”

新来的人经过他们，经过篝火。他没看他们一眼，继续往前走去。“别出声，看着。”第二个人说。瞎子一听，身子稍稍向前一倾，两手在地上一阵乱摸，像要站起来一样。

“看谁？”瞎子说，“你们看见什么了？”

其他人没有回答。他们目不转睛，静悄悄地看着：新来的人一件一件脱掉了衣服；然后，他化作一抹白影，一道黑暗中的幽光，疾疾闪到坡底，下河洗澡，手舀冰冷的脏水，一下一下，使劲往身上泼打。完后，他回到火边；他们倏地转过脸去，除了那个瞎子（他依然倾着上身，两臂支在身体两侧，好像正要起身，苍白的脸被周遭的响动拉转）和另一个人。这个人说：“石头正烫着呢，先生。我一直放在最旺的地方。”

“谢谢。”新来的人说。他似乎依然完全不在意他们，于是他们又静静盯着他看：他把寒碜的衣服铺上第一块石头，再从火里取出第二块石头，往衣服上熨。他穿衣的当儿，那个跟他说话的人走到水边，取回那块他洗澡用的肥皂。其他人仍在一旁看着，只见那新来的人用手指擦了擦肥皂，扭出了两个胡尖。

“左边再来一点，先生。”拿着肥皂的人说。新来的人抹了点肥皂，又扭了扭左边的胡子。拿着肥皂的人微微向后仰起脖子，歪头看着，那形态与穿着就像漫画里的稻草人一样。

“现在呢?”新来的人说。

“好了，先生。”稻草人说。说完，他退入暗里，回来时，他手里的肥皂换成了帽子和手杖。新来的人接过帽子和手杖，从兜里掏出一个硬币，放进稻草人手里。稻草人抬手碰碰帽檐；新来的人就此离去。他们目送着他，望着他高拔的身形、笔挺的后背和那根手杖，直到他消失不见。

“兄弟们，你们看到了什么?”瞎子说，“快说说，你们看到了什么。”

7

“停战协议”签订以后，从英格兰移民国外的退伍军官里有个名叫沃克利的中尉。他去了加拿大，在那儿种起麦子，不但钱包鼓了，身体也好了。总之，他发达了，以至于如果这天晚上，他第一次返乡的第一个晚上（恰好是平安夜），他没在皮卡迪利广场现身，而是从巴黎的里昂车站出站，他们大抵会说：“这不单是个有钱老爷，还是个硬朗的老爷。”

他刚到伦敦，来不及添置衣装，只能先买上一套裁缝定制的新衣（过去是怎么也买不起的）；他穿着新衣，享受得很，连去哪儿都没做打算。于是，他走上街头，一路闲逛，在欢乐的人群里穿行。突然，他停下脚，死死站定，目光牢牢锁住一张面孔。那男人几乎满头白发，唇上有对蜡胶的、针尖似的胡子。他围着一条破旧的围巾，军团特有的配色和条纹已很难辨认，一身磨光了绒毛的衣服刚刚烫过。他带着一根手杖，站在路牙子上，像在跟经过的人说些什么。沃克利突然迈步，伸出手去。但眼前的人没有表示，只用了无生气的眼睛注视着他。

“格雷，”沃克利说，“你不记得我了？”眼前的人注视着他，眼里是彻底的死寂。“我们一起住了院的。我去加拿大了。你不记得了吗？”

“是，”眼前的人说，“我记得你。你是沃克利。”说完，他移开视线，往边上动了一动，又转向人群，伸出手去。直到这时，沃克利才看见那只手里有三四盒在随便哪家烟草店里用一便士就能买到一盒的火柴。“火柴？火柴？”他说，“要火柴吗，先生？”

沃克利也跟着一动，又站到他面前，说：“格雷——”

眼前的人再次投来目光，这回，那目光变了，他竭力克制，却难掩暴躁。“别来烦我，你这婊子养的！”说完，他又立刻转向人群，伸出手去。“火柴！火柴！先生！”他喊了起来。

沃克利往前走去。走了几步，他再次停下，转过半个身子，回望那张被蜡胶的胡子托起的脸，憔悴的脸。对方转脸一瞥，再次和他对视，但目光只停留了一瞬，好像根本没认出他来。沃克利继续走去，踏起了快步。“天啊，”他说，“我真要吐了。”

飞向群星

我不知道我们曾经是什么。除了康敏，我们最初都是美国人，但三年后，我们穿英国制服，戴英国飞行章，这儿那儿都别着带子，所以过去这三年里，这个问题我们恐怕连想都没想过，更别说思考或者回忆过了。

于是，到了那天，那个晚上，它就变成一个更成问题，或者更不成问题的问题：要么，我们还不知道三年里自己连想都没想过；要么，我们早已不当它是个问题。头上包着头巾，肩上挂着他的假冒上校肩章，到这儿已有些时候的印度连长说，我们就像困在水里，动弹不得的人。他说："仇恨和言语的恶臭，很快会消散。我们就像困在水里，动弹不得的人，屏着呼吸，望着我们可怕而渺小的四肢，望着彼此的停滞，可怕的停滞，没有触碰，没有联络，被夺走了一切，只剩无力和需求。"

之前，我们几人同车，开往亚眠，萨托里斯开车，康敏坐在前座，高出他半个脑袋，模样像个道具假人，印度连长、布兰德和我坐在后排，袋里都装着一两瓶酒。当然，印度连长除外。他长得厚实、矮小，却有巨大的理智。那晚的酒精旋涡里，我们顾自逃离无从逃避的自我，他却像块石头似的，一脸平静，用体形比他大几号的人才发得出来的沉重低音庄严地说："在我的国家，我曾经是王子。但现在，所有人都是兄弟。"

但十二年后，我觉得我们都是漂在水面的虫子，与世隔绝，漫无目的，不知疲倦。不是在水面之上，而是之内；我们漂在那条不是空气，也不是水的分界线里，时而沉到线下，时而停在线里。想想你见过的海啸：骇浪席卷海湾，无可抗拒，留下一片平静的浅海，熟悉的平静，透着一丝凶邪，风暴拉着残喘，愤愤远去，涌向昏暗的地平线外。——正是如此水面，我们是漂浮的废骸。十二年过去，它依然无比清晰。它没有开始，也没有终结。我们徒然空号，不觉逃过了风暴，也不觉在这异国海滨，我们无处可逃；在两股浪涌之间，年轻的我们不曾活过，便悄然死去。

我们中途停车，又喝起酒。周围的地界昏暗、空荡。安静：你觉察到、注意到的，就是这片安静。你听得见，大地在呼吸，好像刚从麻醉中醒来，好像它还不知道，也不相信它已经醒来。"但现在和平了，"印度连长说，"所有人都是兄弟。"

"你以前在辩论社[①]待过。"布兰德说。他生着一头金发，个子很高。他穿过一个都是女人的房间时，会像渡轮开进泊位一样拉起一道涟漪般的悸动。和萨托里斯一样，他也

① 指牛津大学辩论社（the Oxford Union）。

是南方[1]人，但不同于萨托里斯的是，在他出勤的五个月里，他的飞机上从没出现过弹孔。不过，他从牛津营[2]转来的时候（他是个“罗德学者”[3]），倒不单有个“女粉”缠着，还挂着条伤疤。喝多了以后，他会说起他老婆，虽然我们都知道他没有结婚。

他从萨托里斯手里拿过酒瓶，喝了几口。“我有个顶顶可爱的小老婆，”他说，“我跟你们说说。”

“别跟我们说了，”萨托里斯说，“把她让给康敏吧。他缺个姑娘。”

“行，”布兰德说，“归你了，康敏。”

“金头发的？”康敏说。

“不知道。”布兰德说。他转身对着印度连长：“你以前在辩论社待过。我记得你。”

“啊，”印度连长说，“在牛津。是的。”

“他能上他们的学校，跟漂了皮的绅士子弟一起读书。”布兰德说，“可打起仗来，他却当不了他们的官[4]，因为说到底，绅士不绅士，还是皮肤颜色的问题，跟家族血统、行为表现都没关系。”

“战斗比真理更重要，”印度连长说，“所以我们必须把它承载的威望与荣耀限定在少数人身上，只有这样，不得不丢掉性命的大多数人才有动力去战斗。”

---

① 指美国南方。

② 指第一次世界大战时由牛津大学学生组成的志愿营。

③ 指罗德奖学金（Rhodes Scholarship）获得者。

④ 指英国军队中的军职。

“为什么更重要?”我说，“打的时候，我觉得打这一次，就是为了永远结束战争。”

印度连长打了个小小的手势，显得神秘、镇定，又不以为然：“在那一刻，我也是个白人。对白种人而言，战斗之所以更重要，是因为他只能战斗，否则他什么也不是；战斗就是全部。”

“所以你看得比我们远咯?”

“待在暗里往亮处看的人比待在亮处往亮处看的人看得更远。望远镜原理。镜头只会用受痛苦和欲望影响的感官永远无法确认的东西来玩弄他。”

“那么，你看到了什么?”布兰德说。

“我看到了姑娘，”康敏说，“一片一片的黄头发呀，跟几百亩小麦似的淹着我呢。你们见过那种在麦田里穿来穿去，不露脑袋的狗吗，嗯?”

“没见过这么找母狗的。”布兰德说。

康敏从座上转身，块头又大又壮。他像所有野外活动爱好者一样魁梧。看两个技工把他塞进“海豚”① 的座舱，好比看两个女仆把救急枕垫塞进一只型号过小的箱子，是不可多得的体验。“一个先令我就捶掉他的脑袋。”他说。

“所以你相信人类的正直?”我说。

“一个先令我就捶光你们的脑袋。”康敏说。

“我相信人类的可怜。”印度连长说，“这么说更好。”

“那我给你们一先令吧。”康敏说。

---

① 指“海豚”战机。

“好了，”萨托里斯说，“一口威士忌，一口夜空气，试过吗，嗯？你们谁试过？”

康敏拿起瓶子喝了几口。“一片一片的姑娘，”他说，“身上那两只白白圆圆的小东西在那金黄的浪头里一闪一闪。”

于是，在两块甜菜地间那条孤独的路上，在昏暗的沉静里，我们又喝了起来，酒劲也开始发作。它之前去了哪里，就从哪里滚了回来，滚到我们身上，滚到像石头一样清醒、庄严的印度连长身上，直到他的声音变得遥远、平静，像梦一样朦胧，说着我们都是兄弟。接着，莫纳汉来了，他晒着他那辆车的前灯瞪出的浓光，站在我们的车边，头戴皇家陆军航空队的帽子，身穿耷拉着两条肩带的美式军衣，喝着康敏瓶里的酒。他身边站着另一个人，身上的军衣也比我们的更短、更瘦，头上还缠着绷带。

“我要干你，”康敏对莫纳汉说，“一个先令我给你。”

“行。”莫纳汉说。他又喝了一口。

“我们都是兄弟。”印度连长说，“有时我们会停错旅馆。我们以为天已晚了，于是就停下，可实际上天还没晚。就是这样。”

“我给你一个金镑[1]。”康敏对莫纳汉说。

“行。”莫纳汉说。他把酒瓶递给另一个人，那个头缠绷带的人。

---

① 旧时英国金币，面值一英镑。

“我歇歇[1]你，”另一个人说，“我褐多了。”

“我要干他。”康敏说。

“这是因为我们能做的都在心里，”印度连长说，“但我们看见的却在心外。”

“哪他妈能让你干了，”莫纳汉说，“他是我的。”他转向那个头缠绷带的人：“你是我的人吗？拿着，喝。”

“我褐多了，先生们，我歇歇你们。”另一个人说。但我觉得我们都没太注意这家伙，直到我们走进“克罗什-克罗”。店里很挤，充斥着噪音和烟雾。我们刚一进门，噪音便突然中断，好像一根弦被切成两半，弦头一弹，弹回张张转轴般转向我们的脸上，缠进了满脸错愕。撞到我们跟前的服务员，一个围着脏裙的老头，垮着下巴往后一退，脸上愤然堆着讶异，像个迎面遭遇耶稣抑或魔鬼的无神论者。我们从店里穿过，那服务员也一步一步，牵着满店怒容，不停地倒退，一直退到一张空桌，三个法国军官坐在邻桌，盯着我们，脸上是同样的表情：惊讶，愤慨，和逐渐燃起的怒火。三个军官一齐站起；一店沉默被机枪一样断断续续的话声打破。直到这时，我才第一次转头看向莫纳汉的同伴，看向他绿色的上衣、黑色的紧身马裤、黑色的靴子和头上的绷带。他脸上挂着刮脸时留下的新伤，透着谦和与茫然，脸色像病人一样苍白，再加上头上的绷带，好像莫纳汉没少让他受罪。他年纪不大，一张圆脸，绷带缠得无比整洁，好像纯粹

---

① 这个德国人的口音明显，原文非标准英文单词，故译文亦在可能处作相应体现。

是为了突显他和包着头巾的印度连长之间，存在着可以代际衡量的巨大差异；在满脸震惊、满目愤慨的法国人的包围下，他站在满脸彪悍、满身邋遢的莫纳汉身边，似正秉着一种谦和又警觉的姿态，集中全副心神，和莫纳汉强行灌进他体内的醉意斗争。他身上有种安东尼式的气质：刚硬，英挺，每颗纽扣都扣在眼里，头上是洁白的绷带，脸上是剃刀留下的红印，他仿佛身在高空，下临一片汹涌澎湃又莫名其妙的混乱，正横眉怒目，默然审视着一道明晃晃的焰舌——某种对个体行为的明确定罪所吐出的焰舌。接着，我注意到莫纳汉的另一个同伴：一个美国宪兵。他没喝酒。他坐在德国人边上，从一只布袋里掏出烟纸烟丝，卷起烟来。

德国人的另一边，莫纳汉正往杯里倒酒。“他是我今早打下来的，”他说，“我准备带他回家。”

“为什么？”布兰德说，“带回去干吗？”

“因为他属于我。”莫纳汉说。他把满杯的酒放到德国人面前：“来，喝。”

“我也想过要带一个回去，给我老婆看看，”布兰德说，“向她证明一下，我只是来打了个仗。但我一直没找到合适的。就是完整的那种。”

“来啊，”莫纳汉说，“喝。”

“我裼多了，”德国人说，“我裼了一整天了。”

“你想跟他到美国去吗？”布兰德说。

“是的，我渊意。谢谢。”

“你当然愿意。”莫纳汉说，“我教你做个男人。喝。”

德国人拿起杯子，但仅仅是拿在手里。他绷着面孔，一脸抗拒，却又透着股平静，好像他已经战胜了自己。我在脑袋里想象，某些古代的殉道者面对凶猛的狮子，肯定也是这副表情。而且，他病了。不是因为酒精，而是因为头上的伤。“我在拜罗伊特优个老婆，优个小家伙。我的儿子。我嗨没见过。”

“啊，”印度连长说，“拜罗伊特。有年春天我去过。”

“啊，”德国人说。他瞥了印度连长一眼：“是去——听音乐吗?”

“是的。”印度连长说，“你们中有一些人在你们的音乐里感受过、尝到过、体会过真正的兄弟情谊。我们其他人只能看到心外。但在音乐里，我们能跟着他们，进去待一会儿。”

“然后又必须出来。”德国人说，“这样不好。我们为什么总得出来?”

“现在还没到时候，”印度连长说，“但也快了……越来越近了。现在还不是时候。”

“是的，”德国人说，“对我们来说，失败是好事。对艺术来说，失败是好事，胜利没有好处。”

“所以你承认你们被干倒了。”康敏说。他又冒起汗来，萨托里斯的鼻子也鼓起了白色的翅膀。我想起印度连长的水中人理论。只不过把水换成了醉：不间断的酒精，人陷入孤立，开始叫喊、发笑、争斗，不是彼此争斗，而是和无法承受的自我争斗，酒劲上头，这些自我便更不值得留恋，甚至也不再那么难缠。我们互相叫嚷，互不理睬，只反反复复，从无从逃脱的孤立中发出陌生的话语，声音越来越响，响过了头也毫不在意黑云遮脸、怒雷将发的法兰西人（其他桌子渐渐空了出来；其他客人已聚到高高的服务台周围，老板娘，一个戴钢框眼镜的老女人，坐在那里，面前的台板上搁着一团针线）；德国人和印度连长被我们的声音淹没，一个更加德国，一个更加印度，两人安静地谈论着音乐、艺术，还有失败是胜利之母。屋外是十一月的寒夜，半醒的梦魇牵起迟疑，在黑暗中悬停，古老的欲望罢了喋喋，盛装的贪念偃了彩旗，都稍稍歇了口气。

“老天在上，我就是个爱尔兰乡巴佬。”莫纳汉说，“就是这样。”

“乡巴佬怎么了？”萨托里斯说。他那两片鼻翼好像红地上的两块白土。他的双胞胎弟弟死在了七月。那天，他弟弟所在的“骆驼”① 中队飞在我们下方，当时萨托里斯就在那附近。事发后的一星期里，一结束巡逻，回到机场，他就重新加满水、油，一个人往天上飞。有一天有人看见他盘在一架旧 Ak. W. 上空大概五千尺的地方。我估计是出事那天早上，和他弟弟同机的家伙看到了德国空巡队长那架飞机上的标志。但总之，这就是萨托里斯的办法：用那 Ak. W. 勾德国佬上钩。他从哪儿找来的 Ak. W.，又找了谁来驾驶，我们毫无头绪。但那个星期，他勾到了三个德国佬；趁他们拐头下冲，扑向诱饵的时候，他追到后面，毙了他们的命。到第八天，他就没再飞了。休姆说：“他肯定抓到他了。”但我们毫无头绪。他从来没告诉过我们。但从那以后，他又

① 指“骆驼”战机。

像平常一样，话不多说，就是每天巡逻；大概每周一次，他会坐在那儿，安安静静地喝到鼻子发白。

布兰德几乎在一滴一滴往杯里倒酒，样子像猫一样慵懒。所以我可以理解，为什么男人都不喜欢他，而女人都喜欢。康敏叉着胳膊，架在桌上，袖口舔进一摊洒到桌上的酒，爬满血丝的眼睛往外瞪出了些许，牢牢盯着那德国人看。美国宪兵戴着皱巴巴的猴帽①，面无表情地抽着蹩脚的纸烟。警哨挂在他胸口的袋里，拴哨的钢链在胸前画了个圈，手枪从腰间拱起，紧紧顶着大腿。另一侧，一众法国人——军人、服务员、老板娘——都挤在服务台边。我能听见他们的话声，像是远远传来的声音，像是蟋蟀在九月的草丛里叫，一只只手影蹿到墙上，又忽地弹走。

“我不是个军人，”莫纳汉说，“也不是个绅士。我什么也不是。”那两条肩带一左一右，耷拉下来，带根上开着一道小小的裂口；两条更长的口子在左边的胸袋上方，一上一下，横在原来挂绶带和飞行章的地方。“我不知道我成了什么。我打了这三年的鬼仗，现在我只知道，我还没死。我——”

“你怎么知道你还没死？”布兰德说。

莫纳汉张着嘴，看着布兰德，嘴里噎着还没说完的话。

“一个先令我弄死你。”康敏说，“我不喜欢你这该死的臭脸。中尉。该死的中尉。”

“我是个爱尔兰乡巴佬。”莫纳汉说，“就是这样。老天

---

① 一种圆顶无边小帽。

在上，我爸就是爱尔兰乡巴佬。我不知道我爷爷是什么。我不知道我有没有爷爷。我爸也不记得我有没有这么个爷爷。可能是几个里的一个。所以他本来就不用当什么绅士。从来没这必要。这就是为什么他能挖一辈子阴沟，赚个一百万美元，然后就能从地上抬头，冲又高又亮的窗户说话——我听得见他，他就在下面，嘴里叼着个烟斗，那阴沟里的毒气能叫你们吐光一肚子破肝烂肠，恶心死你们这帮磨磨叽叽、烦人透顶的该死的弱鸡——"

"你在吹你爸有钱，还是吹他的阴沟？"布兰德说。

"——会看着窗户，跟我说话，说什么'你跟你在耶鲁认识的体面朋友，跟他们的爹娘姐妹碰头的时候，你就提醒他们，每个人都是他自己的屎尿垃圾的奴隶，所以你老爹我，你这会被他们送到他们家四十楼的厨房后门的老爹，就是他们所有人的国王——'你说什么来着？"他看着布兰德。

"听我说，哥们，"美国宪兵说，"差不多可以了。我得带这俘虏去报到。"

"等等。"莫纳汉说。他头也不转地看着布兰德："你说什么来着？"

"你在吹你爸有钱，还是吹他的阴沟？"布兰德说。

"没吹，"莫纳汉说，"为什么要吹？要吹我吹的也是我抓住的十三个德国佬，还有那两条绶带，一条是他那该死的国王——"他朝康敏甩了甩头——"发给我的。"

"别说是我那该死的国王。"康敏说。桌上的酒已缓缓浸透他的袖口。

“看到没。”莫纳汉说。他把手一拎，指指肩带上的口子，又指指横在胸前的两道：“这就是我的看法。你们嘴里的那套东西，什么荣誉啊，绅士啊，全是狗屁。那时候我还年轻；你想必也一样。然后我来了，打了，哪怕看透了全是白打，想停，也没空停了。可现在，都结束了，过去了。现在我可以做我的爱尔兰乡巴佬了。这就是我；一个移民的儿子。他当爹的从小到大，什么也不懂，只认得镐子、铲子，什么青春年华，都耗得一干二净，来不及享受。他是炭沼里来的，他儿子倒上了绅士学校，然后漂洋过海，回去跟那些沼泽地主和浑身苦汗、在地里卖命的人吹牛，还得了那国王的表扬。”

“我给你们一个先令，我要捶掉你们的脑袋。”康敏说。

“可你为什么想带他回去？”布兰德说。莫纳汉看着布兰德，但什么也没说。莫纳汉身上也有种殉道者式的气质：愤怒，无言，不是蠢得说不出话，而是怒人之蠢，无言以对，好像那古老的欲望和贪念歇罢鼓点，终于醒来，正惊恐地面对着自身的无力和重重垒叠的绝望，而莫纳汉则比我们任何人都更多地提炼并吸收了鼓声暂息时的片刻安静。布兰德仰面瘫坐，两腿前伸，两手插着裤袋，俊俏的面孔平静得惹人生厌。“他会把镐子当琴拉吗？铲子上绑根野猫肠子当琴弦来拉吗？兴许哪天吃完了晚饭，他能搞点创作，让你爸在音乐里听听曼哈顿厕所里的抽水马桶？”莫纳汉一言不发地看着布兰德，还是那副狂野、出神的表情。布兰德歪了歪懒脸，看向那德国人。

“听我说——”美国宪兵说。

“中尉先生，你有个老婆？”布兰德说。

德国人抬起脑袋，目光从各人脸上掠过。“是的，谢谢。”他说。他仍旧把满杯的酒拿在手里，一口没喝。但他也没比之前清醒，烈酒已化作头疼，酒精的脉动一阵一阵，涌进他的脑袋。“我生在一个普鲁士小男爵家。家里四个兄弟：老二参了军，老三在柏林，什么也不干，小弟是龙骑兵团学员；我是老大，上了大学。我学到很多，过了一段大好时光。好像年轻的我们从平静的土地上走来，被聚到一起，是被天选中，也值得被选中，去见证一个孕育着地球命运和人类命运的伟大转折，同时又像女人一样说变就变的时代。好像那些古旧的垃圾，人类在跌跌撞撞的摸索中丢弃的废物，将被一扫而空，来迎接将以古代英雄般的纯粹姿态踏上崭新大地的崭新人类。那段时光，你们也了解，不是吗？那段两眼发光、血液奔腾的时光——”他朝我们看了一圈，“不是？好吧，可能美国是不太一样。美国很新；新房子里垃圾肯定没老房子里多。”他盯着手里的酒杯看了一阵，脸上不见波澜。“我回到家，对父亲说，在大学里我明白了这样不好；我不做男爵了。他不敢相信自己的耳朵。他谈起德国，我们的父国；我对他说，德国，它就在那里；一直都在。你叫它父国；我叫它兄弟之国，我说，‘父’这个字，就是首先要被扫除的野蛮；它就是那种等级制度，那种用专制的不公代替道德，用暴力代替仁爱，玷污了人类历史的等级制度的象征。

“他们从柏林叫回老三；老二也从军队里回来。我还是说，我不做男爵，因为这样不好。我们在墙上挂着祖先肖像的小厅里面；我像站上军事法庭一样站在他们面前；我说，我不做男爵，得弗朗茨来。我父亲说，你能做，也会做；这是为了德国。我说，那为了德国，我妻子要做男爵夫人？然后，像下达军事审判一样，我告诉他们，我已经娶了一个农民出身的音乐家的女儿。

“所以，就这样，柏林那个会当上男爵。他和弗朗茨是双胞胎，但弗朗茨已经是上尉，而且，哪怕是最低微的军人，也能和我们的皇帝一起吃肉，所以他不需要成为男爵。于是，我就到拜罗伊特，跟妻子和音乐待在一起。我像死了一样。家里毫无音讯，直到有一天，他们给我写信，说我父亲死了，是我害死了他，说柏林那个已经回家，准备继承爵位。但他没在家待着。一九一二年，柏林的报纸上说，他死于一位夫人的丈夫之手，所以到头来，还是弗朗茨做了男爵。

“然后就打仗了。但我一直在拜罗伊特，跟妻子和音乐一起，因为我们觉得，这仗是打不久的，毕竟之前打仗都没打多久。父国骄傲，它需要我们这些读过书的，却意识不到。等它真的知道它需要我们的时候，就已经晚了，它只能找农民去打，只要是不想死的，能打一打的，都行。结果——”

“那你为什么要去？”布兰德说，“是女人让你去的？大概是她们朝你扔鸡蛋了？”

德国人看着布兰德：“我是德国人；这远胜过于‘我’，远胜过于‘我是’。我去，也不是为了男爵和皇帝。”说完，他眼睛没动，目光却离开了布兰德。“有男爵之前就有德国。”他说，“之后也一样。”

“这仗打完也一样？”

“更一样了。以前是骄傲，挂在嘴上的骄傲。现在——是什么来着？你们怎么说的？……”

“一个打倒了自身旗号的民族，”印度连长说，“一个征服了自己的人。”

“一个生孩子的女人。”德国人说。

“源于欲望，生于分娩之痛，”印度连长说，“从分娩的痛苦中诞生的认定，神性；真理。”

美国宪兵又卷起一根香烟。他望着印度连长，表情克制、冷漠，透着股凶狠。他舔了舔烟，朝我看来。

“刚来这该死的国家那会儿，”他说，“我以为黑鬼就是黑鬼。可现在我真他妈的不明白了。他是个什么？是耍蛇的吗？”

“对，”我说，“是耍蛇的。”

“那他还是赶紧放蛇出来，玩完就滚吧。我得带这俘虏去报到。看看那边那些青蛙①。”我转头一看，三个法国人遭了羞辱似的，正耸着愤慨的背影走出门去。德国人又说了起来。

“我从报纸上知道了弗朗茨怎样当上上校，后来又怎样变成将军，也知道了那个学员，那个我上次见他的时候还是个圆头圆脑、人不离枪的小孩，怎样成了现在的王牌飞行员，得了皇帝亲手颁发的铁十字勋章。然后，到了一九一

---

① 对法国人的戏称。

六。我在报纸上读到那个学员怎样被你们那位好汉——”他朝康敏欠了欠身——“那个毕肖普[①]杀死。于是我成了学员。好像我早就知道。好像我看得见将要发生的事情。于是我转了部队，做了飞行员，可尽管我知道弗朗茨是参谋长了，而且每天晚上我都告诉自己——‘你又回来了’，我还是知道这不是什么好事。

“就这样，一直到我们的皇帝逃跑。然后我知道了弗朗茨人在柏林；我相信有真理存在，我相信我们没有因为骄傲而丧失所有，因为我们知道，要不了多久这一切都会结束，而且弗朗茨人在柏林，离开了战地，没什么危险。

“然后，一天早上，我收到我母亲的信，一封写给男爵的信，那是她七年来头一次写信给我。弗朗茨在柏林的街上被德国兵开枪打下了马。好像一切都被忘记了一样，因为女人能一眨眼就忘了那一切，对她们来说，没什么是真的——真理、正义，一切的一切——没什么不能被拿在手里，没什么不能死去。所以，我烧掉所有文件，烧掉我妻子和我从来没见过的儿子的照片，毁掉我的身份文牒，摘掉衣服上的所有徽章——”他指指自己的衣领。

“你的意思是说，”布兰德说，“你本来没打算回来？你怎么不拿把手枪了结了自己，给自家政府省架飞机呢？”

“自杀只能了结身体，”德国人说，“解决不了任何问题。身体无关紧要，可能的话，让它保持干净就行。”

“它不过是旅馆里的一个房间，”印度连长说，“只是供

---

① 指一战时加拿大王牌飞行员比利·毕肖普（Billy Bishop）。

我们藏一小会儿的地方。”

“卫生间，”布兰德说，“厕所罢了。”

美国宪兵从座上站起，拍了拍德国人的肩膀。康敏牢牢盯着德国人看。

“所以你承认你们被干倒了。”他说。

“是的。”德国人说，“最先倒的是我们，因为我们病得最重。接着就是你们英国。然后她也会好起来的。”

“别说我们英国，”康敏说，“我是爱尔兰人。”他转向莫纳汉：“你也说过什么我那该死的国王。别说是我那该死的国王。乌伊尼尔以后，爱尔兰没有国王，上帝保佑他的红毛屁股。”

德国人生硬、克制地打了个模糊的手势，对不知谁说了一句：“看见了吧？”

“败者所得，胜者所失。”印度连长说。

“现在你怎么打算？”布兰德说。

德国人没有回答。他顶着洁白的绷带，挂着苍白的脸，直挺挺地坐着。

“你怎么打算？”印度连长对布兰德说，“我们每一个人该怎么打算？打了这仗的整一代人今晚都死了。只是我们还不知道。”

我们看着印度连长：康敏瞪着爬满血丝的猪眼，萨托里斯撑着发白的鼻子，布兰德瘫在座上，一副欠揍的懒样，像个被惯坏的女人。美国宪兵耸在德国人头顶。

“你他妈好像愁得很呀？”布兰德说。

“你不相信？”印度连长说，“等着。你会懂的。”

“等?”布兰德说，“我没觉得过去这三年有什么能让我养成这习惯。过去这二十六年都没有。之前我不记得了。可能有吧。”

“那连等都不用等了，”印度连长说，“你很快会懂的。”他朝我们看了一圈，神情无比沉静。“那些在地里烂了四年的人——”他摇摇粗短的胳膊——“也没比我们死得彻底。”

美国宪兵又碰了碰德国人的肩膀。“见鬼，”他说，“走吧，老兄。”说完，他脑袋一转，我们也抬头一看，只见两个法国人，一个军官、一个军士，在桌边站着。有那么一阵，我们就这么抬头看着他们。那一刻，好像所有虫豸都突然发现，他们的轨道就此重合，他们不必再漫无目的地漂游，甚至不必再继续移动。酒劲之下，我能感受到那颗滚烫的铁球在胃里翻滚起来，像战斗时一样，像你知道有什么事情快要发生时一样；就是那一瞬间，你心里会想：就是现在——现在，我能把一切都当作废物一样彻底抛弃，没什么大不了的。来吧，就现在。现在。那感觉实在爽快。

“为什么那东西也在，先生?”法国军官说。莫纳汉仰头看着军官，身子往后一斜，一捅，两颗屁股蛋像脚一样支在座里，一条胳膊撑在桌上。“先生，你为什么要和法国过不去呢，嗯?”军官说。

莫纳汉正要起身，却被人一把抓住；伸手的是他身后的美国宪兵。他被宪兵按住，身子起了一半。“等，等——”宪兵说，“等，等——”他嘴里的烟粘着下唇，随话音上下摆了几下；他一左一右，把手压在莫纳汉肩上，胳膊上的袖章醒目地亮在半空。“关你什么事，青蛙?”他说。其他法国人都围到了军官和军士身后。那个老女人也来了。她使劲拨开人群，挤将过来。“这是我的俘虏，”宪兵说，“我想带他去哪儿就去哪儿，想让他待多久就待多久。你有意见?”

“谁给你的权力，先生?”军官说。他个头很高，面色憔悴、悲伤。接着我发现他有一颗眼珠是玻璃做的。那玻璃眼珠一动不动，生硬地嵌在一张看上去比这假眼还了无生气的脸上。

宪兵瞥了眼袖章，然后又看向军官，拍了拍这时已荡在胯边的手枪：“我要带他走遍你们这个又脏又臭的该死的国家。我要把他带进你们那该死的议院，踹飞你们的总统，让他坐在那儿，你可以闭上你的嘴巴，收紧你的下巴，等我回来给你重新擦擦你脚上的屎尿[1]。”

“啊，”军官说，“是条恶魔犬[2]，我懂了。”他龇着牙挤出了“dehvil-dahg”这两个词，死人般的脸上没丝毫表情，好像多一分表情就少一分侮辱。他身后的老板娘用法语尖叫起来：

“德国人！德国人！碎了！碎了！什么杯子、瓶子、碟子、盘子——所有东西，全都碎掉！我让你们看看！我一直留着，就为了今天。从炮弹掉下来开始，八个月了，我一直把它们放在盒里，就怕有这么一天：盘子、杯子、碟子、瓶子，三十年来我拥有的一切，统统没了，都一起碎掉！花了

---

① 美国宪兵以一战时为法国“擦屎擦尿”，将法国人拉出战争泥潭的拯救者自居出言讽刺法国军官。

② 恶魔犬（devil-dog），是对美国海军陆战队队员的非正式称呼。

我五十生丁的玻璃杯子落到这种人手里，我丢脸，我对不起我的老主顾们——”

厌倦会达到顶点，难以忍受的顶点，一个乘着酒劲也难以接近的点。一时间，人和人的类同变得难以忍受，只消半点稀释，便足以激起暴徒的血气。莫纳汉从座上站起，被宪兵一把推回。接着，我们也坐不住了，好像一瞬间，我们都抛开了所有，壮起了胆子，厚起了脸皮，直面那个被我们用高大的辞藻装扮了四年的幽灵，彩旗每挥一下，我们便不约而同，得令一般，向前猛冲一次。我看见宪兵朝那军官扑去，然后康敏又起身顶向宪兵。我看见宪兵拔出拳头，冲康敏的下巴连揍三下，然后整个人被康敏托起，丢出，来不及拽出手枪，就横身飞向半空，越过人群，不见了影子。我看见三个法国兵压在莫纳汉背上，那军官举起瓶子，要砸他脑袋，却被萨托里斯从身后扑住。康敏挤开人缝，离场而去；老板娘过缝而来，叫个没完。两个男人拉住了她，她死活不依，拼命向前，抻着脖子冲德国人吐起唾沫。“德国人！德国人！”她扯着嗓门，边吐唾沫，边淌着口水，灰白的头发散在脸上；她转过头，朝我吐了一满口唾沫。“你也一样！”她尖叫着，“毁的不是英国！你也一样，是来法国捡人骨头的豺狗！秃鹫！禽兽！碎吧，碎吧！所有的所有！一切的一切！”喧嚣与混乱之下，德国人和印度连长不为所动，一动不动，警觉、警惕又镇定自若地坐着，德国人拉着长脸，面无血色，印度连长静得像尊坐佛，两人都裹着头巾，像《旧约》里的先知似的。

混乱没持续多久。混乱中没有时间。或者，更确切地说，是我们到了时间之外。我们漂在水面，漂在新旧分界，不是之上，而是之内：在旧世界里，我们知道自己还活着；在新世界里，照印度连长说的，我们都已死去。越过挥舞的瓶子、蓝色的衣袖、沾满污渍的手和像吓唬小孩的面具一样拧出无声恶吼的脸，我又看见了康敏。他像一艘满载的大船，穿越翻滚的碎浪，艰难地驶来，胳膊下夹着那个老服务员，嘴里衔着美国宪兵的哨子。然后，萨托里斯抄起凳子，甩向唯一的灯点。

街上很冷，寒气穿透衣裤，钻进酒劲撑开的毛孔，直向骨头咕哝。广场空荡，街灯零星、遥远。一片寂静，静得能听见喷水池里微弱的水声。低矮、厚重的天空下，有声音遥遥传来——叫声，隔得很远，不时被一支乐队的声音打断；像所有叫声一样，即便是一群男人，也拉着女人的细调。莫纳汉和康敏架着德国人，站在墙边。他已不省人事；三人没入墙影，只有那绷带泛出一抹微白，影里别无声息，只有莫纳汉的咒骂不断淌出他单调的嗓门。

“法国人和英国人之间从来不该存在联盟。”不见人影的印度连长说。他说得毫不费劲，那有气无力的声音不乏风琴音质，和他的体形尤不相称。“不同民族从来不该为同一个目标协力战斗。为不同的目标，各打各的最好；目的互不冲突，各有各的方式。”萨托里斯从喷水池边回来，打我们身边经过，手里帽口朝上，小心翼翼地捧着他的帽子。我们能听见水从胀鼓鼓的帽子里滴落，落在脚步之间。他融入那团越发浓稠的黑影，影中的绷带闪着微光，莫纳汉默默地骂着。“各依各的传统。”印度连长说，“我的同胞。英国人给他们步枪。他们看了看枪，就过来找我，说：‘这矛太短、太重：拿这种大小和分量的矛，怎么杀得了灵活的敌人?’英国人发了要扣扣子的军服；有次我经过一条壕沟，他们都蹲在沟里，一动不动，身子埋在毯子、稻草和空沙袋里，一直埋到耳朵，脸都冻得发白；我掀开这群病人身上的毯子一看，里边就那么一层汗衫。

“英国军官会告诉他们，‘到那儿去，就这么办’；他们不会有任何反应。然后有一天，大中午的，听到一个弹坑后面出了动静，全营的人，裹着我和一个军官，统统从沟里弹了出去。我们没开一枪，占了那条壕沟；没死的人——我、军官和另外十七个人——在敌人前线的一道土墙下待了三天；最后，花了一个旅的力气，才把我们救回。‘你们为什么不开枪?’那军官说，‘就这么让他们当成野鸡一样赶来赶去，一个个打死?’他们没看军官一眼，小孩似的站着，嘴里喃喃有词，一脸警觉，没半点羞愧。我跟领头的人说：‘枪里装上子弹了吗，达斯?’他们小孩似的站着，脸上只有羞怯，没有羞愧。达斯说：‘喔，众王之子。’我说：‘把你知道的真相告诉大人。’达斯说：‘大人，枪里没装子弹。’”

嘭嘭乐声又从远处传来，震颤着沉闷的空气。他们把瓶口塞进德国人嘴里，让他喝了几口。莫纳汉说：“好了。现在好点了吗?”

“疼的是我的脑袋。”德国人说。他们低着嗓门，像在讨论墙纸。

莫纳汉又骂了起来："我要回去。老天在上，我——"

"不，不，"德国人说，"我不允许你去。现在你有义务——"

酒还剩下一瓶。我们站在墙影里喝。喝完，康敏抄起空瓶，朝墙上摔去。

"现在怎么说？"布兰德说。

"去找姑娘。"康敏说，"你想看看爱尔兰康敏像条麦地里的狗一样淹在她们的黄头发里吗？"

我们立在原地，听着遥远的乐声、遥远的叫喊。"你确定你还好吗？"莫纳汉说。

"谢谢，"德国人说，"我感觉嗨好。"

"那就走吧。"康敏说。

"你要带他一起？"布兰德说。

"是的，"莫纳汉说，"带了又怎样？"

"不如带他去宪兵司令部吧？他病了。"

"要我一拳捶烂你那张鬼脸吗？"莫纳汉说。

"行吧。"布兰德说。

"走吧，"康敏说，"有枪可用，谁还傻到动手打架？所有人都是兄弟，所有老婆都是姐妹。来吧来吧，午夜火枪手们。"

"听着，"布兰德对德国人说，"你想跟他们去吗？"昏暗中，只有印度连长和亮着绷带的德国人依稀可见，好像两个伤员伴着五个幽魂。

"扶他一会儿。"莫纳汉对康敏说。他朝布兰德走去，张口骂了几句，仍旧用那种单调的声音对布兰德说："我喜欢打架，连挨揍也喜欢。”

“等等，”德国人说，“这我也不能允许。”莫纳汉应声停住，离布兰德只一步之遥。“我右妻子儿子在拜罗伊特。”德国人说。但这话是对我说的。他把地址告诉了我，认认真真说了两遍。

“我会写信给她。”我说，“信里该说点什么？”

“告诉她，这不算什么。你会懂的。”

“嗯。我就说你没什么事。”

“告诉她，这辈子不算什么。”

康敏和莫纳汉一人一边，又架起他的胳膊。他们掉头就走，几乎在扛着德国人走。康敏回头看了一眼。“祝你们平安。”他说。

“你也是，平安。”印度连长说。三人渐渐走远。我们望着他们走进一条小巷，化作巷口孤灯下的剪影。一道拱梁从头顶上跨过，灯光暗淡、稀薄，冷冷地打向侧墙与拱梁，照出一扇大门；他们一左一右，夹着德国人走，正进门而去。

“他们会把他怎样？”布兰德说，“把他支在墙角，把灯关掉？还是法国窑子有男人榻子？”

“关我们屁事？”我说。

乐声传来，一震一震，抖下彻骨的寒冷。酒劲一起，冰凉一阵，身上每抽一下，我好像都能清楚地听见肤肉刮骨的声音。

“七年了，我一直在这气候里过，”印度连长说，“但我还是不喜欢冷天。”他的声音低沉、平静，好像他有六尺的个头。好像在造他的时候，他们内部商量过一样：“我们得给他点东西，让他走到哪里都带着他的意思。”“为什么？谁会听他的意思？”“他会。所以我们得给他点东西，让他好好听听。”

“那你为什么不回印度？”布兰德说。

“啊，”印度连长说，“我就像他；我也不做男爵。”

“所以，你走得干净，倒让一群把印度人都当成牛和兔子来对待的外国人来占了你的地盘。”

“废了我自己的身份，我一天就撤销了一件做了两千年的事情。不是很有意义？”

我们冷得浑身打战。乐声已化作嗖嗖寒刃，叫声也不再入耳，只张开冰指，掐骨呢喃。

“好吧，”布兰德说，“大概比起你来，英国政府还更有能耐去解放你的同胞。”

印度连长轻轻碰了碰布兰德的胸口：“你有智慧，我的朋友。英国人都没这智慧，所以英国应该感到高兴。”

“所以你准备下半辈子都流亡国外了是吗？”

印度连长冲康敏、莫纳汉和德国人消失后留下的那道空门挥了挥粗短的胳膊：“没听见他说的吗？这辈子不算什么。”

“你可以这么认为。”布兰德说，“不过，老天在上，我可不想让自己觉得，过去三年我救下的东西都不算什么。”

“你救了一个死人。”印度连长沉静地说，“你会懂的。”

“我挽救了我的命运。”布兰德说，“不光是你，没人知道我以后会怎样。”

“除了死，你还有什么命运？很不幸，你这一代人得承受这等命运。很不幸，你这辈子的大部分时间，无论走到哪里，你都只是一个幽魂。但这就是你的命运。”叫声从远处传来，仍旧拉着先前的调子，半似女人的尖叫，半似小孩的细吼；然后，刺耳的乐声又嘭嘭响起，像嘈杂的人声，荒凉的欢闹，亢奋，但终究荒凉。孤灯哈出淡薄的冷光，拱梁扯起哈欠，门里一洞空无，深邃、寂静，门后，似有另一座城市、另一个世界。萨托里斯突然拔步。他稳稳走到墙边，胳膊往墙上一撑，低头吐了起来。

“见鬼，”布兰德说，“我要喝点儿。”他转向我，说：“你那瓶酒呢？”

“没了。”

“弄哪儿去了？你有两瓶呢。”

“现在一瓶都没了。喝点水吧。”

“喝水？”他说，“谁他妈喝水？”

随即，那颗滚烫的铁球又滚进我的胃里，爽快，真实，又难以忍受；又是那一瞬间，你又开始念叨：现在。现在，我可以豁出去了。“你会喝的，你这该死的崽子。”我说。

布兰德眼望着别处。“两次，”他拉起平静而漠然的语调，“一小时两次。也太嗨了吧？”他转身朝喷水池走去。萨托里斯在墙边吐完，又挺起腰板，稳稳走了回来。乐声夹着寒凉，震透了每一根骨头。

“几点了？”我说。

萨托里斯盯着腕上的手表：“十二点。”

“肯定过十二点了，”我说，“肯定过了。”

“我说了现在十二点。”萨托里斯说。

布兰德俯在喷水池边。池边亮着一摊微光。我们一到他边上，他就直起身子，不停地擦脸。光抹在他脸上，最初我以为他肯定把整个脑袋都浸到了水里，才几乎要把整张脸都擦个干净。过了一阵，我才发现他一直在哭。他站在那里，不停地擦脸，静静地哭着，狠狠地哭着。

“我可怜的小老婆呀，”他说，“我可怜的小老婆呀。”

所有死去的飞行员

1

在照片里，在这些拍摄于十三年前，现在已有些褪色、有些卷角的快照里，他们都显出些许神气。精瘦、刚健，身上是配着铜扣的军用皮带，有的倚着那副用铁丝、木头和帆布搭起来的，常人难懂的形体，有的就站在它边上，冲镜头摆了个姿势，它曾载着他们飞上没有降落伞的天空，和它一样，他们也有一副常人难懂的容貌；那并不完全是人类的容貌，好像他们都属于某个模糊不清又令人胆寒的神圣人种，雷闪一瞬，其真容乃现，然后又永远地消失不见。

——因为他们都已死去，所有老飞行员，都死在了一九一八年十一月十一。再看看更摩登的相片，看看他们不久前才在这些用钢铁和帆布制成不久，配上了新型整流罩、引擎和开缝翼的形体边拍的照片，你就会发现，他们，当年神气过人的年轻人们，已有些另类。他们茫然，困惑。在这萨克斯年代[1]的飞行氛围里，年已三十、三十五，甚至可能更大的他们就好像穿着素净的商务套装，提着腰上的些许赘肉出现在夜店里演奏萨克斯管和各色小型铜管乐器的乐队中一样，显得与周遭格格不入。——因为他们，这些在中翼焊接技术、降落伞和不会旋转的机身出现以前就学会了尊重他们凭自己的刚勇所赢得的尊重的人，都已死去。也正因如此，望着萨克斯年代的少男少女涂着防风唇膏，带着航空酒瓶，把萨克斯年代的破旧飞机堆在私人跑道和高尔夫草场上时，他们会感到一阵同情，然后陷入困惑。"我的老天，"他们中的一员——一个起初是飞机修理工，后来是准尉飞行员，再后来又当上上尉，得了军功十字勋章的飞行员——曾对我说，"你要能这么对一架飞机，你还飞个什么？"

但现在他们都死了。他们都成了胖子，办公室坐得虽不那么得心应手，但也坐住了，腰上都长出了些许赘肉，老婆小孩也住进了差不多付清了全款的郊区家宅。每天五点一刻一过，长夜降临，他们会走进自家的花园，来回晃悠，虽然晃得也不一定那么得心应手：曾经刚健、精瘦，死后大摆神气、大喝其酒，因为他们发现，死人的日子并不像他们听说的那样安宁。也正因如此，这是一则拼合而成的故事：一系列短暂的光闪下，人类所能承受、所能成为的恶兆与威胁将在黑暗与黑暗间的一刹那既无纵深，也无景深地显现一瞬。

---

① 指爵士乐兴盛的二十世纪二十年代。

2

一九一八年，我一边在空军总部任职，一边努力适应一条假腿，其他事情以外，我还负责审查来自所有飞行中队的信件。工作本身倒是不赖，我还有闲工夫去试验一台我一直在捣鼓的同步摄影机。但拆信读信的过程却很糟心：尽是用小学生的字体和潦潦草草的拼写匆忙写给“妈妈”和“甜心”的谎言，明显却体面的谎言。但打仗到底是件天长日久的大事。我估计那些“管仗”的家伙（我指的不是参谋，而是掌控战事走向的任何人或东西）有时也会厌倦。人一厌倦，就变得小气，就开始胡来。

就这样，我有时会跑到亚眠后方，找“骆驼”中队的枪炮军士聊聊机枪的同步性问题。这支中队归斯普莫管。他叔叔是军团司令，得过嘉德勋章，顶着警卫队上尉衔的斯普莫也先后得过一枚蒙斯星章、一枚优异服务勋章，后来，这支单座飞机追击中队也交给了他，尽管他胸前的第三枚徽章依然是观察员戴的单翼飞行章。

一九一四年，他还在桑德赫斯特的军校：一个满脸红润，眼睛像瓷器一样的大块头小伙；我总爱想象，当年消息一出，好消息一出，他叔叔就把他召进部队时的光景。可能就在他叔叔的俱乐部里（当时他叔叔是个准将，刚从印度被匆匆调回），他叔叔和将军二人面对面坐在红木桌旁，报童在街上吆喝，将军指指酒瓶，说：“我的老天，这可是我军大显身手的机会。把酒递来，先生。”

我估计，终于意识到德国佬和内政部都无意照军方的想法运作这场战争的时候，将军即便说不上气愤，至少也很懊恼。总之，在他叔叔把他调到麾下，为他的优异服务勋章铺路之前，斯普莫就去了蒙斯，得了块星章回来（虽然照弗朗斯拜的说法，是将军派斯普莫去领了星章，毕竟这勋章你得亲自去拿）。然后，大概他叔叔又派他去捞了点顺手可捞的便宜。但也有可能，这回是斯普莫自己去的，我更愿意这么想。我也愿意认为，他是为了祖国，即便我知道，没人该因为勇敢而受人褒奖，也没人该因为怯懦而遭人责骂，因为总有时候，人会勇敢，也总有时候，人会怯懦。他终究是去了。一年后，他从外面回来，胸前戴上了观察员飞行章，身边还跟着一条牛犊子大小的狗。

那是在一九一七年，那时他第一次和萨托里斯走到一起，撞到一起。萨托里斯是美国人，在密西西比的种植园里长大；他们在种植园里种谷子，养黑人，要不就是黑人在种植园里种谷子——大抵是这样。萨托里斯能说能用的，只有一套约两百个词的工作词汇，其他我估计他说得清的，也就是他跟姑婆和爷爷一起住在种植园里，问他在哪儿过活、怎么过活和为什么过活之类的问题，都是强人所难。一九一六年，他穿过加拿大，到了这里，成了后备人员。弗朗斯拜跟我说过这些。好像萨托里斯在伦敦还有个姑娘，那种三天老婆、三年寡妇的女人。战争它坏就坏在这儿。像萨托里斯这样的人，有些一直活到一九一八年才死。可那些姑娘、女人，她们在一九一四年八月四日就死了。

反正，萨托里斯有个姑娘。弗朗斯拜说他们都叫她“吉琴娜”[1]，“因为她交着一大群兵哥”。他说他们不知道萨托里斯知不知道，但不管怎样，有那么一阵，吉琴娜——吉特——似乎为了萨托里斯把其他人都甩了。在别人眼里，不管什么时间、什么地点，他俩都黏在一起。然后，弗朗斯拜告诉我说，有天晚上他发现萨托里斯一个人在一家饭店里喝得大醉，还说他此前就听说，大约两天前吉特和斯普莫一起走了，去了不知哪里。他说萨托里斯就坐在那儿，喝得烂醉，等着斯普莫进来。他说最后他把萨托里斯拖进出租车，送回了机场。那会儿天快亮了，萨托里斯从某人的包里翻出一件上尉军服，又从另一只包，没准就是他自己的包里翻出一根女人的袜带，再把袜带像勋带一样别上了军服。接着，他去叫醒一个打过专业拳击，有时会跟他过上几招的下士，让他把那件军服套在内衣外面。“你叫斯普莫，斯普莫上尉，”他晃着身子，边说边用手指戳戳袜带，“杰出功鸡大腿。”然后，大清早的，那下士穿着借来的军服，漏着羊毛内衣，跟萨托里斯往那儿一站，光着拳头干了起来。

3

你可能以为，战争卷你进来，它就随你便了，也不跟你瞎胡闹了。但事实或许并非如此。或许是他们中的三个，斯普莫、萨托里斯和那条狗在这件事上太缺乏幽默感的缘故。

---

① 原文为“Kitchener”，意为“厨师”“厨娘”。

或许，对那些人来说，任何缺乏幽默感的人都是一种持久不衰的挑战，更甚于炮响雷鸣和防空警报。不管怎样，有天下午（当时是春天，就在康布雷沦陷前不久），我去“骆驼”中队的驻地找那枪炮军士，第一次见到了萨托里斯。他们一年前就把中队交给了斯普莫和他的狗来领导，交接后，他们做的第一件事，就是把萨托里斯派到这里。

午后巡逻队已经出发，其他人也没了影子，估计是去了亚眠，整个机场像荒废了一样。我和军士在机库门口的两个空油桶上坐着；忽然，我看见有人从军官食堂的门里伸出脑袋，朝道路两头张望，模样有点鬼祟，又警惕得很。是萨托里斯。他在找狗。

“那条狗吗？”我说。于是，那军士给我介绍了情况。当然，所谓情况，也是根据他自己的观察和全体官兵的观察拼出来的。这些观察在食堂的桌子上和夜聊的烟雾下历经交流、对比，构成了一份下级对上级的调查——一份无孔不入的可怕调查。

离开机场前，斯普莫会把狗拴在某个地方。每次拴狗，他都得换个不同的地方，因为萨托里斯会一直找它，直到找到它，放它出来为止。那狗还挺聪明的，如果斯普莫只是去总部或者别的什么地方处理公事，它就一直待在家里，用这间歇到士兵食堂后面的垃圾桶里翻来刨去，相比军官食堂，士兵食堂倒更让它上瘾。但如果斯普莫去了亚眠，狗链一松，它就立马上路，跑去亚眠，然后在晚些时候坐着中队专车和斯普莫一起回家。

“萨托里斯先生为什么要放它出来？”我说，“你的意思是说，斯普莫上尉不准那条狗吃厨房丢的垃圾？”

但那军士没在听我说话。他伸长脖子，头探出了门外。我们牢牢盯着萨托里斯。他出了食堂，这时已快要走到道路尽头的一间机库，模样依旧警惕，目标依旧明确。见他进了机库，我说：“大老爷们做这样的事，怕是幼稚了吧。”

军士看我一眼，又回过头去：“他想知道斯普莫上尉去没去亚眠。”

过了一会儿，我说：“喔——有个年轻小姐，是吧？”

他头也不转地说：“算是年轻小姐吧。我想这国家里年轻小姐总还是有的。”

我想了想他说的话。萨托里斯走出一间机库，又进了另外一间。“我是不知道现在哪儿还能找到什么年轻小姐。”

“也许你说得对，先生。战争苦了女人。”

“这位小姐是什么情况？”我说，“她是谁？”

他告诉我，她们一老一小——一个老泼妇和那个姑娘——一起开了个馆子，用他的话说，是个“小小的酒吧”，开在没有军官会去的后街小巷。萨托里斯和斯普莫能在那个圈子里闹出这么大的动静，也许就是这个缘故。听那军士的意思，这支中队的指挥官和他手下最不懂事的愣头青之间的争风吃醋已引起了广泛的兴趣，成了这一驻区的英法军队全体官兵最津津乐道的话题，甚至还有人打赌下注。“到底是军官嘛。”他说。

“把一般士兵都吓跑了，是吗？”我说，“仗着是军官，对吧？”那军士望着别处。“有很多兵要吓吗？”

“这些年轻女人，我想你也知道。”那军士说，“到底是打仗打的。”

的确，这姑娘不管是谁，是什么情况，终归是打仗打的。那军士说，这姑娘和那泼妇连半个亲戚都不算。他告诉我，萨托里斯还给她买过东西——衣服啊，首饰啊，都是大抵能在亚眠买到的首饰，可能是某个随军小卖部里买的，毕竟萨托里斯才二十出头。我见过几封他写给老家姑婆的信，三年级的学生都写得出那些东西，甚至写得比他还好。斯普莫似乎从没给那姑娘送过礼物。“可能因为他是个上尉，”那军士说，“要不就是他戴着那些绶带，没必要送礼。”

“可能吧。”我说。

就是为了背着萨托里斯去跟这姑娘，跟这戴着萨托里斯送她的便宜首饰在亚眠的后街小巷给英国大兵和法国大兵端杯倒酒的姑娘见面，斯普莫才利用军阶之便，在出门幽会的时候让萨托里斯留在机场执行特殊任务，还藏起那条狗来，不让萨托里斯知道他去了哪里。萨托里斯就想方设法地报复，找狗放狗，想着它大概会去扒拉普通士兵的剩菜剩饭。

他走进我和军士待着的机库：这哥们身材高大，两只灰白的眼睛嵌在一张非喜即怒，毫无幽默感的脸上。他看了看我，说了声“哈罗”。

“哈罗。”我说。军士准备从桶上起身。

“你们继续，”萨托里斯说，“我没什么事。”他一路走到机库后面。那儿堆满了汽油桶和空货箱之类的东西。他完全没意识到自己的行为有多幼稚，也完全不觉得丢脸。

狗在一只空货箱里。它钻出箱子，显出巨大的个头和一身茶色的绒毛。弗朗斯拜之前就告诉过我，除了飞行章、蒙斯星章和优异服务勋章，斯普莫和那条狗看上去很像。它歪头斜我一眼，不慌不忙地离开了机库。我们目送它慢慢跑开，消失在士兵食堂一角。接着，萨托里斯也掉头回到军官食堂，没了人影。

没过多久，午后巡逻队回到驻地。飞机降落，滑行，停进机库，中队专车也转向机场，停到军官食堂门口，放下了斯普莫。“看好了，”那军士说，“他会尽力做出一副什么也不在意、什么也没注意的样子。”

他穿着高尔夫筒袜，挺着硕大的块头，顺着成排的机库一路走来。拐进机库的时候，他才注意到我。他顿了一顿，但动作极小，几乎看不出来，然后他走进库里，歪头斜了我一眼，拉着又高又平，透着股焦躁的声音，对我说了声“你好”。军士已从桶上起身。我没见斯普莫朝机库后面，朝那翻倒的货箱瞥过一眼，但他停了下来。“军士。”他说。

“长官。”军士说。

“军士，”斯普莫说，“那些定时器到了没有？”

“到了，长官。两周前到的。都已投入使用，长官。”

“那就好。那就好。”他转过身，又斜了我一眼，然后又沿着成排的机库向前走去，步子并不匆忙。接着他没了人影。“你看着吧，”那军士说，“到他觉得我们没在看他的时候，他才会跑去那里。”

我们远远地看着。然后，他又跨入视野，正快着步子，穿向士兵食堂。他消失在食堂一角。很快，他揪着大狗的后颈走了出来，好像拖着一头瘫了的巨兽。“你不准吃那种东西，”他说，“那是给士兵吃的。”

4

当时，我不知道接着又发生了什么。直到后来，到事情发生以后，萨托里斯才让我知道。也许直到那时，除了直觉和间接证据，没别的东西能让他确信自己正遭到背叛：所谓证据，无非是斯普莫给他布置了完全不在他职责范围内的任务，让他一下午都困在机场，他只好去找那不知藏在哪里的狗，放它出来，看它笨手笨脚，慢吞吞地跑没在去亚眠的路上这样的事。

但的确有事发生。我当时能了解到的，只是某天下午，萨托里斯找到了狗，看着它从机场出发，去了亚眠。然后，他违反命令，借了一辆摩托车，也跟着去了亚眠。两小时后那狗从亚眠回来，又跑到士兵食堂的厨房门口。没过多久，萨托里斯也顾自坐着一辆卡车回到机场，卡车上装满了家用物什（他们已经在疏散亚眠），司机是个穿着农民罩衫的法国士兵。那摩托车也上了卡车，坏得完全没法修了。照那司机的说法，萨托里斯想去撞狗，结果全速冲进了一条水沟。

可当时，没人知道究竟发生了什么。但他告诉我之前，我就想象过那幅场景。我想象过，他跑到那家店里，就那一丁点地方，挤满了法国士兵，那个老女人拦在门口（不用说，她肯定分得清肩上的军衔，至少也看得懂胸前的绶带），不让他往住人的房间里闯。我能想象他憋着一肚子火，又不知所措，说不出话来（他完全不懂法语）的样子，就那么站在那儿，比周围的法国人整整高出一头，也听不懂他们在说什么，总以为是在笑他。“就是这样，”他跟我说，“就是在笑我，脸不笑心笑，为一个女人。我知道他就在上面，他们也知道我清楚，如果我撞进去拽他出来，捶烂他的脑袋，我不单要被开除，还要因为没有搜查令之类的东西就侵犯了外国人的财产而违反什么同盟条款，一辈子丁零当啷，交待在牢房里头。”

之后，他折回机场，在路上看见那狗，就一脚油门朝它撞去。狗平安到家，斯普莫也回到驻地，刚好在他揪着狗的后颈，把它从士兵食堂后面的垃圾桶边拖出来的时候，午后巡逻队开始降落。全队出去了六人，回来了五人，巡逻队长右手裹着一块血红的破布，没等轮子停稳就跳下飞机，朝斯普莫跑去。斯普莫正弯腰对着那条腿脚发僵、服服帖帖的狗。“我的老天，”那队长说，“他们拿下康布雷了！”

斯普莫头也不抬：“谁拿下了？”

“德国佬，我的天！”

“好吧，我的老天。”斯普莫说，“来吧，走了。我告诉过你，别碰那垃圾。”

像这样的人是没有弱点的。我和萨托里斯头一回聊天时，我张口就这么说了。可紧接着，我发现萨托里斯一样不可战胜。那次我们聊了不少。“我试过让他叫我教他开‘骆驼’上天，”萨托里斯说，“我肯定免费教他。我肯定自己动手，拆了座舱，安个双重控制，免费改装。”

“怎么？”我说，“这是图什么呢？”

“怎么都行。我让他挑。他要是想开，开 S. E. 也行，我开 Ak. W，甚至 Fee 都可以，要不了四分钟，我就能把他赶下天去。我要把他赶到地里，叫他两脚朝天，咽他几口烂泥。”

我们聊过两次：第一次和最后一次。“好吧，你干的比你说的还牛。”最后一次聊时我说。

当时，他嘴里没剩几颗牙了，没法好好说话，当然，他也从来没好好说过什么，活到头了估计也只会两百个词。“说的什么？”他说。

“你之前说要把他赶下天去。结果倒没这么干；你干的比这还牛：你是彻底把他赶出了欧洲大陆。”

5

我想我说过，他也是个不可战胜的人。一九一八年十一月十一没能要他的命，也没把他留在办公桌后，让他每年都多长些许肥肉，让昔日的刚健、精瘦与果敢每年都蒙上些许暗淡、困惑，遭到些许背叛，因为到了那天，他已死了快六个月了。

他死在七月，但他死前，我们又聊了一次，就是那最后一次。那是在巡逻队回来报告康布雷陷落，我们听说亚眠挨炸的一星期后。他亲自用那张漏风的嘴把他干的好事告诉了我。说是有一天，整个中队一起出动。队伍一到豁开缺口的前线，他就脱离机群，揣着裤腿袋里的一瓶白兰地飞回了亚眠。亚眠正在疏散，路上到处是拉满家用物品的卡车和马车，还有基地医院派来的救护车，整个亚眠和周边地区都成了禁区。

他降落在一块矮草地上。他说有个老女人在运河对岸的一块地里干活（他说一小时后，他回来的时候，她还在那儿，倔强地弓在一排排绿色的庄稼间，落进城里的炮弹不时激起缓慢、骇人的声浪，浪头拍过她头顶，震颤着春天潮润的空气），一辆轻型救护车停在半路，栽在路边的沟里。

他朝那辆救护车走去。车的引擎还在打转。开车的是个戴眼镜的年轻人。他看上去像个学生，已喝得烂醉，半个身子都挂到了驾驶室外。萨托里斯拔出自己的酒瓶，喝了两口，动手想把他扶起，但白费了力气。接着，他又喝了两口（这时他想必挺得意的；他告诉过我，说正好那天早上，斯普莫坐专车走了，他找到了狗，看着它跑上了去亚眠的路，然后，他想办法让作战军官免了他当天的巡逻任务，准他离队，那作战军官还说拉斐特就在桑泰尔高地上等他），把那人翻回车内，自己开车去了亚眠。

他说他经过那家店，把救护车停到门口的时候，那法国下士正对着瓶子在门廊上喝酒。门锁着。他喝光瓶里的白兰地，像玩橄榄球一样，顶肩，起冲，撞开了门。他进到门里。里面空荡荡的，桌子和长凳都四脚朝天，架子上一瓶酒也没有，他说一开始他完全忘了自己要干吗，所以还觉得他肯定是来喝一杯的。他在吧台下找到一瓶酒，对着吧台边缘磕掉了瓶颈，他说他就那么站在那儿，看着吧台后那面镜子里的自己，使劲回想他是干什么来的。“我样子很野。”他说。

接着，第一颗炸弹落下。我能想象当时的情景：他站在那儿，屋里安静、平和，气味浓重，四周一片狼藉，衬着褪撞坏的门，门外是静静沉思、默默等待的城市；接着，那缓慢的声响从容回荡，落向弥漫春天的浓稠空气，像一只手，慢慢搭上潮湿的寂静；他说他听见屋里有灰尘或者沙子或者石灰或者别的什么东西撒落，发出咝咝一阵细声，一只又大又瘦的猫一声不响地跳上吧台，又水一样流到地上，脏水银似的没了影子。

接着，他看见吧台后那扇关着的门，总算想起了来意。他绕到吧台后面，想着这扇门应该也锁着。他抓住把手，铆足了劲往后一拉。门倒没锁。他说门往回一弹，好像谁拿手枪开了一枪，砰的一声，摔进了边上的酒架，把他也撂倒在地。“我脑袋撞了吧台，”他说，“后来我可能一直有点晕乎。”

总之，他扶着门框站起，在门里望着下面的老女人。她坐在最下面的台阶上，头上罩着围裙，来回晃着身子。他说那围裙干净得很，像活塞一样来回地动，他立在门里，微微淌着口水。“夫人。”他说。女人来回晃着。他小心站稳，探出上身，碰碰她的肩膀。“图瓦内特，”他说，“图瓦内特在哪儿？”[①] 他会的法语大概就这一句；这三个法语单词，加上“vin”[②]，再加上一百九十六个英语单词，就构成了他的全部词汇。

女人仍不答话。她像个上了发条的玩具似的来回晃着。他小心从她身上跨过，登上楼梯。最上面有另一扇门。他停

① 原文为法语。
② 法语，即“酒”。

在门前，听门里的动静，喉头涌起一口咸苦的热痰。他吐掉一口，淌着口水；喉头又涌起一口。这扇门也没上锁。他悄悄开门进屋。屋里有张桌子，桌上有顶缀着空军铜徽的卡其帽，他淌着口水站在门里，那条狗从离窗最远的角落里抬起脑袋，目光越过桌上的帽子，迎向他的目光，人狗对视之际，第二颗炸弹的巨响沉沉轰进屋里，震起了软塌塌地遮在窗前的帘子。

他绕桌走了几步，那狗也跟着他动，让桌子隔在他们中间，眼睛盯着他看。他努力不出声响，但身子还是带到了桌子（可能是边走边注意着狗的时候），他说他到了对面的房门，屏住了呼吸，淌着口水站在门边的时候，他简直能听见门后那个房间里的沉默。接着，一个声音说：

“妈妈？”

他踢了踢门，门锁着，于是他又像玩橄榄球一样朝门上撞去，终于，连门一起，他冲破了所有障碍。那姑娘尖叫起来。但他说他根本没看见她人，他谁也没看见。他就是在他撞进门里、四脚着地的时候听到了她的尖叫。那是个卧室，一角挤着一个巨大的双门衣柜。柜门关着，房间里好像什么也没有。他没往柜子那儿走。他说他就那么跪在那儿，两手撑地，嘴里淌着口水，像头奶牛一样，听着第三颗炸弹的回响渐渐消散，望着窗前的帘子被谁吹了口气似的往屋里一飘。

他站起身。“我还是有点晕乎，”他说，“我感觉是那瓶白兰地和上楼前喝的那酒在肚子里闹一块儿了。”我估计也是。房间里有把椅子，椅上有一条叠得整整齐齐的便裤，一件挂着观察员飞行章，配着两条绶带的上衣，和一条军用皮带。他站在那儿，低头望着椅子，第四颗炸弹落下。

他收起那些衣物。椅子翻倒在地。他一脚踹开椅子，踉跄地挨着墙走，然后穿过那扇破门，走进第一个房间，经过那桌子的时候，还顺手拿走了帽子。狗已跑没了影。

他走进过道。那老女人照旧坐在底下，头上罩着围裙，身子来回摇晃。他站在顶上，勉强稳住双脚，准备再吐一口痰。很快，一个声音从下面传来："你在那上面干吗？"①

他往下一看，那个他来时正对着瓶子当街喝酒的法国下士仰着一张撇着胡子的脸。他们互看了一阵。然后那下士胳膊一挥，打了个蛮横的手势，说了句："下来。"② 萨托里斯一手抓着那些衣服，一手往楼梯扶手上一撑，一跃而下。

那下士往边上一蹦。萨托里斯扑了个空，一头撞到墙上，脑袋又碰出重重一声闷响。趁他还没站起，不及转身，那下士抬脚踹向他的肚子，一脚踹完又补一脚。萨托里斯反手一拳，那下士垫着一身笨重的外套躺倒在地，一手拽紧裤袋，一靴子蹬到萨托里斯的大腿根上。接着那下士把手一松，亮出一把短筒手枪，对着萨托里斯就是一枪。

第二枪没响，萨托里斯就弹到他身上，一脚踩住他拿枪的手。他说他隔着靴子都能感觉到那人的骨头，说那下士绷起两撇匪气十足的胡子，开始像女人一样尖叫起来。萨托里斯说，这事儿好笑就好笑在这里：那家伙把胡子留得像吉尔

---

① 原文为法语。

② 原文为法语。

伯特和沙利文[1]的剧里的海盗一样，却啊啊叫成那样。所以，他说他一手揪起那下士，一手往他下巴上捶，一个劲捶，直到那叫声停下。他说那老女人仍旧罩着那条上了浆的围裙来回地晃。“好像她已经穿好戴好，还等着被人蹂躏一通、洗劫一空似的。”他说。

他收起那些衣物，走到吧台，又拿起酒瓶大喝几口，边喝边看着镜子里的自己。然后他发现他嘴里在流血。他说他不知道是他翻过扶手跳下楼去的时候咬破了舌头，还是那碎了的瓶颈割破了他的嘴巴。他喝光了瓶里的酒，把瓶子摔在地上。

他说他不知道他当时想干吗。他说到他把那昏过去的司机拖出车厢，给他换上斯普莫上尉的裤子、帽子和挂着绶带的上衣，再把他塞回车里的时候，他也没意识到自己的打算。

他记得他在吧台后看见一只积了灰的墨水台。他翻了翻外套，摸到一小张纸，一张八个月前一个伦敦裁缝开给他的账单。他一边吐痰，一边淌着口水，靠在吧台上一板一眼地把斯普莫上尉的名字、中队编号和驻地写在账单背面，把单子塞进被绶带和飞行章盖住的上衣口袋，然后开车回到他停飞机的地方。

澳新军团[2]的一个营在路边的沟里休息。他把救护车和

---

① 指合作过多部喜剧的英国剧作家威廉·吉尔伯特（William Gilbert，1836—1911）和作曲家阿瑟·沙利文（Arthur Sullivan，1842—1900）。

② 指第一次世界大战时，澳大利亚和新西兰的部队组成的军团。

睡着的乘客留给了他们，营里出了四人，帮着发动引擎，扶稳机翼，让他短距起飞。

然后，他回到了前线。他说这一点他完全没印象了；他说他只记得他下面那块田里的老女人，然后，他突然闯进一片弹幕，飞机飞得很低，低到能感觉到空气在地面和机翼间震荡，能看得清地面部队的脸。他说是什么部队他不知道，但不管是敌是我，他都开火扫了一通。“反正我从来没听说有谁在地上被飞机打伤，”他说，“哦，不对；这话我收回。以前加拿大有个农民在他一千英亩的田地中央耕地的时候，一个实习兵坠机砸上了他的脑袋。”

然后，他飞回了驻地。他们说，到了机场，他慢着速度，在两个机库间滑行，他们连飞机轮子里的阀杆都能看清，接着他跑起轮子，穿过机场，又拔头飞起。那枪炮军士说，他垂直爬升，直到失速，他稳住那“骆驼”，翻转，悠悠倒着机身飞了一阵。“他一直盯着那狗，”那军士说，“它回来大概一小时了，就在士兵食堂后面刨垃圾桶呢。”他说萨托里斯朝那条狗俯冲下来，然后拉起机头，往上翻了两个跟头，仍旧倒着机身，靠一侧机翼飞着。然后那军士说，他大概没扳回气阀，在一百英尺高的地方，引擎出了问题，萨托里斯翻着飞机，削掉了驻地里剩下的最后两棵白杨的树梢。

那军士说，接着他们跑了起来，跑向那一团沙尘、一堆铁丝和木头。他说没等他们跑到，那条狗就从士兵食堂后面小跑出来。他说，那狗先到了地方，他们看见萨托里斯四脚着地，跪在那儿不停地吐，那狗就待在一边，盯着他看。然后，狗凑近几步，探着鼻子闻了闻吐在地上的东西，萨托里斯起身，晃稳，踢了它一脚，劲虽绵软，意思却又真又狠。

6

救护车司机穿着斯普莫的制服，被澳新军团的少校送回了机场。他们把他放到床上，直到那天下午准将和空军司令来了机场，他还在那儿睡。将军和司令还在的时候，一辆牛车转上机场，停在那儿，车上拉着个装鸡的铁丝笼，笼上坐着穿女人裙子、披针织围巾的斯普莫。第二天，斯普莫就回了英国。我们听说他要到空勤预备学校做个临时上校。

“不管怎样，那狗会喜欢那儿的。”我说。

“狗？”萨托里斯说。

“那儿吃的比我们这儿好。”我说。

“喔。”萨托里斯说。他们把他降成了少尉，理由是他玩忽职守，开着政府财产闯入禁区，还随意停放，不加看管。他被调到了另一个中队，一个在 B. E. 中队的人看来都称得上“洗衣房”的中队。

这是他离开的前一天。这时他已经一颗门牙也没了。他为说话漏风道了个歉，当然，他那张嘴也从没完好无损地说过什么。“好笑的是，”他说，“那也是个‘骆驼’中队。我真是想笑。”

“笑？”我说。

“喔，我还能坐‘骆驼’呢。我能坐在里面，架枪对着外面，偶尔平一平机翼。但我开不了‘骆驼’。开了‘骆驼’，降落的时候你还得扳个气阀，往地上飞。然后你数十就行，到十没撞，就平着落地。着了地，你还能站得起来，走得了路，就算你成功降落。要是那飞机还能再用，你就是王牌飞行员了。但好笑的不是这个。”

“不是哪个？”

“不是‘骆驼’。好笑的是，这是个夜勤中队。我猜他们都待在城里，天黑了才会回机场上天。他们要送我去夜勤中队。所以我真是想笑。”

“换我我也想笑，”我说，“但你总能想点办法的吧？”

“那是当然。扳好气阀，不让坠机，不让失速，让那几只翼灯闪起就行。那把戏我懂。就是整夜不睡，放放照明弹，坐等天亮收工。所以，你懂了吧，我真是想笑。我连白天都开不了‘骆驼’。他们都不知道。”

“好吧，不管怎样，你干的比你当时保证的还牛。”我说，“你把他赶出了欧洲大陆。”

“是的，”他说，“我当然该笑。他得回英国去了，那儿男人都走没了。全是女人，没一个十四到八十岁之间的男人能帮他。我真是想笑。”

7

到了七月，我仍在总部办公室当差，仍旧坐在一张办公桌边，跟一把裁纸刀、一罐胶水、一瓶红墨水，和满满一桌又薄又寒碜，一角脏一角干净的信封做伴，并努力习惯着我的假腿。信件定期、分批送达，等着发往英国各地的城镇、村庄和有些连村庄都算不上的地方。有一天，我偶然发现两份寄往美国，收件人相同的邮件：一封信和一个包裹。我先拿起了信。信上没有地址，也没有日期：

亲爱的珍妮姑婆：

是的我收到了埃尔诺拉织的袜子。穿上刚好因为我把它们给我的勤务兵了他说穿上刚好。是的比起以前待的地方我更喜欢这里这里的家伙都很不错除了这些该死的“骆驼”。我去教堂没什么问题但我们也不是总有教堂可去。有时候他们会让飞机修理工去教堂我觉得大概是修理工需要教堂的缘故但我礼拜天一般很忙但我觉得我去得也够多了。告诉埃尔诺拉很谢谢她的袜子穿上都刚好但可能你还是别告诉她我把袜子都送人了吧。向艾瑟姆和其他黑鬼问好还有祖父也告诉他钱都收到但打仗贵得要命。

乔尼

不过，不管怎样，狗尾猴子打不起仗来。我想打仗终归是太费口舌的事。也许这就是原因。

包裹的收件人和信一样，也是美国密西西比州杰弗逊镇的弗吉尼亚·萨托里斯太太，我心里嘀咕起来，能让他这人想着要寄回家的到底是什么？我无法想象他会给一个在其他国家的女人挑选礼物，更无法想象他能像某些男人一样脑筋一动就万无一失地挑出个没用却讨巧的小玩意儿。真想着寄点东西，他挑的大致也是一截曲轴，或者德国佬坠机后从飞机残骸里救下的一把曲柄销。于是我打开了包裹。然后我坐在那儿，望着里面的东西。

一封写着收信地址的信，一些卷角的旧纸，一只带子沾过某种深色液体，干掉后已经发硬的手表，一副只剩一块镜片的护目镜和一块刻着姓名首字母组合的银腰带扣。没有别的。

所以，信是不需要读了。我也不必去看包裹里的东西，但我想看。我不想读信，又不得不读。

——英国皇家空军，某飞行中队，法国

一九一八年七月五日

亲爱的夫人：

我不得不告知您，昨天早上，您儿子牺牲了。他在敌军防线上奋力执行任务时被击落。这不是粗心大意或技术不精所致。他是个出色的男人。您的儿子以一敌多，在高度与速度上也不及敌机，这是我们的不幸但不是政府的过失，如有更好的飞机政府肯定会配给我们，但无论如何您的损失都无法挽回。我们的另一位飞行员，当时在您儿子下方一千英尺处飞行的R.基尔林先生无法爬升到您儿子的高度，因为您儿子在机库里花了很多时间，在上周给他的飞机换了一台新发动机。基尔林先生说您儿子在飞机着火十秒后就跳出了飞机，之前他一直处于安全侧滑状态，直到敌机打掉了他的稳定器和控制器后，他的飞机才开始失控。我无比悲伤地向您传达这些悲伤的消息，为他下葬的是一位牧师，这或许能让您感到一点安慰。他的其他遗物之后会寄还给您。

节哀，夫人，我与您同在

C. 凯少校

他就葬在圣瓦斯特以北的墓园里因为我们希望那儿不再挨炸因为我们希望我们的牧师能早点让他下葬因为当时只有两架“骆驼”和七架敌机所以那儿还算我们的地方。

C. K. 少校

其他纸上都是他姑婆写来的信，不多，不长。我不知道他为什么留着它们。但他一直留着。也许他只是忘了，就像他忘了那个春天的上午他到亚眠去时在外套里找到的那张伦敦裁缝开给他的账单。

……别管那些外国女人。我自己也经历过一仗，我知道打仗的时候女人是什么样子，还和北方佬混在一起。你这么个没用的捣蛋鬼……

还有：

……我们都觉得你差不多该回家来了。你祖父越来越老，看样子那边的仗他们是打不完了。所以你回家就是。现在北方佬打进去了。想打就让他们去打。这是他们的仗。不是我们的仗。

就是这些。就是这样。勇气也好，莽撞也好，随你怎么叫它，不过一闪光亮，一瞬升华——啪！又回到那一片黑暗。就因为这样——它味道太重，成不了日常食粮。真成了日常食粮，它就闪不了光，耀不了眼。于是，因其短暂，它只能保存在纸上，在纸上延长：一张照片，一些文字——随便哪个小孩拿根火柴，擦出个人畜无害的小火苗子就能立刻抹消的东西。头裹硫黄的木棍不过一寸，却比记忆和悲伤更长；火苗不过六便士大小，却比勇气与绝望烧得更旺。

裂缝

队伍绕着阵地边缘继续前进，穿过新新旧旧的弹坑，一会儿织进坑里，一会儿又爬到外面。两个人半扛半拽，把第三个人拖在中间，另外两人扛着他们的三支步枪。第三个人头缠一条血红的破布；他晃着一双不听使唤的腿脚，踉踉跄跄，一路耷拉着脑袋，汗水缓缓淌下，在满脸的干泥上辟出条条沟槽。

阵地不断向前，一直穿过平原，结结实实地延伸到很远的地方。偶尔有一小股风不知从哪儿吹来，从被啃过似的白杨丛上掠过，刮掉一层消了又起的暗褐色的烟尘。队伍走进一片田地，从地里穿过，地里一个月前播了麦种，这会儿还有麦苗拗在搅乱的土里，矛似的翘在金属碎屑和火烫的烂布堆间。

过了麦地，一条运河出现在眼前，河边左右对称地镶着两排粗粗修成约五尺高的树桩。众人扑通跪倒，捧起污水就喝，往水壶里灌水。两个抬手肩膀一卸，伤号滑到地上；他软塌塌地披在岸上，两条胳膊都浸在水里，要不是有人抬着，脑袋也得下水。一个人用头盔舀起水来，水到嘴里，那伤号却咽不下去。于是他们直起他的上身，那人把盔檐凑到他唇边，往盔里加满了水，把水浇到他头上，水浸透了绷带。接着，那人从袋里抽出一条脏兮兮的破布，生硬地柔着手劲，擦干了伤号的脸。

上尉、中尉和中士仍旧站着，认真钻研一张沾泥的地图。运河对岸的地势逐渐上升，河坡上露出白垩地层惨白的土色。上尉收起地图，中士低声令众人起身。两个抬手扛起伤号，队伍沿河岸前进，不久便走到一座浮桥，桥身是一艘浸水的驳船，头尾扎在两岸，众人从桥上走过。上了对岸，队伍再作停顿，上尉和中尉又查起地图。

炮火像一阵持久的冰雹，越过春日苍白的午时，噼啪砸向一片没有尽头的金属屋顶。队伍继续前进，脚下的白垩地逐渐隆起。坡面又干又糙，铺着松软的页岩，两个扛着伤号的人走得比其他人更难。可他们一停，那伤号倒一顿猛扭，挣脱开去，手往头上一抱，自个儿往前晃去，然后脚下一绊，倒在地上。扛他的人赶忙跟上，把他扶起，扛住，任他夹在中间扭着胳膊，犯起嘀咕。他嘀咕着“……帽子……”，然后抽出双手，又去扒扯头上的绷带。骚乱传到队伍前面。上尉回头，停步；队伍得令似的跟着停住，压低了枪口。

“他在抱怨绷带，长官。”一个抬手对上尉说。两人让伤号坐在他们中间，上尉膝头一降，跪在他边上。

“……帽子……帽子。”伤号不住嘀咕。上尉松开绷带。中士递来一只水壶，上尉湿了湿绷带，手掌往伤号的额头上一贴。其他人站在一边，冷眼抽身，不无兴致地看着。中尉从地上站起。抬手又扛起伤号。中士一声口令，队伍又动了起来。

他们登上脊顶。山脊往西斜进一片微有起伏的高地。南面的炮火罩着暗褐色的烟幕，依然在怒吼。西北两面，空旷的平原一派光亮，到处有黑烟从树丛里懒懒飘起。但那不是火药炸起的烟，是有东西，有木头在烧。两个军官手往额前一掩，凝神望去，众人又得令似的停在原地，按下枪口。

“天啊，长官，”中尉突然喊出又高又细的声音，“是房子在烧！他们在撤退！畜生！畜生！”

“有这可能，”上尉仍掩手望着，“咱们现在可以绕过那边的火力。前面就应该有路。”说完，他又迈起大步。

中士又拉起不高不低的调子，说了声“前——进——”。众人令至手抬，提枪上肩，没有半点犹疑。

山脊上覆着一层荆豆似的硬草。虫子在草里嗡嗡地叫，接连从脚底蹿起，又落下，化作窸窣响动，躲进午时的微光。那伤号又念叨起来。五个人不时停下，让伤号喝水，把绷带打湿，然后作个轮换，扛枪的换人，扛人的换枪，再拖着伤号快步一赶，跟上队伍。

接着，打头的忽然停住，后面的人不及收步，身子往前一颠，都撞到一起，好像一列车头急刹、车厢七扭八歪的货运火车。上尉跟前是个巨大的浅坑，坑里稀零零地冒着死气沉沉的黄草，好像土里戳出的丛丛刺刀。小炮弹炸不出这么个大坑，大炮弹也炸不出这么个浅坑。完全看不出有什么东西能弄出这么个怪坑。他们静静望着坑底。“奇了，”中尉说，“你觉得是怎么回事？”

上尉没有回答，只转过身去。他们静静望着坑底，开始绕着坑走。还没绕过第一个坑，他们又走到了另一个尺寸或许没那么大的坑边。“我想不到他们有什么东西能弄出这种坑来。”中尉说。上尉仍不回答。他们同样绕过第二个坑，继续沿山脊行进。这时，山脊开始一层一层陡转急下，饱受侵蚀的白垩岩层一截一截地吐着苍白。

一道浅沟咧嘴豁着土牙，兀然横在面前。上尉又转了个身，顺着山沟的方向带队，没走多久，山沟便拐个直角，裂向队伍原本的行进方向。沟底掩在暗里，上尉带头爬下斜壁，没入黑影。他们把伤号小心搀到沟底，继续前进。

不久，他们摸出山沟，到了开阔地带。他们发现自己又走进了另一个之前那样的浅坑。但眼前这坑的轮廓倒没那么清晰，对面的坑壁显然被另一个坑咬了一口，缺了一块，像两只交叠的盘子。他们穿过第一个坑，草刃密了不少，死气沉沉，沙沙刮着腿脚，队伍过了缺口，走进第二个坑。

第二个坑像微型悬崖间的微型峡谷。抬头，只一碗昏沉、空寂的天和几抹糊向西北的淡烟。阵地已远，枪炮声被距离稀释：与其说是声音，不如说是地里的一股震颤。四下全无新近留下的弹坑。他们像支走失的队伍，突然踏进了这片地域，这个战火还没烧到的世界，这个什么也没到过，没有生命，连寂静都是死寂的世界。他们给伤号喂了些水，又继续前进。

坑里——峡谷里——一片幽暗，前路依稀。他们能看见，前面是一连串依稀成圈，圈叠着圈，且成因无从推断的坑地。苍白的草刃沙沙刮着腿脚，刮了一阵，周围又立起树来，树上创痕累累，都是已经愈合的老伤，稀稀几片叶子依依挂着，也像被时间的间隙追手攥住，不绿，也不枯，没风，却仍干着嗓子，窃窃私语。谷底起起伏伏，依稀沉进坑里，又依稀从斜壁间爬起。有白兮兮的岩球顶出单薄的土表，凸在这些小坑的中心。地有弹性，一脚下去，像踩在软木塞上，没有声音。“这路走得舒服。”中尉说。他没抬嗓门，声音却霹雳似的突然，瞬间填满了窄小的峡谷，填满了寂静，话声悬着一般，在他们身边徘徊，好像这一腔寂静太久没被打搅，已忘了它的初衷；他们不约而同，安静、冷静地环望四周，看看两边的斜壁，看看顽魂不散的树木，看看漠然噤声的天空。“不敢上阵的尿包孬鸟躲这儿倒是最好。”中尉说。

“是。”上尉说。话声也一样懒在半空，悬着，再渐渐消散。后面的人靠了上来，动静传到前面，众人安静、冷静地环望四周。

“可这儿没鸟，”中尉说，“连虫子都没。”

“是。”上尉说。话声散去，寂静重新降下，透着天光，静得深沉。中尉步子一收，用脚拨了拨什么东西。众人也跟着停下，中尉和上尉端详着那把半露着枪身，正烂在地里的步枪，但没伸手去碰。伤号又念叨起来。

“是什么，长官？”中尉说，“像那些加拿大人用过的东西。罗斯枪。是吧？”

“法国货，”上尉说，“1914 型。”

“喔。”中尉说。他用脚尖把步枪翻到一边，那枪管上还插着刺刀，但枪托早已烂光。他们继续前进，踏过起伏不平的地面，在不停从土里冒头的白球间穿行。日光苍白、昏沉，谷里死水般积着一潭光亮，没有形体，也没有温度。军刀似的杂草僵着腰板，稀稀落落地挺着。众人又转头望向页岩层叠的坑壁；接着，领头的几人转头看着中尉脚下一停，用手杖戳了戳一颗白球，随即翻起一双沾满泥巴的眼窝、一副龇牙咧嘴的狞笑。

“前进。”上尉厉声发令。队伍动了起来；众人默不吭声地迈着步子，好奇地看着那颗头骨。他们继续向前，从其他头骨间穿过，白兮兮的球凸像随意镶嵌在薄土上的大理石一样。

“都在同一个位置，你注意到没，长官？”中尉饶舌起来，声音里透着乐呵，“都直直冒着。这人埋得也就怪了：全坐着不成？土也太薄。”

“是。”上尉说。伤号不停念叨。两个抬手沉肩站定，但其他人一步不停，抱团跟着军官，甩下抬手和伤号。“别停下喂了，”一个抬手说，“让他边走边喝。”于是二人又扛起伤号，快起步子，一人勉强抓起壶颈，把壶凑到伤号嘴边，壶口边晃边咔咔敲着他的门牙，水哗哗洒向前胸，顺着军服落下。上尉回过头来。

“怎么回事？”他厉声说。众人拥到他身后，个个睁大了眼睛，没半点迷糊。他看着一张张沉静、专注的脸。“后面什么情况，中士？”

“不安分的东西。”中尉说。他看看蚀在两边的坑壁，看看静静冒在土里的白球，说：“我能感觉得到。”他哈哈一笑，笑声有些轻细，缓缓被寂静淹没。“还是快点出去，长官，”他说，“还是回太阳底下。”

“你现在就在太阳底下。”上尉说，“放松点，各位。别挤一块儿。就快走出去了。咱们去找到大路，绕过阵地，联系上自己人。”他转身继续前进。队伍又动了起来。

突然，所有人都一齐停住，身子仍保持着走路的姿势，一动不动地凝在那儿，眼睛直直望着彼此。脚下的土地再一颤动。有人大叫一声，声音尖得像马，像女人。原本硬实的地面又在脚下一挪，动第三次的时候，军官们猛地转身，看见大叫的人直往下跌，身后豁开一个大洞，干土不停从洞口边缘剥落，一眨眼工夫，地又往后一坍，放倒了第二个人。接着，地上像有剑劈似的迸开一道裂口。土在脚下绽裂，灰白的土块像一地锯齿边缘的方形软糖斜斜滑落，呕出一洞漆黑，洞里像爆炸了一样，虽没出声，却明明白白地喷出一股腐肉的气味。他们脚下大乱，从一个土块跳到另一个土块（寂静已重新缝合；第一个人大叫以后，没人出过一声），土块下斜，滑陷，直到整个谷底在脚下缓缓流动起来，把他们吞进一片黑暗。一座土坟隆隆升起，重见日光，喘出一口腐臭，一层薄尘腾起，渗入稀薄的空气，飘在漆黑的洞口。

上尉觉得自己被松塌的土块拉着拽着，滑下了一堵移动的陡墙，周围一片墨黑，听得见惊恐的呼声，感觉得到一股股挣扎。又有人尖叫起来。叫声很快被掐灭。他听见那伤号的话声窸窸窣窣，反反复复，从不住陷落的腐肚烂肠里传来——“我还没死！我还没死！”——然后突然消停，像是被谁捂住了嘴。

下坠的陡崖缓成逐渐下斜的土坡，最后把上尉射向了一块硬地，完全没伤着他，他仰面在地上躺了一阵，死亡和腐坏的气息寻着光亮和空气，从他脸上掠过。着陆时，他顶到了什么东西，它轻轻塌到他身上，哗啦一声闷响，好像散成了碎片。

然后，他看见了光，看见了亮出一圈锯齿的洞口高高悬在头顶。接着，中士打着一只便携电筒，趴到上尉身上。“麦基？”上尉说。中士拿电筒往自己脸上一照，当是回答。“麦基在哪儿？”上尉说。

“不见了，长官。”中士哑着嗓门，小声回答。上尉坐起身来。

“剩几个人？”

“十四个，长官。”中士小声说。

“十四个。少了十二个。咱得赶紧挖了。”他从地上站起。微弱的天光冷冷地照着成堆的崩土，照着在崖底缩成一团的十三顶头盔和一条白色的绷带。“咱们在哪儿？”

中士又不答话，只动动手里的电筒。光柱横进暗里，打到一道墙上，又顺着墙面，随一条地道没入一洞漆黑。墙上映出斑斑白垩，挨着墙面，穿暗色军衣和蓬松的佐阿夫轻步兵军裤的骷髅直着上身，或坐或靠，身边摆着朽烂的武器。上尉认得出来，那是参加一九一五年五月战役的塞内加尔军团，大概是在白垩岩洞里避险的时候受了突袭，遭了毒气，连姿势都来不及换就丢了性命。他从中士手里拿过电筒。

“看看还有没有其他人吧，”他说，“拿挖沟的工具。”他把光打向崖壁。光不断攀升，透过幽暗，渗进浓黑，又没入细响嗡嗡的天光。他爬上松垮的土堆，中士紧跟在后，脚下的土沙沙叹气，片片塌落。伤号又哀号起来："我还没死！我还没死！"声音越来越高，直到哀号变成持续的尖叫。有人伸手捂住他的嘴巴。那叫声先是一闷，很快又扬起调子，变成笑声，笑声又变成尖叫，最后又噎进喉咙。

上尉和中士壮起胆子，越爬越高，边爬边用手杖往土里戳，土堆默默拉着长叹，在脚下蠕动。其他人拢成一团，缩在崖底，发白的脸抬在光里，表情模糊、隐忍。上尉拿电筒上上下下扫了扫崖壁，不见一枪、一手，什么也没有。空气慢慢澄清。"继续前进。"上尉说。

"是，长——官。"中士说。

地洞往左、往右都通向黑暗，深不可测的黑暗，墙边或坐或靠，满是沉默的、挨着武器的骷髅。

"这地方一塌，倒把我们往前甩了。"上尉说。

"是，长——官。"中士小声说。

"放出声来，"上尉说，"就是个小洞罢了。人家能进来，咱就能出去。"

"是，长——官。"中士小声说。

"把我们往前甩了，口子就不远了。"

"是，长——官。"中士小声说。

上尉打光向前。众人从地上起身，默默挤到他身后，伤号也在其中，顾自抽着鼻子。坟洞不断延伸，崖面逐渐延展，在黑暗里泛起微光。众人逐步前进，坐在墙边的形体迎光咧嘴，逐个发出无声的狞笑。空气越来越重；很快，他们小跑起来，喘起粗气，接着空气又开始变轻，电筒的光扫上另一道土坡。土坡封住了去路。众人在坡前停住，挤成一团。上尉登上土坡。他关掉电筒，沿着和洞顶相接的坡顶慢慢爬了一阵，不停用鼻子嗅着。电筒又突然亮起。“来两个人，拿上挖具。”他说。

两个人爬到他身边。他指指那条一丝一丝透着活气的裂隙。两人立刻动手猛挖，拼命往后刨土。挖了一会儿，另外两人来换了个班。又过了一会儿，缝隙变成能容四人一起干活的坑道。空气清新起来。他们玩命地挖，边挖边像狗一样抽着鼻子，又哭又号。可能是听到了他们的声音，也可能是沾上了兴奋劲儿，那伤号又放声大笑，笑得又高又尖，不知所谓。终于，领头的挖手突破了最后的障碍。光像水一样冲进破口，将他裹住；他疯了似的挖着；他们看着那副轮廓，黑色的臀球一上一下地颠着，直到天光涌进坑道，将他彻底淹没。

其他人撇下伤号，拥上土坡，在道口争着嚷着。中士弹到他们后面，抡起一把锹子就打，压着嘶哑的嗓门连连咒骂，要把他们赶跑。

“让他们走，中士。”上尉说。中士停手收嘴。他站到一旁，望着他们手忙脚乱地爬进坑道。然后他下到坡底，和上尉一起扶伤号上坡。到了道口，伤号反抗起来。

“我还没死！我还没死！”他哀号着，挣扎着。他们嘴上哄骗，手上使劲，把他往坑道里塞，由他号着、闹着，进了道里，他又安分下来，麻溜地从中穿过。

“你进，中士。”上尉说。

“你先，长——官。”中士小声说。

“进去，快点！”上尉说。中士钻进坑道。上尉跟在后面。他穿过堵住地洞的土堆，出现在另一侧的斜坡上，他的十四个手下在坡底跪成了一团。他野兽似的跪趴在那儿，使劲呼吸，声音粗得像拉风箱一样。“夏天就快到了。”他边想边喘，没等废气吐完就急着往肺里灌气，“夏天就快到了，日头就长了。”坡底跪着他的十四个手下。跪在正中的人捧着本《圣经》，单调地念着，声音逐渐被伤号的话声盖过，没完没了的胡言乱语，软绵绵的，不知所云。

第二部分

红叶[①]

1

两个印第安人穿过种植园，往黑奴生活区走去。部落蓄的奴隶都在面对面的两排屋舍里住，软砖烘干后砌成的墙面刷成雪白，显得干净整洁，一条小巷夹在中间，浅荫轻柔，地上满是深浅不一的光脚印，三五个手工制作的玩偶默默披着尘埃，四下谧无人息。

“到那儿会是什么状况，我心里有数。”一个印第安人说。

“扑个空呗。”另一个回道。时已晌午，道上却空空荡荡，两排小屋寂寂无声，门里门外都不见人影；烟囱裹着厚厚的灰泥，满身裂痕，没一缕炊烟。

“嗯。当今头人他爹过世那会儿，也差不多一样。”

---

① “红叶”，喻指印第安人，英文作“Red Leaves”，又有“血色”（red）加“离去”（leaves）之意，暗指殉葬。

“你是说，咱上一位头人？”

“对。”

第一个印第安人叫“三个篮子”，年纪约六十。这二人身形矮硕，长得还算结实，一副“自由公民”的架势，大肚衬着大头，两张阔脸色如土灰，面相倒还宁和，但又有些模糊，像是苏门答腊和暹罗的断壁上雕着的两尊头像在迷雾里隐隐浮现——正是日光酷烈、阴影浓稠时才有的感觉。两人的头发好像焦土里冒出的莎草；一只彩釉鼻烟盒耳饰般戴在三个篮子的耳朵上。

“我一直都说这不是什么好办法。过去没这些奴舍，没这些黑人，自己的时间就是自己的时间，不愁不够，现在呢，得花大半工夫给这些家伙找活，流血流汗他们乐意。”

“跟狗马似的。”

“跟这人世上的任何东西都没法比的。除了满身臭汗，什么也满足不了他们。真比白人还糟。”

“头人总不见得要亲自去找活给他们干吧。”

“是这个理。我不赞成养奴隶，没什么好处，从前的路子那才叫好，如今这套不行。”

“从前是什么光景，你又没见过。”

“我听见过的人讲过。现在这套，我真没少折腾。人生下来，可不全是为了流血流汗。”

“可不，瞧他们那身皮肉，都成什么样了。”

“是啊，乌黑乌黑，味儿也发苦。”

“你吃过？”

“吃过一次。那时候年轻，胃口好，敢吃，现在哪比得了。”

“也是，现在他们可值钱了，吃了可惜。”

“反正我受不了肉里那种苦味儿。”

“白人愿意拿马来换，吃了浪费，不吃也罢。”

两个印第安人走进小巷。门阶上爬满青苔，周围散落着骨头和破葫芦瓢盘，瘦软的玩偶（多是木头缠上碎布，插上羽毛，做成神像模样的东西）披尘枕土，静静躺在其间。小屋里没一丝声响，门洞里空无人影；昨天伊赛提贝哈咽气以后，便是这样，他俩早有预料。

正中间的屋子比其他各间大上些许，每逢月相盈亏到一定形态，黑奴便聚集在此，举行祭礼，待夜幕落下后再转移到溪边低地，那儿藏着他们的祭鼓。这屋子里则存放着小件琐物——种种神秘饰品和涂着各色红泥标记，记录祭祀经过的根根棍枝。一口炉子放在屋子中央，正对屋顶上开着的洞，一只铁锅悬在灶上，灶里还残留着冷掉的木灰。百叶窗关得严实；两个印第安人在恣肆的阳光里一路走来，乍一进门，双眼竟难辨一物，只觉有黑影齐动，一众眼珠子滴溜打转，满屋黑人无疑。两人在门口停步。

“就是嘛，”三个篮子说，“我早说了，这不是什么好办法。”

“这地方我可待不下去。”另一个应道。

“闻到了吧，黑人一怕，就有这味儿，咱们害怕的时候，味儿不一样。”

“这地方我真待不下去。”

“你这一怕，也冒出味儿了。”

“这味儿没准是伊赛提贝哈身上来的。”

“对啦。他可一清二楚，知道咱俩会白跑一趟，他快死的时候就料到今天这状况了。”恶臭在一片幽暗里飘漾，黑人的眼珠子不停转溜，四下打量。三个篮子冲屋里开口：“我是三个篮子，都认得我吧，我们有头人的命令，来这儿找人，他跑了是吗？”黑人们一声不吭，身上散发的臭味如潮水般在闷热、静滞的空气里起落，他们像融为了一体，正默想着某件遥远而玄妙的事情。他们像一条八脚大章鱼，像一株巨树久别天光、积郁难舒的老根，在泥土豁裂的一刹那露出粗肥扭曲的相貌，散发奇臭的气味。“来，说话，”三个篮子说，“我们干什么来的，你们都知道。他跑了是吗？”

“他们琢磨着呢，”另一个说，“这地方我不想待了。”

“他们肯定知道点什么。”三个篮子说。

“你的意思，是他们把人藏起来了？”

“不，他跑了，昨天晚上就跑了。当今头人的爷爷过世那会儿，也出过同样的状况，花了我们整整三天才抓回那家伙。整整三天，杜姆就躺在地上，一个劲念叨：‘我的马，我的狗，都在了，可我那奴才呢，我没见着呀，你们怎么他了，非不让我安安心心地走吗？’”

“他们可不想白白送命。”

“对呀，倔得很，一刻不让人安生，这些人哪有什么荣誉感，哪懂得什么叫体面，净知道添麻烦。”

“这地方我待不住了。”

“我也待不住。可话说回来，到底是野蛮人，又不能指望他们尊重什么习俗惯例，所以我一再说了，这不是什么好法子。”

“是啊，就光赖着，宁愿顶着日头干活，也不肯陪酋长入土，居然跑了！”

黑人们继续沉默，不出一声，亮白的眸子转个不休，目光里野性未绝，却尤显压抑。屋里恶臭阵阵，刺鼻难忍。“你说得对，他们怕了，”那印第安人接着说道，“现在咱怎么办？”

“走吧，找头人商量。”

“莫克土贝肯听？”

“不听又怎样？这事儿他肯定不愿意管，可谁让他是当今头人。”

“对哟，他现在是头人了。那红跟鞋倒能一直穿了。”说完，两人转身出门；跟其他所有小屋一样，门框里并无门板。

“那鞋他一直在穿。”三个篮子说。

“从前是背着伊赛提贝哈穿嘛，现在是头人了，鞋归他咯。”

“嗯。偷着穿，伊赛提贝哈可不乐意，我听人提过。他跟莫克土贝说：‘等你当上头人，鞋就属于你了，可在那以前，鞋还是我的。’眼下莫克土贝是头人了，鞋自然能穿个痛快。”

“是啊，”另一个说，“他现在是头人，过去他老背着伊赛提贝哈穿那鞋子，也不知道伊赛提贝哈知不知道，接着伊赛提贝哈人还没老就一命呜呼，莫克土贝做了头人，鞋子归他。你什么感想？”

“我没有感想，”三个篮子说，“你有感想？”

“没有。”另一个答道。

“嗯，”三个篮子说，“算你聪明。”

2

头人府安在一座小丘上，有栎树环绕。房子正面只一层高，由一艘蒸汽船的甲板室构成；这船当年在河里搁浅，杜姆（伊赛提贝哈的父亲）领着手下的黑奴一通拆卸，用柏木做滚轮，拖了十二里路，才把甲板室拉回领地。整个工程花了五个月时间。所谓头人府，最初不过是孤零零一面砖墙，杜姆将船室一横，靠墙一摆，才有现在的模样，百叶门顶（门楣上方的金字舱名如故）洛可可式的拱形檐口眼下龋损漆落，光彩黯淡。

杜姆出身外戚，是大酋长的三个外甥之一，原本只是个副头目，是个“明戈”[1]。年轻时，杜姆乘一艘龙骨船从密西西比河北段出发，去新奥尔良走了一遭（那时的新奥尔良仍在欧洲人治下），在那里结识了“金发修女”德·维特里骑士；和杜姆本人类似，此人的身份地位——从表面上看——暧昧不明。杜姆得一骑士保驾，便冒充酋长一族领地的世袭继承人，自许“酋长”“头人”，在新奥尔良河滨的恶棍赌徒里混迹；也正因这位德·维特里骑士称他为“杜·

① “明戈”，专用于称呼易洛魁人（Iroquois）——北美印第安人中的一支，曾栖居于现美国纽约、威斯康星、俄亥俄等州，行母系氏族制，长于农耕、手工业。

姆”，才有“杜姆”一名[①]。

这二位无论到哪儿都形影不离：一个身材胖矮的印第安人，貌相骜悍粗野，神情讳深莫测；一个流亡海外的巴黎人，据说是卡隆德莱[②]的相识，威尔金森将军[③]的密友。一段时日后，两人从常去的地方（多是些暧昧的去处）双双消失，不见影踪，只留下传奇、逸闻种种，说杜姆赢了大钱，还缠上一户西印度[④]有钱人家的大小姐，说杜姆人间蒸发好一阵后，那姑娘的兄长和叔叔还揣着手枪到他经常光顾的地方找人。

六个月后，那姑娘登上发往圣路易斯的邮船，也就此消失。一天夜里，邮船在密西西比河北段一处木码头停靠，姑娘在一名黑人侍女的伴同下下船上岸。四个印第安人赶一辆马车前来迎候，因她有孕在身，马车走得缓慢，足足三天才到种植园。到地方后她才发现，杜姆当上了酋长；至于怎么当上的酋长，杜姆对她绝口不提，只说他那舅父和表兄死得突然。当时，懒散的奴隶砌起砖墙，依墙支起一面单坡茅草顶，顶下又隔出了几个房间，在满地垃圾和肉骨头里，头人府就此建成。大片稀世珍土以头人府为中心向四方延展，上万英亩堪比林苑的沃野上，鹿群四处享用青草，自在如家养

---

① 骑士以法文称杜姆为“du homme”，意近英文“the Man”（头人），音近英文“Doom”（杜姆），“doom”一词在英文中有“厄运”“死亡”之意。

② 西班牙驻美洲殖民地总督。

③ 美国将军，曾担任路易斯安那领地（新奥尔良所在地）长官。

④ 指西印度群岛人。

一般。杜姆跟那姑娘在伊赛提贝哈出生前不久成婚，主持婚礼的是个巡回牧师兼奴隶贩子，他骑骡而来，骡鞍上绑着棉布伞一把和外套柳条筐的三加仑威士忌一瓶。婚后，杜姆效仿白人的做法，不断买来奴隶，将部分土地用于耕作。不过，活儿始终不够，大多数奴隶无事可做、无聊终日，照旧过着非洲丛林式生活，唯独外客造访时有所不同：杜姆为娱来宾，常把他们当作猎物，放恶狗穷追猛咬。

杜姆去世那年，伊赛提贝哈十九岁。作为酋长嫡子，他继承了大片土地的同时，也继承了那批数目五倍于过往，对他来说没半点用处的黑奴。伊赛提贝哈虽有头人头衔，部落却由一众叔伯和堂表兄弟形成的权力集团统管；黑奴问题棘手，终于让这些人在头人府聚首，举行了一次秘密会议。舱室门顶的金字下，他们席地而坐，摆出高深莫测的神情——

“靠吃可行不通。”其中一人说。

“怎么行不通？”

“人太多了。”

“确实，”另一个应道，“一开吃，就得吃完，吃那么多肉对人没什么好处。”

“估计和鹿肉差不多，但吃无妨。”

“可以杀掉一些，只杀不吃。”伊赛提贝哈说。

众人注视他片刻。“光杀怎么成？”有人不解。

“没错，”又一人开口道，“这可使不得，白白杀掉太可惜了，想想咱为了给他们找活，遭了多少罪。就这事儿，咱还得学学白人。”

“白人是什么办法？”伊赛提贝哈问。

“多开地，多种粮食，叫他们吃饱喝足，黑人生黑人，养好了卖掉。咱们照搬，也开地，种吃的，多养他几个，卖给白人换钱。”

“换来的钱又怎么办？”有人问。

众人思考片刻。

“换来再说。”前面那位回道。众人照旧盘腿坐着，神色肃穆、深邃。

“这么说，咱又得干活了。”提问的那位接道。

“让黑人去干。”前头那位说。

“对。让黑人干。出汗的滋味可不好受，湿答答的，浑身毛孔张得老开。”

“夜里的凉气直往里钻。”

“对。让黑人去干。我看他们还挺喜欢出汗。”

于是，他们让黑人动手，开垦野地，栽种庄稼。在这之前，所有黑奴都住在一个巨大的围栏里，围栏一角架着个单坡遮顶，像猪圈一样。在这之后，渐有奴舍建起，小屋一间连着一间，年轻黑人根据分配，男女成对地往里头住；五年过去，伊赛提贝哈向一个孟菲斯奴贩卖出四十个奴隶。在新奥尔良舅舅的带领下，他用贩奴所得出国见了次世面。那时，垂垂老矣的“金发修女”德·维特里骑士人在巴黎，戴一顶假发，穿紧身背心，牙齿已经掉光，慎色浓重的老脸上堆满苦怪，心中似有深刻的悲伤。骑士问伊赛提贝哈借了三百块钱，作为回报，他把伊赛提贝哈带进了某些“圈子”。一年过去，伊赛提贝哈漫游归来，带回一张镀金大床、一对多枝烛台（据说蓬巴杜夫人[1]当年就在这对烛台的光照下梳理秀发，路易十五则越过夫人的香肩，冲他映在镜中的脸痴痴地笑）和一双红跟便鞋。鞋子太小，他穿不下；毕竟光惯了脚，此番出洋，到了新奥尔良，他才第一次穿上鞋子。

伊赛提贝哈把鞋用薄纱纸包好，带回了家，在塞满香柏皮的鞍囊里腾出一个口袋，平时就把鞋放在里面，偶尔才拿出来让儿子莫克土贝把玩几下。当时，莫克土贝三岁，扁平的大脸盘透着蒙古味儿，整天罩着一股不明所以又牢不可破的昏沉之气，只有红鞋子能让他立刻换一个人。

莫克土贝的母亲是个俊秀的姑娘。一天，伊赛提贝哈路过瓜田，见她正当班干活，便停下看了好一阵子——壮实的大腿、挺直的腰背、恬静的神态。那天他本想去溪边钓鱼，但这姑娘的出现让他钓意全无，不再往前；也许，在不远处愣愣望着浑然不觉的姑娘时，伊赛提贝哈想起了自己的母亲——那个有黑人血统，从城里私奔来的女人，想起她手摇羽扇、身戴花织的模样，想起那不堪重提的羞丑往事。同年，莫克土贝降生；三岁时，他穿那红鞋就嫌小了。在安静炎热的下午，看着莫克土贝死不认输，发了狠地往鞋里塞脚，伊赛提贝哈暗暗发笑，一笑就是多年。莫克土贝锲而不舍，玩命穿鞋，到十六岁才肯罢休。可要说罢休，也只是伊赛提贝哈这么认为。莫克土贝哪肯罢休，只是不当着父亲的面了。后来，伊赛提贝哈新娶的老婆打了报告，说莫克土贝

---

① 法国侯爵夫人，社交名媛，法国国王路易十五的情妇。

早就偷偷把鞋藏起来了。伊赛提贝哈一听，笑意全无，当即打发走她，一个人陷入思考。“呵，”他自言自语地说，“我可还想再活几年。”随后，他派人叫来莫克土贝，对他说：“我把鞋给你。”

那时的莫克土贝二十五岁，尚未娶妻。伊赛提贝哈个头不高，但还是比儿子高出六寸，体重也轻了近百磅。莫克土贝早已肥胖成疾，手脚浮肿，整天木着一张苍白的大脸。“现在鞋归你了。”伊赛提贝哈说。他直直望着儿子。莫克土贝却只在进门时看了他爸爸一眼，匆匆一眼，目光谨慎、遮掩。

“谢谢。”莫克土贝说。

伊赛提贝哈目不转睛，眼前的莫克土贝究竟在看些什么，又看见了什么，他无从判断。“把鞋给你又何尝不可？”

“谢谢。”莫克土贝说。当时伊赛提贝哈正吸着鼻烟；一个白人教过他如何把烟末揉进唇里，再用橡胶树或蜀葵的嫩枝挑着往牙齿上涂。

“哎，”伊赛提贝哈说，“人不可能长生不老。”他看一眼莫克土贝，随即目光茫然，视而不见，陷入片刻沉思；思了什么没人知道，只听他顾自低喃：“是啊。不过这红跟的鞋子，杜姆的舅舅可没有。”说完，他又看了又肥又呆的儿子一眼。“归根到底，这人心难测，哪知道别人打什么主意，等明白过来怕就晚了。”他坐在一把鹿皮带束起的藤条椅上，琢磨着：“鞋他根本穿不上脚，那一身肥肉，何止他自己，连我都觉得挫败。那鞋他根本穿不了的，可这能怨我吗？”

五年后，伊赛提贝哈去世。一天夜里，他突然病倒，虽然医生穿着鼬皮背心赶来，烧了树枝，他还是没挨过第二天中午。

这“第二天”正是昨天。墓坑已经挖好，同族亲朋在过去的十二个小时里接踵而来，有坐车的，骑马的，也有走路来的，一为参加葬礼，二为烤狗肉、煨白薯和玉米煮豆。

3

“总得花上三天。”回头人府的路上，三个篮子说，“总得要三天，到时候吃的喝的都不够招待。我是过来人了。”

另一个印第安人叫路易斯·贝里。“就这天气，三天他该发臭啦。”

“可不是吗？这些黑人，真是彻头彻尾的麻烦，叫人操碎了心。”

“也许用不了三天？”

“呵！跑得那叫一个远啊，只怕咱得先闻闻头人的味儿再送他入土咯。看着吧，我说的准没错的。”

两人逐渐走近头人府。

“鞋他现在想穿就穿，”贝里说，“能当着别人的面，光明正大地穿了。”

“暂时还不行。”三个篮子回道。贝里朝他看看，他又说：“得先带队抓人。”

“莫克土贝带队？”贝里说，“一个张口讲话都费劲的人，你觉得他会去吗？”

“他不去谁去？就快发烂发臭的可是他亲爹。”

“确实。”贝里说，“总得付出点代价。嗯，这鞋还真不算白拿，你觉得呢？”

“你觉得呢？”

“你觉得呢？”

“我什么也不觉得。”

“我也是。反正那鞋子伊赛提贝哈是用不上了，莫克土贝想要就拿去，伊赛提贝哈不会计较。”

“没错，人总会死的。”

“是啊，想要就拿去；头人没了一个，就有下一个，总不见少。”

头人府门廊的树皮廊顶用去了皮的柏树干支起，比汽船的甲板室还高出不少，顶下的廊道又窄又长，没铺东西，风雨天里供人拴骡系马，裸土久经蹄踏，已相当硬实。船头的甲板上坐着一个老头、两个女人，一个女人正去毛开膛，杀一只鸡，另一个剥着玉米，老头戴一顶海狸帽，着一件长款双排扣亚麻礼服，光着脚板，正滔滔不绝。

“世道一天不如一天，”他说，“全让白人给糟蹋了。多少年了，日子都过得好好的，可那些白人自己养黑人也就罢了，非让咱们也养。想想过去，人上了岁数，就往荫头里一坐，吃几口玉米炖鹿肉，抽几口烟，讲讲光荣岁月，聊聊正经大事；现在呢？为了好生照料那帮爱出臭汗的家伙，连老头子都得受苦受累。”见三个篮子和贝里穿过甲板，老头暂时收口，抬头望向他们，浑浊的双眼里透着怨色，老脸上爬满了细小的皱纹。“他也跑了吧？”老头问。

“嗯，”贝里说，“跑了。”

“我早料到了，早跟他们说了。等三个礼拜吧，和杜姆过世那会儿一样，看着吧。”

“三天而已，哪有三个礼拜。”贝里说。

“那时候你在？”

“不在。”贝里说，“但我听说了。”

“那时候我在，”老头说，“整整三个礼拜，都找遍啦，沼泽地里、荆棘丛里——”二人不作停留，只顾往里，留老头一人在那儿念叨。

如今，汽船的客厅只剩一具渐渐朽烂的空壳；一时光泽闪亮的红木雕艺已发霉褪色，成了意味不明的玄奥图案；窗户只余窗框，像患了内障的眼眸。客厅里堆着几袋东西（不是种子就是谷物），搁着一副四轮四座大马车的前置轮轴，轴端的C型弹簧松脱发锈，形状婀娜。一只小狐狸在一角的柳条笼里左窜右跑、上蹦下跳，动得轻无声息；三只骨瘦如柴的斗鸡在尘土里游晃，地上缀满了斑驳的干粪。

他们穿过砖墙，步入一间大屋。屋壁由圆木垒就，豁满裂缝。屋里摆着四轮大马车的后车架，卸下的车身倒卧一边；窗口封着柳条，顶冠褴褛的斗鸡从缝里探头探脑，默默瞪圆了愤怒的小眼。地面是压实的黏土，一把粗陋的耕犁和一对手削的船桨斜在一角。四根鹿皮带从屋顶挂下，吊起伊赛提贝哈当年从巴黎带回来的镀金大床，床上一无软垫，二无弹簧，空架上横横竖竖，整齐地绷满了皮条。

在世时，伊赛提贝哈总让最新娶的那位年轻夫人睡在这张床上。他天生气短，只能半躺半坐，在那把藤条椅上过夜。每晚等夫人睡下，他才一个人在黑暗里装睡（不是不睡，但每晚只睡三四个钟头）。到半夜，年轻夫人溜下镀金皮条床，在地上铺层褥子再接着睡，几乎不出声响，却还是逃不过伊赛提贝哈的耳朵。天快亮时，她又悄悄上床（这回轮到她装睡了），却不知暗里的伊赛提贝哈正偷偷笑个不停。

屋子一角立着两根木棍，棍上用皮条绑着那对烛台，烛台下还蹲着个十加仑的威士忌酒桶。屋里有只泥炉，炉子对面的藤条椅上坐着莫克土贝。他高约五尺一寸，却足有二百五十磅重，身上不着衬衫，就披一件呢绒外套，原本成套的亚麻贴身内服也不见上衣、只见下裤，裤腰上的肚子圆圆鼓起，表面光滑，颜色如红铜，形状像气球，脚上，则是那红跟鞋无疑。一个年轻小伙站在椅后，手拿一把形似蒲葵叶的流苏纸扇。莫克土贝一动不动地坐着，蜡黄的阔脸上双目紧闭、鼻息缓弱，鳍肢似的胳膊一左一右，摊在两侧。他一副悲怆又麻木的神情，显得高深莫测，三个篮子和贝里进屋的时候，全无睁眼一看的意思。

“鞋一早就穿上了？”三个篮子问。

“一早就穿上了。”小伙说。他手里的扇子一刻不停。“这不明摆着吗？”

“嗯，”三个篮子说，“看出来了。”莫克土贝照旧纹丝不动，像一尊雕像，像上穿礼服、下套衬裤的马来神祇，袒胸露乳，脚上还配着一双不合比例的红跟鞋。

“我要是你，就不去打扰他了。”小伙说。

“我要是你，也不会。”说完，三个篮子和贝里都坐到地上。小伙依然不疾不徐地摇着扇子。“头人啊，”三个篮子说，“你听我说。”莫克土贝不为所动。三个篮子又说：

“他逃跑啦。”

“早跟你们说了，”小伙说，“就知道他要逃跑，我没说错吧？”

“对，对，”三个篮子说，“事后说这一通，说我们早该料到这一手的，你不是第一个了。可你们这些聪明人，怎么昨天就没想点办法，做点什么？”

“他不愿意死。”贝里说。

“怎么不愿意了？”三个篮子问。

“不见得总有一天要死，就要他现在去死吧，”小伙插嘴道，“换我我也不认啊，老兄。”

“你别多嘴。”贝里说。

“二十年了，”三个篮子说，“跟他同根同族的家伙在地里干活出汗，他呢，在凉快地方伺候头人。他汗也不愿意出，又有什么理由不愿意死？”

“眼睛一闭就过去了，”贝里说，“又费不了多少工夫。”

“那就抓人回来，跟他说清楚呗。”小伙说。

贝里“嘘”了一声。两人蹲在那儿，两双眼睛细细打量起莫克土贝的脸色。莫克土贝似已气息断绝，不省人事，好像那一身肥肉太过厚重，他深陷其中，呼吸间也不见起伏。

“头人啊，你听我说，”三个篮子再次开口，“伊赛提贝哈过世了。他等着呢。他的狗、马，都妥当了，但他的奴隶跑啦。替他端尿壶，吃他剩菜剩饭的那个奴隶，他跑啦。伊赛提贝哈正等着他呢。”

“是啊。”贝里说。

“不是头一回啦，”三个篮子说，“当年，头人您爷爷杜姆就为这么个事儿，安不下心，入不了土，苦等了三天，一个劲念叨：‘我那黑人在哪儿？’伊赛提贝哈，头人您爸爸，就回答说：‘我会找到他的，你安息吧，我肯定带他来陪你上路。’”

“是啊。”贝里继续附和。

莫克土贝一动不动，眼皮也不抬一下。

“伊赛提贝哈把沿溪一带搜了个遍，”三个篮子说，“整整三天，顾不上回家吃饭，直到抓住那家伙；然后他告诉他爸爸：‘狗、马、黑人，都齐了，安息吧。’昨天去世的伊赛提贝哈当年亲口说的这话，现在伊赛提贝哈的奴隶跑了，他的马、狗都在，都陪他一起等着，但他的奴隶跑啦。”

“是啊。”贝里说。

莫克土贝仍无反应。他两眼紧闭，一股巨大的怠惰之力把那仰面而卧的庞然怪躯摁在座上，形成静深固久的封印，远非凡人之力所能撼动。两人坐在地上，望着头人的脸。

“您爸爸刚接过头人位子的时候，就是这样，”三个篮子说，“伊赛提贝哈亲自出马，把那奴隶抓了回来，陪他爸爸入土。”莫克土贝的脸上不见一丝变化，眼皮颤也不颤一下。过了一阵，三个篮子说：“把鞋去了。”

小伙照办。鞋一脱下，莫克土贝立马喘起粗气，袒露的胸脯顿时起落显著；他似乎从深不见底的肉狱里挣脱，就此重生了，像是从海底升起，浮出了水面一样。但他仍旧紧闭着眼睛。

贝里说：“他醒来带队抓人咯。”

“是啊。”三个篮子说：“他是头人，自然由他领头。”

4

伊赛提贝哈临死那天，他的贴身黑仆一直躲在马棚里观望。他是个四十岁的几内亚人，脑袋扁小，鼻子也塌，眼睛内角这时红丝隐约，方正的阔牙上下凸着淡红透青的牙床。十四岁那年，牙还没锉[①]，他就被奴隶贩子从喀麦隆掳走，如今，他已服侍了伊赛提贝哈二十三年。

前一天，也就是伊赛提贝哈病倒那天，他在天黑前回到奴舍。悠闲的傍晚，炊烟缓缓穿过小巷，飘到对门，带去如出一锅的肉味儿和面包香。饭食都由女人负责，男人们聚在巷口，遥望着他：异样的暮色里，他光着脚板，顺着斜坡从头人府一路下来，每落一步都尤显慎重。面对一众守候的人，他两眼微微发亮。

“伊赛提贝哈还没死。”领头的人说。

“是还没死。”他说，“可人哪有不死的呢？”

暮光里，虽然年龄各异，所有人都露出跟他一样的神色。他们好像戴着依猿猴面型复刻的面具，把心里的种种想法都严严实实地盖了起来，别人无从揣测。柴火味和饭菜香穿过小巷，抚过光着身子、披尘浴土的黑小孩头顶，在异样的黄昏里缓缓弥漫，闻着分外刺鼻，好像是另一个世界飘来

---

① 某些非洲部族以“锉牙礼”作为少年男子的成人仪式，少男的牙齿通常被锉成尖刀状，表示可与野兽搏斗，但文中这个黑仆未受该礼，所以有一口“方正的阔牙”。

的味道。

“熬得过太阳下山，就熬得到天亮。”有人说。

“谁说的?”

“都这么说。”

“是啊，说是都这么说。除了那条规矩，咱可什么也说不准。”他们望向立在人群里的头人侍奴，他眼里闪着微光，呼吸缓慢、低沉，敞露的胸脯上细汗点点。“他知道呀。他应该清楚得很。”

“咱让鼓来说吧。”

“对，让鼓来说。”

于是，天一黑，鼓声便隆隆响起。黑人向来把鼓藏在溪谷。他们把柏树的膝根挖空，做成了鼓，再妥善隐藏（藏的原因没人知道)，埋进沼地里一条小溪边的烂泥，由一个十四岁的少年看守。少年个头矮小，是个哑巴，从早到晚都罩着如云的蚊群，在泥巴里坐着。他一丝不挂，只往身上淤一层泥衣，来抵挡蚊子的叮咬；一口织袋从他脖子上挂下，袋里装着一根还粘着黑肉的猪肋骨和一条穿着两片鳞形树皮的铁丝。少年一犯困就流口水，口水直直掉下，落向他蜷起的膝盖，身后的矮树丛里时有印第安人悄悄现身，每每停在那儿，朝他细看一阵才走，少年浑然不觉。

那奴仆躲在棚顶上的干草仓里，直到天漆漆黑了也不出来。他听得见鼓声。虽说擂鼓的地方在三里之外，但砰砰的响声却清晰可闻，像是从身下的马棚里传来的一样。恍惚中，他似乎看见了堆堆篝火，舞动的火焰里，乌黑的四肢时隐时现，闪着铜色的光泽。可火并不存在，三里之外也好，这尘积土裹的草仓也好，都没半点光亮；周围一片黑沉，只听得老鼠的足音窸窸窣窣，像疾速弹奏的琶音，奔走在温暖年迈的方椽上。唯一的火光在给婴儿喂奶的女人身边，她们生火驱蚊，俯着上身，沉甸甸的乳房耷拉下来，温软的乳头柔滑地填进男娃的小嘴；她们默默出神，对阵阵鼓声毫不在意，因为有火就有了生命。

汽船里也有火光：烛台、吊床下，妻妾环绕的伊赛提贝哈重病不起，奄奄一息。在马棚里，他看得见头人府里飘起的烟；太阳下山前不久，他看见医生穿着鼬皮背心从府里出来，在船头甲板上点着了两根涂满泥巴的树枝。“这么说他还没死。”他对着仓里那片窸窣不断的昏暗，自问自答似的说着，耳边响起一对话声——一个是他自己，另一个也是他自己：

“哪有人不死的呢？”

“你已经死了。”

“没错，我已经死了。”他低声说。他无比向往鼓声响起的地方，他想象自己从矮树丛里一跃而出，展开隐形、赤裸、油光发亮的细胳膊瘦腿，在群鼓间不停地跳动。但这成了空想，因为人一旦跃过生限，便无疑会堕入死亡。眼下他已身闯死境，无非余息未断；死神夺人命魄，总在他将死未死之际，就在他苟延残喘的时候，死神追上了他。椽上，细碎的鼠步一阵轻过一阵，渐渐消失。从前他吃过老鼠；那时他年纪还小，刚来美洲不久。当年，他们蜷在高仅三尺的夹舱里，在热带海域熬过九十个日夜，一路上总听见大醉的新英格兰船长在甲板上拉着调子，高声念诵书文；十年后他才意识到：那船长念的就是《圣经》。有一次，他也像这天一样在马棚里蹲着，一只老鼠现身，他定睛端详，只觉这老鼠混惯了人世，竟也斯文不少，狡黠不再，与生俱来的眼疾手快一点不剩；逮它全不费劲，几乎手到擒来。他慢慢吃起老鼠肉来，心里纳闷：笨成这样的耗子怎能逍遥自在地活到今天？那时的他，身上穿的还是奴贩子（一个一位论教派的执事）给的白色单衣，嘴里说的还只有本族的土话。

如今，他连件单衣也没有，身上只有一条印第安人从白人那儿买来的粗布短裤，一根皮带子绕在腰间，上面吊着两件护身的东西：一副伊赛提贝哈从巴黎带回来的珍珠母夹鼻眼镜（眼下只剩半截）和一颗水蝮蛇头骨（蛇是他亲手杀的，蛇肉吃了，只留带毒的蛇头）。他躲在干草仓里，边观察头人府、蒸汽船里的动静，边听着鼓声，想象自己在群鼓之间。

他躲了整整一夜。第二天早上，穿鼬皮背心的医生从头人府出来，顾自骑骡而去。眼见此景，他一时浑身僵凝，愣愣望着纤弱的骡蹄扬起的尘土渐渐消散，回过神来，才发觉自己气息未绝，于是暗暗奇怪：此刻的自己竟还在呼吸，竟还得呼吸。他低下身，静静地观望，准备随时动身，他保持着轻弱、均匀的呼吸，眼睛微微发光，明亮却平静。他看见路易斯·贝里从头人府出来，抬头望了望天色。这时天已大亮，五个盛装的印第安人早已在汽船甲板上坐着，候着；到晌午时，人已多达二十五个。下午，烤肉煨薯用的土沟挖完，宾客便近百人，身上全是华丽、呆板的欧式服饰，个个端庄、体面、安静、耐心。他望见贝里把伊赛提贝哈那匹母驹拉出马棚，拴到一棵树上，接着又看他从头人府里牵出那条常伴伊赛提贝哈椅边的老猎狗，也拴到树上。老狗在树下一坐，狗脸一板，神色凝重地打量着周遭众人的面孔，不一会儿就张口吠了起来。直到日头西斜，黑仆动身爬下马棚的后墙，那老狗还在咆哮。他潜入暮气已沉的泉溪一带，没走几步就拔腿开跑；背后仍有犬啸阵阵，他一路疾奔，在泉口附近遇到了另一个黑人。两人一个凝着不动，一个快步如飞，在擦肩而过的一瞬间四目相对，目光好像越过了一道分隔两个迥异世界的真实界线。他双唇紧合，双拳紧握，不停向前跑去，深入彻底的黑暗，宽大的鼻眼哧哧呜着粗气。

漆黑的夜色里，他跑个不停。过去他常跟着主子打猎（伊赛提贝哈骑马，他骑骡在侧，一同循着狐狸野猫的足迹一路追寻），郊野一带的地形路况他了然于胸，熟悉程度不输任何追兵。追兵最初现身，是在第二天太阳下山前不久；到那时为止，他已沿着溪流跑了足足三十里路，尚未折回。正躺在巴婆树丛里休息的时候，他第一次发现了追兵的身影。来者有二，都是衬衫草帽，手无寸铁，裤子卷得整整齐齐，夹在腋下。两人已入中年，大腹便便，步子无论如何也快不到哪儿去，等他们折回去报信，再赶来抓人，总得十二个钟头。“这么算来，我大可以歇到半夜。”他心里合计。此处离种植园不远，连生火做饭的气味都能闻到，他三十个钟头颗粒未进，心想自己的肚子怕是早已饿扁，但他告诉自己：“现在更重要的是休息。”他躺在巴婆树丛里，再三叮嘱自己，拼命想静心歇会儿，可正因为需要休息，迫切需要，他心里一急，反倒像先前飞奔时一样心跳加速。他似乎忘了该怎么休息，好像区区六个钟头，完全不够他歇一口气，不够他好好回想一下，这口气该怎么去歇。

天色一暗，他又动身上路。因为无处可去，他本想放松一些，稳稳走上一宿，谁料步子迈开便收不住。他又挺起气喘吁吁的胸膛，鼓起鼻翼，迎着呛人心肺、砭人肤骨的黑夜全速飞奔。奔了个把钟头，他迷路了，丢了方向。他突然停住。片刻后，他依稀听见鼓声，那嗵嗵直跳的心才安定下来。听声音，那擂鼓的地方离他不到二里，他循声而去，一步不停，直到鼻子闻到烟火的气息，舌头尝到浓烟的辛辣。他走到群鼓之间，站定，鼓声分毫不减，只有那领头的人向他走来。他在飘浮的烟雾里大喘不止，鼻翼一张一翕，两颗眼珠子在满脸的泥里转个不停，他竭力自制，但凌厉的目光仍直直迸射，好像肺眼相通，气急目骇。

“我们料到你会来的，”领头的人说，“行了，快走吧。”

“走？”

“吃了就走。死人总不能和活人待在一起，这道理你懂吧。”

“嗯，我懂。”说话间两人互不相视，四周鼓声依旧。

“吃东西吗？”领头的人问。

“我不饿。下午逮了只兔子，就躲起来吃了。”

“那就带些熟肉上路。”

他收下用树叶包好的熟肉，又钻进小溪一带。没多久，鼓声便停了。他一直走到天将将亮。“我还有十二个钟头，”他琢磨着，“也许更多，夜里找我可没那么容易。”他坐下吃了肉，在大腿上擦了擦手，接着起身脱下粗布短裤，到沼泽边上，又往地上一坐，开始往身上抹泥——脸上、胳膊上、腿上、前胸后背，一处不落，然后低头抱膝，坐在原地。天一亮，他就潜进沼泽里坐，坐着坐着就昏昏入睡，却有眠无梦。进沼泽进得明智，因为他猛地一觉醒来，已是日头高悬，天光普照，两个印第安人赫然出现在眼前：他们挺着肚子，就站在他藏身之处的对面，整齐卷起的裤子依旧夹在腋下，乍看身形肥厚，面相倒还和善；他们头顶着草帽，衬衫的下摆就那么挂着，模样不免滑稽。

“真是累人的差事。”其中一个说。

“我巴不得自个儿在家凉快。”另一个说，“可头人还等着入土呢。”

“可不是吗？”他们心平气定地环望四周，其中一人弯腰摘掉衬衫下摆上的一团苍耳子，说，“这混账黑人。”

“是啊。这些黑人除了叫我们伤脑筋费力气，还干过什么好事？”

午时刚过，那黑仆爬上树顶，往种植园望去。他远远望见两株大树，树上分别拴着马、狗，树间拉起的吊床上躺着伊赛提贝哈的遗体，汽船外的广场上停满了骡马大车、轻驾坐驹，衣饰鲜亮的妇孺老幼一起在长沟边坐着，沟里正烤着肉，道道浓重的烟雾缓缓飘起。青壮年男子全员就绪，细心卷好盛装礼服，往树杈上一嵌，准备开往近溪一带展开追捕。不过，另有一众男人聚在头人府前——在汽船客厅的入口附近，他目不转睛地盯着他们，不多久便看见他们抬着一顶用柿树干做成的鹿皮轿子，请出了莫克土贝；身为猎物的黑仆高高藏在繁密的枝叶里，用平静的目光俯望着无可挽回的命运，脸上的神情深邃莫测，一如莫克土贝。“好啊，”他低声自语，“他来了。这半死不活十五年的家伙，他也要来了。”

下午过半，他撞见一个印第安人。两人在泥沼间的一座独木桥上迎面相遇：黑人憔悴、消瘦，但身板硬实，还不知疲倦，不顾一切；印第安人身宽体厚，面无凶光，却俨然是勉强和怠惰的终极化身。印第安人一动不动，一声不吭，直直立在桥上，眼睁睁地看着黑人纵身跳进泥潭，游到岸边，再蹿入灌丛，消失不见。

太阳下山前不久，他就着一根横倒的圆木躺下。圆木上有成行的蚂蚁缓缓行进，他捉来便吃，慢慢咀嚼，像席边的客人信手拈来盘里的盐花生，一副心在别处的样子。蚂蚁也有股咸味，勾得他馋涎大淌。他慢着性子，边吃边看，看那蚂蚁长队怎么处变不惊、不断不乱，一路不偏不离、坚定不移地爬向未知的厄运。整天下来，他空着胃腹，只吃了蚂蚁，涂在脸上的泥巴已结了块，眼珠子一转，便露出红丝密布的眼白。日落时，他发现一只青蛙，于是沿溪岸悄悄爬去，一条水蝮蛇突然蹿出，在他小臂上毫不痛快地咬了一口；这拖泥带水的一口咬得实在不得要领，竟在手臂上留下两道长长的口子，像剃刀划出来的一样。咬完，或因来时怒气过盛、劲头过猛，那水蛇一时瘫软在地，像是它自己太窝火、太窝囊了，才动弹不得，陷入了彻底的无助。“好家伙，我的祖宗哟。”黑仆一声喊叫。喊罢，他伸手碰碰水蛇的头，痴痴看它在手臂上咬下第二口、第三口，每一口都咬得又笨又重，如抓似耙。“我不想死。”他说，“我不想死。”他连说两遍。说第二遍时，他语气平静，语速缓慢，语调里不乏惊异，好像在词合句成、脱口而出之前，他甚至不知道心里还有这般欲念，至少没料到这欲念竟这样深刻、这样强烈。

5

莫克土贝带上了红跟鞋，但行动时鞋终究不能久穿，哪怕他卧在轿里，所以他的膝头铺了一方幼鹿绒皮，鞋摆在上面：鞋子漆皮鳞纹、有舌无扣，眼下已生裂发脆，有点走样。鞋下自是那面天仰躺、半死不活的肥硕人形。一众随行浩浩荡荡，早晚轮替，肩负一具罪恶的化身、一个罪恶的使命，稳稳穿过荆棘，越过沼泽，去追捕一个已经死去的人。这时的莫克土贝想必觉得自己是不朽的神明，被命已注定的魂灵扛在肩头，正速速穿过地狱，这一大群魂灵生时助他兴灾作难，费尽思量，死后陪他受苦受罪，全无知觉。

途中每逢休息，随从便围着轿子坐成一圈。莫克土贝一动不动地躺在轿里，双目紧闭，面容也随轿子落下而恢复平静，露出一副心里早就有数的神情。稍事休息，他就能穿一会儿鞋，于是随侍的小伙使足了劲，硬把那双娇软、浮肿的大脚塞进了鞋里；鞋一上脚，像消化不良的病人一样无可奈何又深以为意的那份悲怆又顿时爬回他脸上。队伍继续前进，莫克土贝不动不响，懒懒摊摊地躺在一颠一晃的轿子里，似有取之不尽的怠惰护航；也可能，他摆出这副样子，正是因为他有着某种王者般的英勇和坚毅。行进了一段时间，随从放下轿子，往轿里探看；莫克土贝满面汗珠，蜡黄的脸跟神像似的。三个篮子或“有俩爸爸”见状会说，“脱掉吧。该走的形式走过，礼数也到了”，说完便动手脱鞋。鞋子下脚，莫克土贝的脸色没半点变化，呼吸却只在这时才被人感知，丝丝气息伴着微弱的“啊——啊——”在两瓣苍白的唇间一进一出。众人又往地上一坐，等报信的、跑腿的赶来。

“还没捉住？”

“没呢。他往东去了，太阳下山前能到蒂帕河口，到那儿他得掉头回来。明天就能逮他个正着。”

“但愿吧，越快越好。”

“是啊，都三天了。”

“杜姆过世那会儿，也就花了三天。”

“那会儿跑的是个老头，现在这个年轻。”

“是啊，好个能跑的家伙。要是明天能逮住，我能得一匹马。”

“祝你好运。”

“好嘞，这差事可不轻松。”

到这一天，园里备下的吃食告罄，宾客们各回各家，带足了一周吃喝，第二天又复归来。伊赛提贝哈开始发臭；近中午时，气温上升，风起味散，沿溪一带远远都能闻到。但一连两天，追捕仍无结果，直到第六天傍晚，信使才跑到轿前报告，说发现了血迹，“他把自己给弄伤啦”。

“但愿伤得不重，”三个篮子说，“可不能派个没用的废人去陪伊赛提贝哈。”

“反倒要伊赛提贝哈费心照料他了，这可不行。”贝里说。

“还不清楚，”信使说，“他又溜进沼泽里躲起来了，我们留人盯梢了。”

消息一到，抬轿的也小跑起来。到黑仆藏身的那片沼泽就一个钟头的路，一行人兴奋异常，匆忙间竟忘了莫克土贝的脚上还穿着鞋，等到了地方，一看，发现莫克土贝昏过去了，才赶紧脱鞋，把人救醒。

夜色里，他们包围了沼泽，顶着成群蚊蚋就地坐着。长庚星低挂西天，光芒黯淡，夜空中星移斗转。“多给他一晚也无妨。”人们说，“明天、今天，还不是一样，说法不同罢了。”

“对嘛，给他一夜就是。”于是，人们不再说话，齐首望向罩着沉沉黑暗的沼泽。嘈杂声很快平息，不多久，报信的人从暗里现身。

“他一个劲想往外跑。”

“堵回去了？”

“堵回去了。可叫我们三个紧张了好一会儿。我们靠鼻子闻就知道那家伙在暗地里爬溜。我们还闻到点别的，说不出是什么味儿，所以才宽不下心，后来他告诉我们我们才明白。他要我们当场杀他，说趁黑动手，一刀下去他也不用看刽子手的脸了。可我们还是担心那怪味儿，不知道什么状况，他就跟我们解释，说他叫蛇给咬了，两天前咬的，咬完那胳膊就发肿发臭；可我们闻到的不一样呀——他的肿早就退了，那胳膊就跟小孩的胳膊似的，他还让我们看，我们就伸手去摸，三个人都摸了，就只有小孩胳膊的粗细。他要我们给他一柄斧头，让他把胳膊砍了，可我们心想，反正明天也是一样。”

“是啊，明天也一样。”

“我们紧张了好一会儿。后来他又钻沼泽里去了。”

“那就好。”

“是啊。我们放不下心啊。要我去禀告头人吗？”

“交给我吧。”三个篮子转身离去。报信的人往地上一坐，又侃侃聊起沼泽里的黑人。不多久，三个篮子回来告诉他说：“头人说干得好，回去继续当差吧。”

报信人悄然告退。众人围着轿子，不时打起小盹。午夜过后，那黑仆发出声响，打消了所有人的睡意。他扯着嗓子，自言自语地嚷了起来，突兀的尖叫声划破黑暗，阵阵袭来，持续了许久才停。晨光初现，一只白鹤拍着翅膀缓缓飞过淡黄的天空。三个篮子一觉睡醒，开口道：“动手吧，就是今天了。”

两个印第安人踏进沼泽，每进一步都发出不小的声响，没走到猎物跟前，就停下了脚步：那黑人竟唱起了歌。他一丝不挂，满身结块的泥巴，在一根木头上坐着，正放声高歌。他们在不远处默默坐下，听着他唱。他昂首直面冉冉升起的朝阳，用本族的土话吟颂着什么，嗓音清澈、饱满，不乏野性，也透着股哀伤。印第安人说：“让他尽兴。”然后，他们静静坐着，耐心等着。歌声停下，他们才走上前去。黑人转身，抬头，目光穿过满是裂痕的泥巴面罩投向来者，两眼充血发红，两片干裂的嘴唇间露着方正的板牙。成块的泥巴尤显松脆，贴不紧实，好像戴上这副面具才几天时间，他就瘦了不少。他抬起左臂，紧靠胸口，肘子往下都是结块的黑泥，早已不像是胳膊。他们闻到他身上散发的味道：一股浓烈的恶臭。他一言不发，久久凝望着印第安人，直到其中一个伸手碰了碰他的胳膊，说："来吧。你很能跑，不用觉得丢脸。"

6

异味玷染了清晨的明亮，大队人马回程，快到种植园时，那黑仆的眼睛才马眼似的微微一转。烟从土灶里升起，低低飘散，飘向满地宾朋的广场和甲板；一众妇孺老幼穿着色彩明亮却尤显别扭的华服，已坐等多时。头人一行事先便安排了几个信使沿小溪来回传递消息，还另遣了一人跑在队伍前头，所以，伊赛提贝哈的遗体这时已跟他生前的坐骑、猎犬一起，被转移到敞怀相侯的墓室前。但尽管如此，在伊赛提贝哈生前的居所周边，死人的气味仍残留不去。莫克土贝的轿子登上土坡的时候，宾客都已动身开往墓地。

往坡顶望去，那黑仆个子最高。他满脸是泥，扁平的脑袋朝天昂起，冒出人群；他呼吸吃力，好像命悬一线的六天里所有孤注一掷的挣扎和艰辛此刻已凝为一体，重重压在他身上。队伍走得缓慢，但他伤痕累累、衣不蔽覆的胸脯却载着那条紧紧收在胸口的左臂起伏不止。他东看西看，却似乎什么也没看见，好像视觉后滞，跟不上视线。他嘴巴微张，露出一口方阔的白牙，开始喘起粗气。移动中的客流暂停脚步，回头观望（有的手里还拿着肉）。他左顾右盼，两眼难歇，不住地以焦躁又克制的目光打量着他们的脸。

“要先吃点东西吗?”三个篮子问。一遍不行，他又问一遍。

“嗯，要，”那黑仆说，“我是想吃点东西。”

人群开始收缩，人人都想往中间挤，消息马上传开：“他要先吃东西。”

不久，队伍抵达汽船。三个篮子说：“坐下。”那黑仆便坐到甲板边缘。他仍在喘气，胸脯一起一落，脑袋不停摇晃，亮白的眸子转个不休。他之所以视而不见，似乎不是因为视觉的丧失，而是因为内心的绝望。他们拿来吃的，在边上静静看着他吃。他把吃的塞进嘴里，使劲地嚼，嚼着嚼着，便有嚼得半烂的东西从嘴角渗出，沿下巴往下，落向胸口；嚼了一阵，他不再继续，就痴痴坐在那儿，赤条条的，浑身干泥，膝上搁着个盘子；他张嘴露出满嘴糊烂的吃食，把眼睛睁得老圆，眼珠子不停转溜，一口接一口地喘气。他们耐心地望着他，等他，丝毫不为所动。

最后，三个篮子开口，说：“来吧。”

“水，我想喝水，”那黑仆说，“我想喝水。”

水井不远，就在土坡下面，近奴舍一侧。晌午投下浓荫，土坡上斑驳一片。昔日，在这宁静时分，伊赛提贝哈总坐在椅子上打盹，等吃过午饭便一觉睡过漫长的下午；也就是这个时候，做贴身侍仆的黑人能得些空闲。他会坐在厨房门口跟做饭的女人聊天；越过厨房望去，奴舍间的小巷悄然无声，谧然详静，对户的女人隔巷聊天，炊烟随风起飘，从尘土里乌木玩偶似的黑小孩身边飘过。

“来吧。”三个篮子说。

那黑仆在人群里走着，个头比谁都高。宾客们继续朝墓地走去，伊赛提贝哈跟他的马、狗一起，只等着入土为安。一路上，那黑仆的脑袋高高昂起，不停地转，胸口起起落落，不停地喘。“来吧。”三个篮子说，“你不是要喝水吗？”

“是，”那黑仆说，“是。”他回头看了头人府一眼，又朝坡下的奴舍望去——今日无人生火、无人事炊，门洞里不见人影，尘土中不见孩童。他边喘边说：“我这胳膊叫蛇给咬了，一口，两口，三口，耙一下一道口子，咬得我直叫：‘好家伙，我的祖宗哟！’”

“快点，来吧。”三个篮子说。那黑仆倒没停下走路的动作，只是头举得老高，腿也抬得老高，像在踩着踏车，马眼似的眼睛里迸出焦躁又克制的目光。“你不是要喝水吗？”三个篮子说，“到了，喝吧。”

井里有只葫芦瓢。他们满满舀起一瓢，递给那黑仆，看着他喝。他把瓢凑近满是干泥的脸，慢慢翘起一端，眼珠子不停地转。他们目不转睛，只见那喉结一上一下，透亮的水却从葫芦瓢两侧哗哗泻出，顺着下巴、胸脯直往下流，不一会儿便流个精光。“来吧。”三个篮子说。

那黑仆说声“等等”，又舀起一瓢，凑到面前，眼珠子转动依旧。边上的人又看见一上一下的喉结，看见不曾被咽下的清水沿下巴奔泻，化作无数碎流，在干泥密布的胸脯上冲出条条沟壑。他们耐心地等着——族人、宾客、头人的亲戚，个个仪表端庄、神色肃穆，心里没半点波澜。很快，尽管那葫芦瓢越翘越高，尽管那黑色的喉咙强自空咽，水却再次流干。一块被水打松的泥巴从他胸口剥落，在污泥成滩的脚边碎裂，呼吸声在空空的瓢里回荡，“啊——啊”地响着。

“来吧。”三个篮子说。他接过黑仆手里的瓢，挂回了井中。

给艾米丽的一朵玫瑰

1

艾米丽·格里尔森小姐过世，全镇都去吊丧：男人们是出于某种敬慕，对他们来说，一座丰碑倒下了，女人们大多是好奇，想到她家里瞧瞧。那栋房子，除了一个园丁厨师一身兼的老仆，至少十年没人进去过了。

那是幢方形的大木屋，早年通体洁白，圆顶、尖塔装点，阳台缀有涡形花纹，七十年代①风格的轻盈气息尤为浓厚。房子坐落在当年镇上最繁华的地段，但眼下这一带已被汽修厂和轧棉机侵占，连那一个个令人起敬的名字也难以幸免，惨遭抹除，只有艾米丽小姐的房子挺立依旧，在棉花车和汽油泵的簇拥下日趋朽败，却仍桀骜不驯，卖弄风情，着实碍眼至极。如今，艾米丽小姐也步入了那些“尊名大姓”的代表人物的行列；雪松环抱的墓园里，立着排排无名军人

---

① 指十九世纪七十年代。

的墓碑，他们跟杰斐逊战役中阵亡的南北将士一起，长眠于此。

在世时，艾米丽小姐始终是传统的化身，是人们履行义务、予以关爱的对象；一八九四年的一天，镇长萨托里斯上校（黑人妇女不系围裙不得上街这一法令正是由他创立）免除了小姐的所有税责，并声明，该特许自她父亲亡故之日起，永久生效。于是，从那时起，这项义务便在镇上沿袭下来。倒不是艾米丽小姐甘受施舍，恰是萨托里斯上校编织了一则繁复的故事，说艾米丽小姐的父亲曾贷款给镇子，所以作为交易，政府企望以这种方式来偿还。如此说辞，唯独在萨托里斯上校那个年代、有那种思想的人才想得出来，也只有女人才会相信。

等观念更先进的第二代人当上了镇长、议员，如此安排引起了些许不满。那年元旦，他们给艾米丽小姐寄去一单纳税通知，到了二月，仍杳无回音。于是，他们又发去一封公函，恳请她方便时去治安官办公处一趟。一礼拜后，镇长亲笔致信，表示愿意登门拜访，或遣车接送，他收到的回复是一张便笺（纸张的形状饶有古韵，上面是纤细流利的书法，墨迹已不鲜明），大意是说，艾米丽小姐现已足不出户。最初的纳税通知随信奉还，未作评论。

议员们召开了一次特别会议，派出一个代表团去拜访。他们敲响了那扇门——那扇自八九年前小姐停授瓷绘课起便无人出入过的大门。那个老迈的黑仆将代表们接进昏暗的前厅，再领着他们从前厅拾级而上：光线越发黯淡，空气阴湿沉闷，尘封味儿扑鼻而来，四下似已久无人居。老仆带他们到了客厅，里面的家具样样裹着皮革，显得笨重；男仆拉起一扇百叶窗，只见皮革上皲裂满满。代表们一就座，大腿周围便漾起一阵轻尘，尘粒在那缕阳光中缓缓旋转。壁炉前，镀金的画架色泽晦暗，上面立着一张炭笔人像，画着艾米丽小姐的父亲。

见艾米丽小姐进屋，代表们站起身。她个头矮小，体态臃肿，着一袭黑衣，拄一根乌木手杖，金制的杖头光泽不再，细长的金表链挂到腰间，没入腰带。她骨架纤小，没准正因如此，加诸其他女人只算得上丰腴的东西，到她身上就成了肥胖。她看上去像具浸在死水里的尸体，肿胀、苍白。客人表明来意的时候，那双陷在层层脂肉里的眼睛像两小颗嵌在生面团里的煤球一样不停转动，来回打量着他们的脸。

她并未请代表们入座，只是伫立门口，静静听着，直到发言的代表结结巴巴地讲完。完后，四下静得能听到藏在金链另一头的表在嘀嗒地走。

她的声音干哑、冷漠。“我在杰斐逊无税可缴。萨托里斯上校跟我交代过了。或许你们哪位可以去查查政府档案，一查便知。”

“我们查过了，艾米丽小姐，我们就是代表政府来的。治安官签署的通知单，您想必收到了吧？”

“的确，我收到过，”艾米丽小姐说，“也许他自认是个长官……可我在杰斐逊无税可缴。”

“可税簿上没有任何免税说明，您也知道，我们得遵从——”

“去找萨托里斯上校。我在杰斐逊无税可缴。”

“可，艾米丽小姐——”

“去找萨托里斯上校。（萨托里斯上校死了快十年了。）我在杰斐逊无税可缴。托比！”老仆闻声走来。“送客。”

2

如此，艾米丽小姐彻底打败了代表们，令他们溃不成军，就像三十年前她在“气味”的事上打败了他们的前辈一样。那时，她丧父两年，她的心上人（我们都深信他会娶她）刚抛弃她不久。父亲过世后，她很少外出，心上人又一走了之，人们便几乎见不着她了。少数女士冒失地前去拜访，统统吃了闭门羹，那住处周遭，唯一的生命迹象就是那提着菜篮不时进出的黑仆——当时他还年轻。

“就好像一个男人，随便哪个男人，就下得了厨房，对付得了油盐酱醋锅碗瓢盆似的。”女士们如此说着，因而在那“气味”越发浓烈时，她们也不觉惊讶。而这“气味”也成了茫茫尘世的芸芸众生和高高在上的名门望族格里尔森一家之间的另一关联。

邻家一名妇女向当时年已八十的镇长史蒂文斯法官抱怨。

“可太太，这事你叫我怎么办呢？”他说。

“哎呀，捎信给她，叫她把气味弄掉，”邻居说，“法律不是明文规定着吗？”

“我看倒没这必要，”史蒂文斯法官说，“八成是她家里那黑鬼在院子里弄死的一条蛇或者一只老鼠正发臭呢。我找他说说这事儿。”

次日，镇长又收到两起投诉。其中一起来自一名男士，他怯生生地提出抗议：“法官先生，这事儿我们可真不能不过问了。我是最不愿意打搅艾米丽小姐的，可总得想个办法。”那晚，议员们（三位长者，外加一名新生代年轻成员）一起开了个会。

“这太简单了，”年轻人说，“下个通知，叫她把家里打扫干净，限期弄完，否则……”

“你这是什么话，先生，”史蒂文斯法官说，“你能当着一位贵妇的面，说她家里闻起来糟透了吗？”

于是，第二天午夜过后，四个男人穿过艾米丽小姐家的草坪，像窃贼一样鬼鬼祟祟地绕着屋子，沿着墙根，冲地窖的风口使劲地嗅，其中一人的手从挎在肩头的麻袋里掏出不知什么，不停做出播种的动作。他们撬开地窖的锁，在窖口和每间外屋里都撒了石灰。等他们再次穿过草坪，一扇一直黑着的窗户亮了起来，艾米丽小姐坐在里面，灯在她身后，那笔挺的身躯纹丝不动，像一尊圣像。四人蹑手蹑脚地越过草坪，潜入街边洋槐的幢幢树影。过了一两个礼拜，气味消失了。

就是那会儿，人们开始由衷为她难过。镇上的人想起艾米丽小姐的姑奶奶怀亚特老太太，想起让她终于彻底疯掉的往事，都确信格里尔森一族未免自视过高。对艾米丽小姐和像她这样的女士来说，不论哪种男子，她们都瞧不上眼。长久以来，这家人给我们的印象，无过于一种舞台造型般的画面：形体苗条、一身白衣的艾米丽小姐在后，父亲手攥马鞭、叉腿兀立，背对着女儿的剪影在前，被一扇向内敞开的大门框进同一个画面。因此，见她年近三十仍待字闺中，我们实无幸灾乐祸之心，只觉早先的想法得到了印证；纵然她家里遗传着疯狂的血液，要真有实在的机会，她想必也不至于一概拒绝。

传言说，她父亲死后留给她的唯一财产便是那房子。某种意义上，人们为此感到欣慰，他们终于能怜悯她一回了：独守空屋，穷苦无依，顿时有了人性。这时的她，恐怕和自古及今的常人一样，也能体会到多一分钱喜极、少一分钱悲绝的心情了。

她父亲死后的第二天，全镇妇女都准备上门吊慰，提供帮助，是为镇上的习俗。艾米丽小姐在家门口接待了她们，装束与平常无异，脸上没一丝哀愁；她告诉她们，她父亲并未离世。一连三日，她都是这样，其间，牧师造访过她，医生也苦劝，望能尽早处理遗体。正当他们要诉诸法律、强制解决的时候，艾米丽小姐垮了，女儿一垮，父亲便很快被埋进了地里。

那会儿我们还没说她疯癫，我们尚且相信她是情不自禁；我们还记得所有被她父亲赶走的青年男士，也了解在一无所有的时候，她会像大多数人一样，死死拖住那个夺走她一切的人。

3

为此，艾米丽小姐久病不起。再次出现在我们的视野里时，她剪短了头发，模样像个少女，肖似教堂彩窗上的天使，安详，又带着几分悲怆。

那时，镇上已将步道铺设工程承包出去，动工时间刚好是她父亲去世那年的夏天。建筑公司领着一批黑人、一群骡子和各色机器进驻，工头叫霍默·巴伦，北方佬，人高马大，皮肤黝黑，一副精明能干的派头，嗓音也很洪亮，眼睛的颜色比脸色还浅。小男孩成群结队地跟在他后面，听他咒骂黑人，黑人们随铁镐的起落唱着劳动号子。很快，他便和全镇的人都混熟了，广场附近但闻朗朗笑声，在人群中央的，定是霍默·巴伦。又过不久，每到礼拜天下午，人们便看见他和艾米丽小姐驾车出游；从马房里精挑细选的几匹枣色骏马配上黄色轮子的轻型马车，很是相称。

起初，见艾米丽小姐难得心有所寄，大伙儿都很高兴，因为妇女们都说："格里尔森家的人，当然不会拿一个打散工的北方佬太当回事。"不过，也有不同的论调，听年纪大的人说，就算是巨大的悲痛，也不能叫一位真正的贵妇忘记"贵人德行"，尽管他们嘴上没说"贵人德行"，仅仅是说："可怜的艾米丽，该有个自家人来陪着她的。"艾米丽小姐确实有亲眷在亚拉巴马，但多年前，她父亲因为疯婆子怀亚特老太太的遗产归属问题和他们起了纠纷，以致两边闹翻，往来断绝。就连她父亲的葬礼，那边也没人参加。

"可怜的艾米丽——"，长者们话一出口，便有了窃窃私语，人们交头接耳："你觉得真是那么回事儿？"又捂嘴低语："当然喽。还能是怎么……"礼拜天午后，当轻快的蹄声嘚嘚远去时，挡着似火骄阳的百叶窗后，会响起绸缎般的窸窣："可怜的艾米丽。"

她高高昂着下巴；到大家都深信她成了落难凤凰的时候，她还是这样，好像比过去任何时候都更迫切需要人们认可她作为末代格里尔森的尊严，也正需要和尘世的这点接触来重新确证她的高贵人格是何等超凡脱俗、外物不侵。就拿买老鼠药（砒霜）的事儿来说吧。那时，人们说"可怜的艾米丽"说了一年多了，她的两个堂姐妹正好来看她。

"我想要点毒药。"她对药房老板说。当时，她三十多了，却仍是个腰肢纤细的女人，只是比以往清瘦了些，一双黑眸透着冷峻、高傲，太阳穴和眼窝附近的皮肉紧紧绷着，想象中的灯塔守望者便是如此面相。"我想要点毒药。"她说。

"好的，艾米丽小姐。要哪种？对付老鼠这些的吗？我建……"

"要最好的。哪种都行。"

药房老板介绍了几种。"没什么毒不死的。大象都行。可您想要……"

"砒霜，"艾米丽小姐说，"灵吗？"

"是……砒霜？灵，小姐。可您想要的是……"

"我要砒霜。"

老板朝下望着小姐，她回看一眼，直起腰板，面孔犹如一面扯紧的旗帜。"啊啊，当然有，"老板说，"如果您想要的话。不过，照法律规定，您得说明要做什么用。"

艾米丽小姐一言不发，头微微仰起（以便二人正眼相对），只是瞪着他看，直到他挪开眼睛，进去配好、包好了东西。出来交货的是个黑人小伙，药房老板再没露面。她回家打开药包，盒上的骷髅标志下写着：“毒鼠用药。”

4

于是，第二天，大伙儿都说“她要自杀了”，说这真是再好不过。第一次看见她跟霍默·巴伦在一起时，我们都说：“她要嫁给他了。”后来，我们又说：“得先说服他呢。”因为霍默说他喜欢和男人来往，和年轻人在麋鹿俱乐部喝酒的时候，他也亲口说过他无意成家。此后，每逢礼拜天下午，当闪闪夺目的轻型马车驶过，见艾米丽小姐高昂着头，霍默歪着帽子，叼着雪茄，戴着黄手套，抓着马鞭缰绳，我们在百叶窗后都忍不住要来上一句：“可怜的艾米丽。”

再后来，一些妇女开始讲闲话了，说这事让全镇蒙羞，也是后辈的坏榜样。男人们则不想干涉。但最终，妇女们逼浸礼会牧师（艾米丽小姐家族都是圣公会教徒）去会了会她。关于访问经过，牧师半点也没透露，但他不愿再跑第二趟了。下个礼拜天，他们照旧坐着马车，上街来了。第二天，牧师夫人只好给艾米丽小姐在亚拉巴马的亲戚写信。

不久，她便有自家人来访，大伙儿决定坐观事态的发展。起初，无甚动静，随后，我们都相信，他们婚期将至。我们听说艾米丽小姐去珠宝店订购了一套银质男性盥洗用品，每件上面都刻着“H. B.”①，两天后又听说她连睡衣在

① 即霍默·巴伦（Homer Barron）英文首字母。

内买了一整套男装；我们不由得说：“他俩是结了婚了。”我们由衷感到高兴，当然，我们高兴的是，那两位堂姐妹比艾米丽小姐更“格里尔森”。

所以，霍默·巴伦离开镇子的时候（工程已完成了好些日子），我们一点也不诧异，反倒有些失望，因为少了一番热闹的欢送，不过我们都深信，他此去是为迎接艾米丽小姐做准备的，也或者是为了让她有机会请走两个堂亲。那时，暗中已有秘密集团形成，我等都甘当艾米丽小姐的同党，帮她弄走两尊大佛。果然，一礼拜后，她们就走了，而且，一如大家的期待，不出三日，霍默·巴伦便回来了。一天傍晚，一个邻居亲眼看见那黑仆开了厨房的门让他进屋。

这也是人们最后一次见到霍默·巴伦。有好一阵，艾米丽小姐都没再露面。那黑仆提着菜篮进进出出，前门却始终紧闭。偶尔，她的身影会在窗口闪现，就像夜撒石灰的那几位见到的那样，但几乎有半年时间，她没在大街上现身。我们明白，这也是情理之中的事；好像来自她父亲的魔咒——那种只要她活着，就会对身为女性的她百般阻挠的魔咒——太过恶毒、暴虐，死活不肯消失一样。

再见到艾米丽小姐的时候，她已经发胖，发间也冒出了银丝。之后数载，那发色越变越灰，最终变成椒盐似的铁灰。直到她七十四岁去世，那颜色依旧浓厚、盎然：一个生气勃勃的男人，头发的色泽也大致如此。

打那时起，小姐家的前门就没再开过，唯独她四十来岁那会儿，有六七个年头是例外；那些年，她在家教授瓷器彩绘。她把楼下一个房间布置成画室，萨托里斯上校那一代人纷纷把家里的女儿、孙女送去学习，那份按时按点、认真挚切的劲头，和礼拜天把她们送去教堂，还让她们往奉献盘里捐二十五分钱时的虔诚劲儿一模一样。那会儿，小姐在镇上已无税责。

后来，新一代人成了全镇的主心骨，立起了新的精神，学画的孩子也长大成人，作别师门，而且没让自己的孩子再带上一盒盒颜料、一支支叫人生厌的画笔和从妇女杂志上剪下来的图片去向小姐学艺。最后一个学生离开，那扇前门也永远地关上了。镇上施行免费邮递的时候，只有艾米丽小姐拒绝在自家门口钉金属门牌号并附设邮箱，怎么劝她都不肯搭理。

日复一日，月复一月，年复一年，我们眼看着那个黑仆白了头发、弯了腰背，照旧提着菜篮，进进出出。每年十二月，我们都照例给小姐寄去一单纳税通知，一礼拜后，单子都会被邮局退回，原因：无人认领。透过一楼的窗户（显然，她已把楼上封闭起来），我们时而望见她，那身影就像龛里一尊雕刻而成的神像，仿佛只有躯干，对我们似看非看，无法辨识。就这样，她历经一个又一个时代——高贵、宁静、倔强，无可逃避、无从接近。

就这样，艾米丽小姐死了。在尘埃遍布、黑影重叠的屋子里，她一病不起，服侍她的只有年老体衰、步履蹒跚的黑仆。我们连她病了都不知道，也早已不想再试着向那黑人打听任何消息。他不跟任何人讲话——恐怕对小姐也一样，嗓音也因为久不言语而变得粗哑。

她死在楼下的一间房里，笨重的胡桃木床上挂着床帏，枕了多年又不见阳光的枕头已发黄发霉，支着她满是灰发的脑袋。

5

黑仆在前门迎接第一批来吊丧的妇女，把她们领进屋里，她们压低嗓门，咝咝地聊着，一脸好奇地左瞥右瞧。随即，黑仆不见了，他穿过屋子，走出后门，就此没了踪影。

两位堂姐妹也闻讯赶来。葬礼第二天就举行了，全镇都来瞻仰艾米丽小姐。鲜花盖着她的遗体，棺材架上挂着她父亲的炭笔画像：一副覃思冥想的深沉表情。妇女们窃窃私语——关于死亡、故去；暮年老人们（有的还穿上了刷得干干净净的南军制服）在走廊上、草坪上，以艾米丽小姐的同代人自居谈论着她的一生，忆及过往，还总觉得自己曾做过她的舞伴，甚至追求过她。人岁数一大，便常会颠倒年月的演进，混淆时光的步序。在这些老人看来，过去，不是一条愈行愈狭的道路，而是一片广袤无际、没有冬天的草原；唯有近十年来的岁月，如窄小的瓶口般，将他们与过去分隔开来。

我们早就知道，小姐家楼上有一间房，四十年没人进去过了；这会儿想一探究竟，只能把门撬开。他们等艾米丽小姐入土，才设法开门。

破门而入的巨大动静震得屋里尘飞土扬。赫然出现在眼前的，是婚房的布置与装饰，但如今整个房间像墓室一样，散发着淡淡的、呛人的气味，阴森的氛围笼罩着每个角落：

褪色的玫瑰色窗帘，黯淡的玫瑰色灯罩，梳妆台，一列做工精细的水晶饰品，还有那一整套白银打底，但已没了光泽，连刻着的“H. B.”也无从辨认的盥洗用品。物什间，有领带一条、硬领一只，像是刚从身上取下，用手拿起，覆满尘埃的台面上便显出浅浅的月牙。椅上挂着一套悉心叠好的衣服，椅下是两只寂寞无声的鞋子和一双丢了不要的袜子。

床上躺着那个男人。

我们站了好久，低眼望着那张龇牙咧嘴、表情莫名的枯脸。看姿势，那尸体显然曾拥抱着什么，但那胜过爱情的煎熬折磨，比爱情更长久的长眠彻底驯服了他。破烂的睡衣下，腐烂的遗骸和他身下的床连在一起，难分难解，灰尘日积月累，随漫漫流年，在他身上和他身边的枕头上盖了一层均匀的尘衣。

后来，我们才注意到，那枕头上有脑袋压过的痕迹。有人从上面捡起了什么，我们凑近一看——一股微弱却刺鼻的臊臭涌来，才发现是一缕铁灰色的头发。

公道

1

祖父在世的时候，我们每周六下午都去庄园。饭一吃完，我们的马车就会出发，我和罗斯库斯在前，祖父、凯蒂和杰森在后。祖父和罗斯库斯在车上聊天，马跑得飞快，那是全乡最好的一队马了。它们拉着车子，在平地上飞奔，有时爬起山来也一样飞快。但这是在北密西西比，有时爬起坡来，我和罗斯库斯会闻到祖父的雪茄味儿。

庄园离家四里。果林里有间又长又矮的屋子，没上油漆，但被宿舍里一个叫山姆·法泽斯[①]的聪明木匠保护得完好无伤，屋后是仓房和熏房，再远一点，就是宿舍，也被山姆·法泽斯保护得完好无伤。别的他什么也不干，人们说，他几乎有一百岁了。他和黑人住在一起，黑人们叫他蓝牙

---

① "山姆·法泽斯"的英文原文为"Sam Fathers"，近似"Same Fathers"（意为"相同的爸爸"）。

床，而他们——也就是白人们——都叫他黑人。但他不是黑人。这就是我要讲的故事。

到了庄园，管家斯托克斯先生会派一个黑人小孩陪凯蒂和杰森到溪边钓鱼，因为凯蒂是女孩，杰森太小，我又不肯跟着。我会到山姆·法泽斯的作坊里去，每次他都在忙活，造着车轭车轮，我总会带些烟丝给他。他会放下活计，他会把烟斗填满——烟斗也是他自己动手，用溪里的泥土和芦苇秆做的——他会讲起过去的时光。他讲起话来像个黑人——意思是说，他用的是黑人的口气，说的倒不是黑人的话，而且，他长着黑人的头发。但他的肤色比不那么黑的黑人还浅，他的鼻子、嘴巴和下巴也不是黑人的鼻子、嘴巴和下巴。他的体形不像黑人老了以后的体形。他的背很直，人虽不高，却有点宽，他脸上的表情始终平静，好像不管是工作的时候，还是别人——甚至是白人——跟他说话的时候，还是跟我说话的时候，他都在别的什么地方。一直是那副表情，好像任何时候他都一个人在屋顶上钉钉子似的。有时他会把没造完的东西搁在凳上，坐下抽烟。斯托克斯先生来了，甚至祖父来了，他也不会从凳上跳起，回去工作。

总之，我会给他烟丝，他会停下活计，坐下来填满烟斗，跟我说话。

“这些黑人，”他说，“他们叫我‘蓝牙床大叔’。白人呢，他们叫我山姆·法泽斯。”

“你不叫山姆·法泽斯吗？”我说。

“不，过去不这么叫。我记得。我记得我到你这年纪以前，只见过一个白人——一个威士忌酒贩，每年夏天他都到庄园里来。我的名字是头人亲自起的。但他没叫我山姆·法泽斯。”

“头人？”我说。

“园子，黑人，还有我妈妈，都是他的。长大前我见过的所有土地，也都是他的。他是乔克托人的一个首领。他把我妈妈卖给你爷爷的爸爸。他说我不用离开，除非我自己想走，因为当时我也是个战士了。就是他给我起的名字，叫‘有俩爸爸’。”

“有俩爸爸？”我说，“这不是名字。这什么也不是。”

“以前我就叫这个。你听我说。”

2

这是我大到能听人说事的时候赫尔曼·巴斯克特告诉我的。他说从新奥尔良回来时，杜姆带着一个女人。虽然赫尔曼·巴斯克特说了，园子里的黑人已经太多，再多就更没地方使唤，他还是带回来六个黑人。有时他们会让黑人先跑，再放狗去追，就像你捉狐狸捉猫捉浣熊一样。然后杜姆从新奥尔良回来时又带了六个。他说这是他在汽船上赢的，他不能不要。赫尔曼·巴斯克特说，他下船时，除了这六个黑人，还带着一只装着什么活东西的大箱，和那只金表大小，盛新奥尔良盐的金盒。赫尔曼·巴斯克特说，杜姆从装着什么活东西的箱子里掏出一只小狗，又用面包和一撮盒里的盐搓出一颗丸子，把它塞进小狗的嘴巴，小狗当场死掉。

赫尔曼·巴斯克特说，杜姆就是这样。他说下船那晚，杜姆穿着一件镶满金子的大衣，还戴着三只金表，但赫尔曼·巴斯克特说，就算七年过去，杜姆的眼睛也一点没变。他说杜姆的眼睛和他离开前一模一样，那时他还不叫杜姆，他、爸爸和赫尔曼·巴斯克特还像小男孩一样，睡一张草垫，在夜里聊天。

那时的杜姆叫伊克莫土贝，他不是生来就能当头人的。杜姆的妈妈的弟弟是头人，头人有自己的儿子，也有自己的弟弟。可早在那时，杜姆还不比你大的时候，赫尔曼·巴斯克特说，头人就偶尔会看着杜姆，说："喔，姐姐的儿啊，你的眼睛是只坏眼，像匹坏马的眼睛。"

所以到杜姆年轻力壮，说要去新奥尔良的时候，头人不觉得难过，赫尔曼·巴斯克特说。头人已上了岁数。以前他既丢小刀[①]，也套蹄铁，两个都很爱玩，可这时，他喜欢的只剩丢小刀了。所以杜姆走了，他不觉得难过，虽然他从没忘记杜姆。赫尔曼·巴斯克特说，每年夏天那威士忌酒贩来了，头人都会问起杜姆。头人会说："现在他自称大卫·卡里科特。实际上他叫伊克莫土贝。你应该没听说有个叫大卫·卡里科特的人在大河[②]里淹死，或者在新奥尔良的白人干起仗来的时候被弄死了吧？"

但赫尔曼·巴斯克特说，杜姆走了七年，没一点消息。

---

① 原文为"mumble-peg"，最基本的游戏版本是一人尽可能深地将刀掷向地面，另一人用牙齿将刀从地里拔起来。也有的游戏版本是使用各种花式与技巧将小刀掷向地面使之竖立。马克·吐温在《汤姆·索亚历险记》中曾描述它为当时男孩最痴迷的户外游戏之一。

② 原文为"Big River"，疑指密西西比河。

七年后的一天，爸爸和赫尔曼·巴斯克特收到一根杜姆写来的枝子，叫他们到大河去接他。因为那时，汽船已不再开进我们的小河。有条汽船还在我们的河里，但它哪儿也去不了了。赫尔曼·巴斯克特说，那大概是杜姆走了三年以后，汛期到了，有一天那汽船开进小河，爬上沙洲，然后就死在了那儿。

杜姆的第二个名字，杜姆之前的那个名字，就是这么来的。赫尔曼·巴斯克特说，从前一年四次，汽船会开进我们的小河，人们会到河边露营，等着看汽船经过，他说那个叫汽船游来游去的白人叫大卫·卡里科特。所以，杜姆告诉爸爸和赫尔曼·巴斯克特他要去新奥尔良的时候，他说："我还要告诉你们，从现在开始，我不叫伊克莫土贝了，我叫大卫·卡里科特。总有一天，我也会有条蒸汽船的。"杜姆就是这样，赫尔曼·巴斯克特说。

总之，七年后，他写来枝子，爸爸和赫尔曼·巴斯克特就驾着货车去大河接他，杜姆带着六个黑人下船上岸。"这是我在船上赢的，"杜姆说，"你和克劳-福特（我爸爸叫克劳菲什-福特，但一般只叫克劳-福特）分吧。"

"我不要。"赫尔曼·巴斯克特说爸爸这样说。

"那就都归赫尔曼了。"杜姆说。

"我也不要。"赫尔曼·巴斯克特说。

"行。"杜姆说。然后，赫尔曼·巴斯克特说，他问杜姆是不是还叫大卫·卡里科特，但杜姆没有回答，只对黑人中的一个说了些白人的话，那黑人便点起一根松节。然后，赫尔曼·巴斯克特说，他们看着杜姆从箱子里掏出小狗，用面包和他存在小金盒里的新奥尔良盐搓出一颗丸子，他说就在这时，爸爸说：

“你是要我和赫尔曼来分这些黑人吧？”

然后，赫尔曼·巴斯克特说他看见黑人中的一个是个女人。

“你和赫尔曼都说不要。”杜姆说。

“刚才我没多想，”爸爸说，“我要包括这个女人的三个，其他三个是赫尔曼的。”

“我不要。”赫尔曼·巴斯克特说。

“那就给你四个，”爸爸说，“我要这个女人，再加另外一个。”

“我不要。”赫尔曼·巴斯克特说。

“我只要这个女人，”爸爸说，“其他五个都是你的。”

“我不要。”赫尔曼·巴斯克特说。

“你也不要，”杜姆对爸爸说，“你自己说的。”

然后，赫尔曼·巴斯克特说，那小狗死了。“你还没告诉我们你的新名字呢。”他对杜姆说。

“现在我叫杜姆，”杜姆说，“是新奥尔良的一个法国首领起的。法国话里，是杜-恩姆；我们的话里，是杜姆。”

“杜姆是什么意思？”赫尔曼·巴斯克特说。

他说杜姆盯着他看了一阵。“意思是头人。”杜姆说。

赫尔曼·巴斯克特说起他们当时的感想。他说他们站在暗里，其他小狗，杜姆还没用掉的小狗，在箱子里扒着箱板，呜呜地叫，松节的火光亮起了黑人的眼珠、杜姆的镶金大衣和死掉的小狗。

“你当不了头人，”赫尔曼·巴斯克特说，“你是头人姐姐的儿子。而且头人还有弟弟和儿子。”

“没错，”杜姆说，“可如果我是头人，我会把这些黑人送给克劳-福特。我还会给赫尔曼东西。我每给克劳-福特一个黑人，就给赫尔曼一匹马，如果我是头人。”

“克劳-福特只想要这个女人。”赫尔曼·巴斯克特说。

“反正，我会给赫尔曼六匹马，”杜姆说，“不过，头人可能给过赫尔曼一匹马了。”

“没有，”赫尔曼·巴斯克特说，“我的魂灵靠腿走着路呢。”

他们花了三天才走到园子。夜里，他们在路上野营。赫尔曼·巴斯克特说，他们什么也没聊起。

第三天他们到了。他说尽管杜姆送了糖果给头人的儿子，可见了杜姆，头人倒没那么高兴。杜姆给所有亲戚都带了东西，连头人的弟弟也有。头人的弟弟一个人住在溪边的一间小屋。他叫“有时醒来”。有时人们会带吃的给他。其他时候都看不到他。赫尔曼·巴斯克特说，他和爸爸跟杜姆一起去了小屋，见了“有时醒来”。那是夜里，杜姆叫赫尔曼·巴斯克特关上屋门。然后杜姆从爸爸手里接过小狗，放在地上，用面包和新奥尔良盐搓出一颗丸子，让“有时醒来”见识了它的威力。临走时，赫尔曼·巴斯克特说，“有时醒来”烧起一根树枝，用毯子蒙住了脑袋。

杜姆回家后的第一个晚上就这么过了。第二天，赫尔曼·巴斯克特说，头人吃饭时发了怪病，医生还没赶到，树枝也没烧，就没了性命。然后，巫师去带头人的儿子来当头人，却发现头人的儿子也发了怪病，病了就死。

“现在得‘有时醒来’来当头人了。”爸爸说。

于是巫师去找“有时醒来”来当头人。没过多久，巫师就带回信来。“‘有时醒来’不想来当头人，”巫师说，“他一直坐在屋里，头上蒙着毯子。”

“那就得伊克莫土贝来当头人了。”爸爸说。

于是杜姆就成了头人。但赫尔曼·巴斯克特说，爸爸的魂灵开始不得安宁。赫尔曼·巴斯克特说，他让爸爸给杜姆一点时间。“我还靠腿走着路呢。”赫尔曼·巴斯克特说。

“可对我来说这不是闹着玩的。”爸爸说。

他说最后，没等头人和他儿子埋进土里，没等宴会和赛马结束，爸爸就去找了杜姆。“什么女人？”杜姆说。

“你说你是头人的话——”爸爸说。赫尔曼·巴斯克特说，杜姆看着爸爸，爸爸却没看着杜姆。

“我觉得你不信我。”杜姆说。赫尔曼·巴斯克特说，爸爸始终没看杜姆。“我觉得你还以为那小狗是病了，”杜姆说，“想想吧。”

于是，赫尔曼·巴斯克特说，爸爸就想了起来。

“现在你怎么想呢？”杜姆说。

赫尔曼·巴斯克特说，爸爸还是没看杜姆。“我想那小狗没病。”爸爸说。

3

最后，宴会和赛马结束，头人和他儿子也埋进了土里。

然后，杜姆说："我们明天出发，把汽船弄来。"赫尔曼·巴斯克特说，杜姆一当上头人，就不停念叨那汽船，念叨头人府还不够大。所以那天晚上，杜姆就说："我们明天出发，把那死在河里的汽船弄来。"

赫尔曼·巴斯克特说，那条汽船有十二里远，就是在水里也动弹不得。所以，第二天一早，除了杜姆和黑人，园子里谁也没留。他说杜姆从早到晚都在找人。杜姆连狗都放了，一些人在溪谷的树洞里被他找到。那天夜里，他让所有人都睡在头人府里。狗也跟人一起过夜。

赫尔曼·巴斯克特说他听见杜姆和爸爸在黑暗里说话。"我觉得你不信我。"杜姆说。

"我信。"爸爸说。

"我也劝你信我。"杜姆说。

"我但愿你能劝劝我的魂灵。"爸爸说。

第二天天亮，他们向河边出发。女人和黑人走路。男人坐车，杜姆领着狗群跟在后头。

汽船在沙洲上歪着。他们走到船边，发现船上有三个白人。"这下可以回家去了。"爸爸说。

可杜姆和白人说起话来。"这船是你们的吗？"杜姆说。

白人说："反正不是你的。"他们有枪，但赫尔曼·巴斯克特说他们看起来不像是有船的人。

"宰了他们？"他对杜姆说。可他说杜姆还在跟船上的白人说话。

"要我拿什么来换？"杜姆说。

"你想拿什么来换？"白人说。

“死东西，”杜姆说，“值不了多少。”

“给十个黑人，行吗？”白人说。

“行，”杜姆说，“我从大河上带来的黑人，出来。”说完，就出来六个黑人，五个男人和那个女人。“再来四个黑人。”说完，就又出来四个黑人。“现在你们要吃那边那些白人家的米了，”杜姆说，“祝你们吃好吃胖。”于是，白人走了，十个黑人也跟着走了。“好了，”杜姆说，“让这汽船起来走走路吧。”

赫尔曼·巴斯克特说，他和爸爸没同其他人一起下河，因为爸爸叫他到边上说话。他们走到一边。爸爸出了主意，但赫尔曼·巴斯克特说，他说他觉得不该去杀白人，但爸爸说，他们可以给那些白人喂饱了石头，沉到河里，谁都不会发现。于是，赫尔曼·巴斯克特说，他们追上那三个白人和十个黑人，完后就回头往汽船走。就快走到的时候，爸爸对黑人说：“到头人那儿。去帮忙干活，让这汽船起来走走。我要把这个女人带回家了。”

“这女人是我老婆，”一个黑人说，“她得跟我待在一起。”

“你也想吃了石头到河里去吗？”爸爸对那个黑人说。

“是你自己想到河里去吧？”黑人对爸爸说，“你们就两个，我们有九个。”

赫尔曼·巴斯克特说，爸爸想了一想。然后，爸爸说：“我们到汽船那儿给头人帮忙去吧。”

他们走到船边。但赫尔曼·巴斯克特说，直到该回园子的时候，杜姆才注意到那十个黑人。赫尔曼·巴斯克特说，杜姆看了看黑人，然后又看着爸爸。

“看来那些白人是不想要这几个黑人了。”杜姆说。

“看来是的。”爸爸说。

“那些白人走了，是吗？”杜姆说。

“看来是的。”爸爸说。

赫尔曼·巴斯克特说，每天晚上他让所有人都睡在头人府里，狗也一起过夜，每天一早人们就上车出发，回去搬船。车不够大，装不下所有人，所以第二天以后，女人都留在了家里。可过了三天，杜姆才发现爸爸也留在家里。赫尔曼·巴斯克特说，可能是那个女人的丈夫跟杜姆说的。“克劳-福特抬船的时候弄伤了背，”赫尔曼·巴斯克特说他告诉杜姆，“他说要留在园子里，到温泉泡脚，让他背上的毛病回到土里。”

“是个好主意，”杜姆说，“他泡了四天脚了，是吧？现在那毛病该落到他的腿了。”

那天晚上，他们回到园子，杜姆就叫来爸爸。他问爸爸，毛病动了没有。爸爸说，动了，但动得很慢。“你还得多泡一下。”杜姆说。

“我也这么觉得。”爸爸说。

“要不夜里也泡着。”杜姆说。

“遭了夜里的凉气，更好不了了。”爸爸说。

“有火就行，”杜姆说，“我派个黑人陪你，一直给你生火。”

“哪个黑人？”爸爸说。

“我在船上赢来的那个女人的丈夫。”杜姆说。

“我觉得我好一点了。”爸爸说。

“试一试吧。”杜姆说。

“真的，我好一点了。”爸爸说。

“不管怎样，都试一试吧。”杜姆说。杜姆派了四个人在天黑前把爸爸和那黑人送到泉边安顿。赫尔曼·巴斯克特说，送人的人很快就回来了。他说他们走进头人府时，爸爸也跟着。

“毛病突然动了，”爸爸说，“今天中午就跑脚上去了。”

“你觉得明天一早能跑干净吗？”杜姆说。

“我觉得能。”爸爸说。

“不如再泡一晚，可能更有把握。”杜姆说。

“真的，明天一早就跑干净了。”爸爸说。

4

快到夏天的时候，赫尔曼·巴斯克特说，汽船终于被搬出了河床。整整搬了五个月时间，因为他们得一直砍树，给它开路铺路。但有了地上的滚木，他说汽船就走得快了。他说爸爸也帮上了忙。爸爸有他干活的位置，负责船边的一根绳子，赫尔曼·巴斯克特说。那是个不许别人占据的位置，头顶正好是汽船前廊，杜姆就坐在那里，椅边有两个男孩，一个用树枝遮阴，一个用树枝驱赶飞虫。狗也到了船上。

夏天，汽船还在路上的时候，赫尔曼·巴斯克特说，那个女人的丈夫又找了杜姆一次。“你的事我尽力了，”杜姆说，“你为什么不自己去找克劳-福特算账？”

黑人说他去过。他说爸爸说，账用斗鸡来算，爸爸的鸡斗那黑人的鸡，谁赢，女人就归谁，不斗就等于认输。那黑人说，他告诉爸爸他没鸡可斗，爸爸就说，没鸡就等于认输，女人归他。“这我怎么办呢？”黑人说。

杜姆想了一阵。然后，赫尔曼·巴斯克特说，杜姆把他叫去，问他爸爸的鸡里哪只最好，赫尔曼·巴斯克特就告诉杜姆，爸爸只有一只斗鸡。“那只黑的？”杜姆说。赫尔曼·巴斯克特说他告诉杜姆就是那只。“啊。”杜姆说。赫尔曼·巴斯克特说，汽船走在路上，杜姆就坐在前廊，看着他的族人和黑人在下面拉着绳子，拖着船走。“去告诉克劳-福特你也有鸡，”杜姆对那个黑人说，“就告诉他，斗鸡场上会有你的鸡的。叫他明早来吧。让船也坐下歇歇。”说完，黑人走了。然后，赫尔曼·巴斯克特说，杜姆盯着他看，他却没看杜姆。因为他说，园子里只有一只鸡比爸爸的更好，那就是杜姆的鸡。“我觉得那小狗没病，”杜姆说，“你觉得呢？”

赫尔曼·巴斯克特说，他没看杜姆。“我也这么觉得。”他说。

“我也劝你这么觉得。”杜姆说。

赫尔曼·巴斯克特说，第二天，汽船停了，歇在地上。斗鸡场挖在马房。族人和黑人都在那儿。爸爸放鸡进场。然后，那黑人也放鸡进场。赫尔曼·巴斯克特说，爸爸看着那黑人的公鸡。

“这鸡是伊克莫土贝的。”爸爸说。

“是的，”人们告诉爸爸，“伊克莫土贝当着大家的面把它送给他了。”

赫尔曼·巴斯克特说，爸爸已经抱起他的鸡来。“这样不对，”爸爸说，“我们不该让他冒险，用斗鸡来赌他老婆。”

“你不斗了？”那黑人说。

“让我想想。”爸爸说。说完，他想了起来。人们在一旁看着。那黑人提醒爸爸，说他说过不斗就等于认输。爸爸说，他不是那个意思，现在他把话收回。人们都说，他不能收回，除非他自愿退出，不斗算输。赫尔曼·巴斯克特说，爸爸又想了起来。大家在一旁看着。“行，”爸爸说，“可对我来说，这不公平。”

于是，鸡斗了起来。爸爸的鸡倒了。他一把抱起它来。赫尔曼·巴斯克特说，好像爸爸在等它倒下，好一把抱起它来。“等等。”他说。他看着大伙：“好了，斗过了对吧？”大伙说对。“这就完了，我自愿退出，把话收回。”

赫尔曼·巴斯克特说，爸爸说完就开始退场。

“不是你要斗吗？”那黑人说。

“我觉得这解决不了任何问题，”爸爸说，“你不觉得？”

赫尔曼·巴斯克特说，那黑人看着爸爸。然后，他低下眼睛。他蹲在地上。赫尔曼·巴斯克特说，人们都看着那黑人看着他两脚间的土地。他们看着他抓起一块土来，然后又看着泥沙从他的手指缝里落下。“你觉得这能解决问题？”爸爸说。

“不能。”那黑人说。赫尔曼·巴斯克特说，他说的话大伙听不太清。但他说爸爸听得清楚。

“我也觉得，”爸爸说，“你不能用斗鸡来赌你老婆。”

赫尔曼·巴斯克特说，那黑人抬起眼睛，手指上爬满了干泥。他说那黑人蹲在黑乎乎的斗鸡坑里，眼睛红得像狐狸一样。“让鸡再斗一下吧？”那黑人说。

“什么也不赌，是吗？”爸爸说。

“是。”那黑人说。

爸爸把鸡放回场上。赫尔曼·巴斯克特说，爸爸的鸡连怪病都没时间发，就死在了地上。那黑人的鸡站在爸爸的鸡上，喔喔叫了起来，但那黑人赶走了活鸡，又蹦又跳，一脚一脚往死鸡上踩，踩得那死鸡一点也不像鸡了，赫尔曼·巴斯克特说。

然后，秋天到了，赫尔曼·巴斯克特说，那汽船终于走到园子里，停在头人府边，又像死了一样。他说两个月来，他们都眼望着园子，拖着汽船在滚木上走，现在它总算挨着头人府了，杜姆也不嫌头人府不够大了。他办了宴会。一办一个星期。办完以后，赫尔曼·巴斯克特说，那黑人第三次来找杜姆。赫尔曼·巴斯克特说，那黑人的眼睛又红得像狐狸一样，屋里的人都听见他喘个不停。“到我家来，”他对杜姆说，“我给你看个东西。”

“我就知道是那么回事。”杜姆说。他朝屋里看了一圈，但赫尔曼·巴斯克特告诉杜姆，爸爸刚刚出去。“把他也叫来。”杜姆说。他们到那黑人家时，杜姆派了两个人去带我爸爸。然后，他们走进小屋。那黑人要给杜姆看的，是个婴儿。

“你看，”那黑人说，“你是头人。你得主持公道。”

“这个人有什么问题?”杜姆说。

“你看他的颜色。”那黑人说。说完，他转脸看向四周。赫尔曼·巴斯克特说，那黑人的眼睛红了又棕，棕了又红，像狐狸的眼睛。他说他们都听见那黑人喘个不停。“我能不能讨个公道?”那黑人说，“你是头人。”

“你应该为这漂亮的小黄人感到骄傲。”杜姆说。他看着那个婴儿。“我看公道也没法让他变黑一点。”杜姆说。说完，他也转脸看向四周。“往前一点，克劳-福特，”他说，“这是个人，不是铜头蛇；他不会咬你。”但赫尔曼·巴斯克特说，爸爸不肯往前。他说那黑人喘个不停，眼睛红了又棕，棕了又红。“啊呀，”杜姆说，“这也不对。每个人都有资格保护自己的瓜田，不让林子里的野鹿来糟蹋。不过，先让我们给他起个名吧。”杜姆想了一阵。赫尔曼·巴斯克特说，那黑人的眼睛平静了些，呼吸也平静了些。“就叫‘有俩爸爸’。”杜姆说。

5

山姆·法泽斯又点起烟斗。他不急不慢地凑到锻铁炉边，用拇指和食指拣出一块火炭，提到了面前，点燃了烟丝，然后又坐回凳上。天不早了。凯蒂和杰森已从溪边回来，我远远看见祖父和斯托克斯先生在马车旁聊天，一瞬间，好像感觉到我的视线一样，祖父转过身来，喊起我的名字。

“后来你爸爸怎么办呢?”我说。

“他和赫尔曼一起造了一圈篱笆，”山姆·法泽斯说，“赫尔曼·巴斯克特说，杜姆让他们往地上插了两根桩子，顶上横搁一棵又细又长的小树。当时，爸爸和那黑人都在。杜姆还没说篱笆的事。赫尔曼·巴斯克特说，就像小时候他和爸爸、杜姆睡一张草垫的时候一样，半夜三更，杜姆会叫醒他们，不是拉他们起床，要他们陪他打猎，就是让他们站好，跟他赤手空拳打个架玩，一直要玩到爸爸和赫尔曼·巴斯克特躲着杜姆为止。

“他们把小树定在桩上，杜姆对那黑鬼说：‘这是个篱笆。你能翻过去吗？’

“赫尔曼·巴斯克特说，那黑鬼把手往小树上一搭，像鸟一样飞了过去。

“然后，杜姆对爸爸说：‘翻吧。’

“‘这篱笆太高，我翻不过去。’爸爸说。

“‘翻吧，翻了就把女人给你。’杜姆说。

“赫尔曼·巴斯克特说，爸爸盯着篱笆看了一会儿。‘我从下面过吧。’他说。

“‘不行。’杜姆说。

“赫尔曼·巴斯克特说，爸爸一屁股坐在地上。‘真不是我不信你。’爸爸说。

“‘篱笆就造这么高吧。’杜姆说。

“‘什么篱笆？’赫尔曼·巴斯克特说。

“‘围着这个黑人家的篱笆。’杜姆说。

“‘我造不出我翻不过去的篱笆。’爸爸说。

“‘赫尔曼会帮助你的。’杜姆说。

“赫尔曼·巴斯克特说，这就和杜姆叫醒他们，要他们陪他打猎的时候一样。他说，第二天中午左右，狗找到了他和爸爸，于是他们下午就造起了篱笆。他说他们得到溪谷砍了小树，再用手拖回，因为杜姆不让他们用车。所以有时弄一根桩子就要三四天时间。‘没事，’杜姆说，‘你们有的是时间。锻炼一下，克劳-福特晚上就睡得着了。’

“他说整整一个冬天，连着整整一个夏天，他们一直在忙活，直到那威士忌酒贩来了又走。终于，篱笆造完。他说那天，他们插好最后一根桩子，那黑鬼走出家门，手往一根桩子上一搭（那是个栅栏式的篱笆，桩子都笔直插在地上），像鸟一样飞了出来。‘这篱笆造得很好。’那黑鬼说。‘等等，’他说，‘给你们看个东西。’说完，赫尔曼·巴斯克特说，那黑鬼又把手一搭，飞了回去，他回到屋里，很快又走了出来。赫尔曼·巴斯克特说他抱着一个婴儿，还把婴儿举得比篱笆还高，让他们好好看看。‘看看这次的颜色，觉得怎样？’他说。”

祖父又喊我一次。这次我站起身来。太阳已沉到桃园背后。当时我刚满十二，在我听来，这故事没头没脑，没有来由。但我听从祖父的话声，不是因为我听累了山姆·法泽斯的唠叨，而是出于孩子的反应，想立刻逃离我暂时还不甚明了的东西；当然，那也是对祖父的依从，但这本能的，不假思索的依从，也不是出于担忧，不是怕祖父失去耐心，苛责相向，而是因为我们都相信，他一直在做美好的事情，他渐渐苏醒的一生是渐渐展开的长卷，画着一幅接一幅美好（即便稍显夸张）的图景。

他们在车上等我。我上了车；马儿也急着回到马房，立马动了起来。凯蒂抓到一条薯条大小的小鱼，她从下到上，一直湿到腰间。我们驾车向前，马都跑了起来。经过斯托克斯先生的厨房，我们闻到火腿的香味。香味跟着我们，直到庄园门口。拐上回家的路时，日落将尽，火腿的香味也消失在身后。“你和山姆在聊些什么?”祖父说。

我们一路往家，被流连人世的最后一层暮色笼罩，在这奇异而略显凶邪的暮色里，我相信在我身后的远处，我依然能看见山姆·法泽斯的身影，看见他坐在木墩上，清晰、静止，完整，像看博物馆里一件久经防腐浸泡的标本一样。没错，就是这样。当时我刚满十二，我必须等待，直到我经过，穿过，越过这最后的暮色。到了那时，我才明白我会明白这一切。但到了那时，山姆·法泽斯也已不在人世。

“没什么，爷爷，”我说，“就是随便聊聊。”

头发

1

这个姑娘，这个苏珊·里德，是一个孤儿。她和姓伯切特的一家住在一起，家里除她以外，原就有两三个孩子。有人说苏珊是伯切特夫妇的侄女，或者表亲，或者别的什么亲戚；其他人则习惯性地对伯切特甚至伯切特太太的品格不吝中伤：你知道的，这些嚼舌根的，大多是女人。

霍克肖刚来镇上那会儿，她大约五岁。伯切特太太头一回领着苏珊走进马克西的理发店时，正是他在那椅子后面忙活的头一个夏天。马克西告诉过我，他和其他理发师就那么眼睁睁地看着伯切特太太花了三天时间，才把苏珊（当年她还是个瘦瘦小小的姑娘，大眼睛里透着惊恐，一头柔顺的直发，不算金黄，也不算深褐）弄进店里。听马克西说，最后是霍克肖走到街上，花了一刻钟时间，做了那姑娘的工作，才把人哄进店里，带到他的理发椅上——在这之前，除了“是”或“不是”，还没谁见过他跟镇上的任何人，不论男女，说过其他的话。“乖乖，好像霍克肖一直在等她出现一样。”马克西冲我感叹。

那是她头一次理发，霍克肖动的剪子。她罩着围布，坐在那儿，像一只吓坏了的小兔子。但六个月后，她就不用人带，能一个人到店里让霍克肖剪头发了，虽然样子仍旧像一只又老又小的兔子，围布上露着的，也仍旧是那张睁着大眼，堆满惊恐的脸和那头讲不清特定颜色的直发。马克西说，要是霍克肖忙着，她会进店往离他的椅子很近的长凳上一坐，再并起双腿往前一伸，静静等他忙完。马克西说，在他们眼里，她是霍克肖的常客，和那些每周六晚来刮脸的客人一样。他说有一次霍克肖正忙，另一个理发师，马特·福克斯，就主动提出要为她服务，霍克肖猛一抬头，两眼迸光。“我马上就好，”他说，“我给她剪。”马克西说，霍克肖在他店里干了快一年的活，那还是他头一回听见他说话那么积极。

同年秋天，那姑娘上了学。每天早上、下午，她都会从理发店门口经过。她依然羞涩，和那个年纪的小姑娘一样踏着快步，顶着那头有些棕又有些黄的直发，从窗前一闪而过，又平又快，像在溜冰似的。开始，她总是独来独往，但没过多久，一个脑袋就变成了一丛，个个都忙着说话，根本没空看窗子一眼，霍克肖就那么立在窗里，往外看着。马克西说，因为霍克肖在，他和马特完全不用看表，就知道这会儿八点还差五分，这会儿三点差五分了。差不多一到学校放学，窗外有孩子经过的点，他就魂灵似的浑不自觉地飘到窗前，往外看着。马克西还跟我说，每次那姑娘来店里理发，他都会拿两三块胡椒薄荷糖给她，别的孩子他只给一块。

不对；给糖的事是另一个理发师，也就是马特·福克斯告诉我的。圣诞节送她娃娃的事也是他跟我说的。他怎么发现的这事我不知道。霍克肖没告诉过他。但他不知怎的就知道了；关于霍克肖，他知道的比马克西多。说起马特这家伙，当时他已经结婚，是个一身赘肉的胖子，整天病恹恹地白着个脸，眼里一半是疲惫，一半是悲伤。是个好玩的人，头发理得也不比霍克肖差。同样，他话也不多，我不知道他是怎么知道那么多霍克肖的事的，毕竟，连伶牙俐齿的人都没法从霍克肖那儿套出多少情报。我寻思伶牙俐齿的人可能也没那工夫去琢磨言语之外的东西。

总之，我从马特那儿听说，霍克肖每年圣诞都会送个礼物给她，就算后来她出落成大姑娘了，这习惯也没变过。她还是会来找他，坐上他的椅子，每天早上、下午，他还是会守在窗前，看她上学、放学。是个大姑娘了，也没了羞涩。

像是变了个人。她长得好快。快过了头。这就是问题所在。有人说，孤儿就是这样，没别的原因。但事实并非如此。女孩和男孩不同。女孩子出生就断奶，男孩子一辈子不断。你别不信，别看谁谁都六十岁了，爹娘眨眨眼睛，他照样乖乖爬回婴儿车里。

不是说这姑娘坏。世界上不存在一个生来就坏的女人，因为女人都是生来就坏，生来就怀着女人的坏。要紧的是，得赶在她们还没自然而然地坏出自我的时候让她们嫁人。可我们又试图让她们遵从一种规定了不到某个年纪就不能嫁人的制度。但自然规律从不在意什么制度，女人就更不用说了，她们什么也不在意。她就是长得太快。在制度说你是时候坏出自我了之前，她就到了那个程度。我想她们也是身不由己。我自己也有个女儿，才这么说话。

这姑娘就是这样。听马特说，他们算过，当时她顶多十三岁，有一天因为涂唇抹粉挨了伯切特太太的一顿鞭子，他说那一年里，他们经常看见她和三两个其他姑娘本该在学校待着，却到街上晃悠，咯咯哈哈地笑着；还是很瘦，还是那头不算金黄不算深褐的直发，脸上结着厚厚一层浓粉，每次大笑起来，都叫人捏一把汗，唯恐那脸蛋会像干泥一样裂开，还有那些棉布裙子，方格的，条纹的，样式倒的确是十三岁的小孩该穿的样式，她却非要学那些年纪比她大的，穿丝裙、纱裙的姑娘，把裙子拉来扯去，秀她裙下那点根本没轮到她秀的风光。

马特说，有一天他看着她从窗外经过，突然意识到她从没穿过尼龙长袜。他说他琢磨了一阵，说印象里她整个夏天都没穿过那东西，这一回想，才意识到他一直以来注意到的，不是她没穿袜子，而是她露在裙下的双腿已俨然是女人的腿了——有女人味了。那时她才十三。

我说了，她是身不由己。这不是她的错。也不是伯切特的错。嗐，对这些坏姑娘们，对这些不幸长得太快，太早坏到那个程度的姑娘，没人能比男人更客气了。看看这镇上的男人——所有男人，看看他们是怎么对霍克肖的。哪怕大伙都知道了，闲话也都说起来了，也没一个男人当着霍克肖的面说过什么。我估计他们都以为他也知道，也听到过几句闲话，但店里的男人只要说起那姑娘，就肯定是在霍克肖不在的时候。我估计其他男人也是这样，因为这镇上的所有男人都见过霍克肖站在窗里，看着那姑娘不是从窗外经过，就是在街上晃悠，有时还掐着电影散场的点，碰巧路过影院，就为了看她一眼，看她和某个男的一起走到外面，没到十四岁呢，就搭上男人的船了。大伙都说，她得怎么怎么溜出家门，跟那些人混在一起，再偷偷回家，伯切特太太还以为她去了哪个闺蜜家里。

他们从没在霍克肖面前说过那姑娘的事。他们会等到他出门吃饭或者度假的时候才说。每年四月，他都会度两周的假，但没人知道他去了哪儿，干了什么，没任何线索。但他总会离开一阵，他们则继续看着那姑娘四处溜达，行走在是非边缘，一副早晚会惹上麻烦的样子，至于怎么惹上麻烦，没准连伯切特都毫无头绪。那会儿，她已退学一年。整整一年，校舍里都没她的影儿，可伯切特和他太太还以为她每天都在上学。每月都有人帮她的忙，可能是某个高中男生，弄空白的成绩单给她，但她本来也没什么底线：男生也好，有老婆的男人也好，任何男人，能帮忙就行，她会自己动手，填上成绩，回家让伯切特太太签字。乖乖，这男人要是爱上个女人，真是当了傻瓜还乐在其中，连魔鬼也没辙。

总之，她退了学，到杂货店里打起工来。她还是会来店里理发，浓妆艳抹，穿那种料子轻薄、颜色艳俗，露胳膊秀腿，穿了跟没穿一样的衣服，一副谁也不怕，谁也别惹老娘，又揣着小心的表情，一头抹了发胶的长发缠在一起，披在脸旁。不过，就算抹了那玩意儿，也改不了那棕黄的发色。人变了，头发却一点没变。她不是每次都往霍克肖的椅子上坐。有时就算那椅子空着，她也会坐别的椅子，从围布下直出双腿，跟其他理发师聊天，聊得店里吵吵闹闹，全是她的香水味儿。这种时候，霍克肖不会看她。就算不忙，他也有办法让自己看上去没在看她：低着脑袋，一副全神贯注的样子，像在努力证明他很忙，一直藏在那副伪装背后。

当时的情况就是这样。那会儿是四月，他刚度完那两周的假，去处依旧是秘密，大伙儿十年前就懒得猜了。他离开两三天后，我到了杰斐逊，在理发店里。他们正聊起他俩。

“他还送她圣诞礼物吗？”我说。

“两年前他给她买了块表，”马特·福克斯说，“花了六十块钱。”

马克西正给客人刮脸。他忽然顿住，手抬着剃刀，刃上还堆着泡沫。“这么说，我话摆在这儿，”他说，“他肯定是——你说他是不是第一个，第一个——”

马特头也不回，说：“表他还没送呢。”

“好吧，这是抠鬼上身了吧，”马克西说，“上了年纪的男人，玩年轻姑娘，已经够坏的了。居然还耍花招骗人，完了连屁都不付，这算——”

这下，马特回过头来。他也在给客人刮脸。“如果我告诉你，他还没送的原因，是他觉得她还太小，还没到收不是亲戚的人送的首饰的时候，你怎么说？”

“你是说，他不知道？她是怎么回事，这镇上大概除了伯切特跟她太太，所有人都知道而且知道了三年吧，他不知道？”

马特回过头去，继续干活，肘子端得平平稳稳，刀子边走边微微抽动。“他怎么会知道？除了女人，谁会告诉他这种事情。再说，除了考恩太太，他一个女人也不认识。我估计她也觉得他早就听说过了。”

“这倒是。”马克西说。

两周前他出发以后，杰斐逊的情形就是这样。我在那儿办差，待了一天半，又继续上路。之后那周周中，我到了迪维逊。我没着急。我想给他时间。周三早晨我才到了那地方。

2

如果他俩有过感情，男人们肯定会说，霍克肖忘掉了她。所谓感情，指的当然是爱情。十三年前（当时我刚刚上路，在北密西西比和亚拉巴马各地推销一款工装衣裤），在波特菲尔德的一家理发店里，我头一回见他，他站在那椅子后面，我说：“这儿又生出个单身汉来。四十岁了，天生光棍儿。”

小个子，沙黄的肤色，一张你见了就忘，过十分钟就认不出来的脸，一身蓝哔叽套装，系黑色的领结——那种从后面扣住，店里买来就已经打好的领结。听马克西说，一年后，在杰斐逊车站，提着一只仿皮行李箱从那南行火车上下来的时候，他仍旧穿着那套装，系着那领结。又过了一年，我在杰斐逊再见到他时，他在马克西的店里，站在椅子后面，可要是没那椅子，我根本认不出他。同一张脸，同一只领结；简直了，好像所有东西，椅子、客人，都跟他一起，被他们原封不动地搬到了六十里外。我得回头看一眼窗外的广场，才能确定我没回到一年前的某个时刻的波特菲尔德。那也是我头一回意识到，六周前我去波特菲尔德时，他就没在那儿了。

这之后又过了三年，我才了解到他的情况。迪维逊我大概每年要跑去五趟——要去一家商店，四五户人家，和密亚两州州界线上的一家锯木厂。我在那儿注意到一栋房子。房子不赖，在迪维逊算数一数二的好房子了，一年到头都闭着大门。每年春末夏初，我到迪维逊的时候，那房子上下周围总有打理过的痕迹。院子有人除草，花圃有人松土，屋顶和栅栏也有人修补。然后，等秋天或冬天，我再到迪维逊时，院里又长出了杂草，栅栏大抵也会被镇上的人掰走几根尖桩，不知是补自家栅栏用了，还是当柴烧了。那房门就一直关着，厨房的烟囱从不冒烟。有天，我向那店主打听，才知道是怎么回事。

房子以前是一个叫斯塔恩斯的人的，但这一家人都死了。在当地人眼里，他们曾是条件最好的人家，家里有房有地，只是都抵了出去。斯塔恩斯是那种能当个肚子管饱，有点烟抽的地主就知足的懒汉。他有个女儿，这女儿后来跟一个年轻小伙（一个佃户的儿子）订了婚。她妈妈不乐意，但斯塔恩斯倒似乎并不反对。可能是那小伙（名叫斯特里布林）老实肯干的缘故，也可能单纯是他懒得反对。总之，两人有了婚约，斯特里布林存下钱来，到伯明翰去学了理发，每年夏天都半程马车，半程靠走，回来看那姑娘。

然后有天，斯塔恩斯死了，往门廊上一坐就没再从椅子里站起；他们说，他懒到连呼吸都嫌麻烦了。他们通知了斯特里布林。我听说当时他已经在伯明翰的理发店里卖起手艺，生意相当不错，钱也一直在存。他们说，他已经在城里选好了公寓，定好了家具之类的东西，付掉了头款，打算在那年夏天结婚。他回到镇上。除了抵押出去的地，斯塔恩斯一文不名，斯特里布林出了葬礼的钱。那不是笔小钱，花在斯塔恩斯身上是浪费，但斯塔恩斯太太的体面终究得照顾。这笔钱一花，斯特里布林只能重新开始存钱。

不过，他好歹也租好了公寓，付了家具和戒指的定金。后来，他们又急着叫他回来，那时，他已经拿到了结婚证书。这次出事的是那姑娘。她得了某种热病。这些偏远的乡下，你知道的，别说医生，连兽医都没地方找。这些地方的人，你砍他们一刀，打他们一枪，都没什么问题。可要是重感冒了，就全看天意，可能会好，也可能染上霍乱，熬不过两天。斯特里布林赶到的时候，她已神志不清。他们不得不剃光她的头发。斯特里布林到底算个行家，受过专门训练，所以由他动手。听他们说，那姑娘也是瘦瘦的、病恹恹的那种，一头不棕不黄的直发。

她完全认不出他，也不知道是谁剃掉了她的头发。她就这么死了，死得不明不白，大概连自己死了都不知道。她就在那儿不停地说，“照顾好妈……押着的地……这么拖着爸不会高兴……叫亨利来（亨利就是亨利·斯特里布林，后来的霍克肖；一年后在杰斐逊见到他时，我当面问了，我说：“你就是亨利·斯特里布林吧？”）……押着的地……照顾好妈……叫亨利来……押着的地……叫亨利来……”，说着说着就断了气。他们有她的一张照片，就那么一张。霍克肖从一本农场杂志上翻出一个地址，把照片和从她头上剪下的一绺头发一起寄出，想让人配个相框，把头发也安进框里。但不知怎的，东西都寄丢了，照片、头发，一样也找不回来。

那姑娘也是他下的葬，第二年（他得先回伯明翰去，停掉公寓的租约，退掉家具，才能重新存钱），他在她坟头立起一块墓碑。然后，他又离开了迪维逊，他们还听说，他连伯明翰的工作也辞了。就这么辞了，消失了，他们都说，他要是不走，那理发店迟早是他的。但他说走就走。第二年四月，那姑娘的忌日快到的时候，他又出现在镇上，去看了斯塔恩斯太太，待了两周，又再次离开。

他走后，他们发现他到过县城的银行，还了抵押贷款的利息。他每年都还，直到斯塔恩斯太太过世。她过世的时候，霍克肖正好在迪维逊。他每年都花两周时间到老太太家里修修补补，清理屋子院子，让她舒舒服服地再住一年，老太太也不推辞，毕竟是有身份的人嘛，他就是个“帕维奴”① 罢了。然后，老太太也活到了头。死前她说：“你记得苏菲说的。那笔贷款。我见了斯塔恩斯先生，他肯定要发愁。”

最后，老太太也由他安葬。他又买了块墓碑，让她体面地走了。然后，他开始还起贷款本金。斯塔恩斯在亚拉巴马还有些亲戚。镇上的人都等着亲戚来认领他的房子。但亲戚

---

①“parveynoo”的音译，意为“暴发户”“新贵”。

一直没来，可能都等着霍克肖把债还清。他每年都回迪维逊来还一笔钱，清理一次房子。他们说，他会像女人一样在屋里打扫、洗涮，忙两周时间，然后就关门离开，不知去了哪里，等来年四月又重新出现，上银行还钱，到那从来不属于他的空屋里打扫。

在波特菲尔德的理发店见过他后，过了一年，我又在杰斐逊，在马克西的理发店里看到了他，还是那身哔叽套装、那只黑色领结，到那时为止，还钱打扫的事他已干了五年。马克西说，那天在杰斐逊车站，他提着那只纸箱从南行火车上下来的时候，就是这副装束。他说他们看他在广场上晃了两天，一副谁也不睬，无所事事，一点也不着急的样子，就那么走来走去，好像就是来到处看一看的。

给他起名的是那群游手好闲的年轻小子，他们整天聚在俱乐部门口，丢着硬币，等着年轻姑娘叽叽咯咯地扭着裙下的屁股，甩着香水的气味，在天黑前经过，往邮局和冷饮店走去。他们说他是个侦探①，可能是因为任谁来猜，都绝不会猜他是个侦探。总之，霍克肖这名字是他们起的，在杰斐逊的十二年里，站在马克西理发店那张椅子后面的十二年里，他一直是霍克肖。他跟马克西说，他是从亚拉巴马来的。

“亚拉巴马的哪儿？”马克西说，“亚拉巴马可大了去了。”“伯明翰吗？”马克西问，这么问他，是因为看他的样

---

① “霍克肖”是“Hawkshaw”的音译，“hawkshaw”的原意即“侦探”。

子，除了伯明翰，他老家可能在除了伯明翰以外的亚拉巴马的几乎任何地方。

“嗯，”霍克肖说，“伯明翰。”

除此之外，他们没从他那儿套出过任何东西，直到那天我碰巧注意到他，见他站在那椅子后面，想起在波特菲尔德也见过这人。

“波特菲尔德？”马克西说，“那是我姐夫的店。你是说你去年在波特菲尔德干过？”

“嗯，”霍克肖说，“是在那儿。”

马克西跟我说了休假的事，说霍克肖怎么也不肯休他的暑假，只想要四月里的两周时间。理由他不肯透露。马克西说，四月放假，店里忙不过来，霍克肖就说，他可以干到四月，然后走人。“你真的想走？”马克西说。当时是夏天，伯切特太太已经带苏珊·里德到店里来过一次。

“不，”霍克肖说，“我喜欢这里。我只想四月休两周的假。”

“正事儿？”马克西说。

“正事儿。”霍克肖说。

到马克西休假的时候，他去波特菲尔德找了他姐夫，没准还替他姐夫给客人刮起了脸，好比一个到人工湖里的划艇上度假的水手。他姐夫说，霍克肖在店里干过，一直不肯休假，到四月才走，一走就没再回来。“到你那儿他也会这样，”他姐夫说，“他在田纳西的玻利瓦尔、亚拉巴马的弗洛伦斯也剪过头发，在哪儿都是干完一年就走，走了就不会回来。你等着瞧吧。”

马克西说，他回来以后，终于从霍克肖那儿问出了东西，知道了过去几年，他在亚拉巴马、田纳西和密西西比跑来跑去，在七八个不同的镇子上干过，在哪儿都只干一年。“为什么哪儿也不留？”马克西说，“又不是手艺不好。单说给小孩剪头，你是我见过的手艺最好的人之一。你为什么走？”

“就是到处看看。”霍克肖说。

然后，到了四月，他休起那两周的假。他刮好自己的脸，收拾好纸箱，登上了北行火车。

“是去拜访谁吧？”马克西说。

“出去走走。”霍克肖说。

就这样，他离开了杰斐逊——还是那身哔叽套装、那只黑色领结。听马克西说，他走后两天，就传来了消息，说霍克肖从银行里取出了一年的积蓄。他一直在考恩太太家寄宿，还进了教会，平日里一分不花，连烟都不抽。所以，照我、马克西和马特估计，除了我们三个，镇上的人都觉得他是攒了一年的劲儿，这会儿要去孟菲斯花天酒地，痛痛快快地度私假了。米奇·尤因，那个货运代理，也住在考恩太太那儿。他说霍克肖提前买好了票，但只买了到枢纽站就下车的票。“在那儿下车，孟菲斯、伯明翰或者新奥尔良，他想去哪儿都行。”米奇说。

“嗨，不管怎样，人都走了。”马克西说，“记住我说的，那是你最后一次在这镇上看见那家伙了。”

不光是他，当时人人都这么想，直到两周以后。第十五天，霍克肖又像平常一样按点到店，上班来了，好像哪儿都没去，他脱掉外套，磨起剃刀，闭紧了嘴巴，没跟任何人说起他去了哪里——就是出去走走。

有时我觉得我会忍不住告诉他们。每年到杰斐逊办差，我都看见他站在那椅子后面。他一直没变，脸上完全没添老相，就像里德那姑娘的头发，始终是一头棕黄的直发，染膏、发胶，怎么抹都没用。可他就在那里，每年都休假两周，“出去走走”，但总会回来，再存一年的钱，照旧在周日去教堂礼拜，照旧从那糖袋里掏出胡椒薄荷糖来给找他剪头的小孩子吃，来年四月一到，就又提着纸箱，带着一年的积蓄，回迪维逊去还一笔钱，打扫房子。

有时我到杰斐逊的时候，他正好不在，马克西会跟我聊起他给里德那姑娘理发的事，说他怎么怎么快着剪刀，修了又修，还不停把镜子举到她面前，让她来回地看，好像她是个演员。“他不收她钱，”马特·福克斯说，“都是他自掏腰包，往收银机里塞二十五分。”

“怎么说呢，这是他自己的事。”马克西说，“我就要那二十五分，从哪儿来的我不在乎。”

五年后我没准会说，“没准那就是她的价了”。因为她终于惹上了麻烦。至少他们是这么说的。具体的我不知道，但大多数关于姑娘、女人的流言不过是出于不敢做和做不成的忌妒或报复。但反正，有一年四月，霍克肖不在的时候，他们在私底下说，她终于惹上了麻烦，还想用松节油把自己治了，结果治出了大病。

总之，有大概三个月时间，她没再上街；有人说，她住进了孟菲斯的医院，后来，等她再来店里的时候，她坐上马特的椅子，像以前也有过的那样，故意整人似的把闲着的霍克肖晾在一边。马克西说，她看上去像个满脸抹粉的鬼魂，一身亮色的装束也掩不住她的憔悴和冷酷，她坐在马特的椅子上，露出裙下那两条光溜溜的长腿，在那儿又说又笑，弄得整个店里都是她的声音和香水味，霍克肖呢，就守着空椅，装出一副很忙的样子。

有时我觉得我会忍不住告诉他们。但除了加文·史蒂文斯，我谁也没说。他是地方检察官，聪明人：不是那种好为人师的普通律师和公职人员。他上过哈佛，我身体不好那会儿（我曾在戈登维尔的一家银行当会计，后来身体垮了，进了医院，出院回家的路上，在孟菲斯开出的一趟火车上认识了史蒂文斯），是他建议我换个活计，到处跑跑，还帮我联系了东家，拿到了现在这饭碗。两年前，我跟他说了这事。“现在那姑娘坏了，不待见他了，他年纪也大了，来不及再找一个，再慢慢养大了。”我说，“哪天他还完了钱，让亚拉巴马那些姓斯塔恩斯的来把房子一收，他也就熬出头了。然后呢，你觉得他会怎样？”

“不知道。”史蒂文斯说。

“可能也就背包走人，去哪儿等死了吧。”我说。

“可能吧。”史蒂文斯说。

“嗐，”我说，“反正他也不会是第一个捅风车①的。”

“也不会是第一个死的。”史蒂文斯说。

---

① 原文“tilt at windmills”，化用堂吉诃德事迹的典故，意为徒劳地向不可能战胜之物发起进攻。

3

上周，我照例去了迪维逊。到的那天，是星期三。我看见那房子的时候，房子刚刷了新漆。那店主说，霍克肖前一阵还的是最后一笔钱了；斯塔恩斯家的债算是清了。“亚拉巴马那些姓斯塔恩斯的可以来收房子了。”他说。

“不管怎样，答应她的，答应斯塔恩斯太太的，霍克肖是做到了。”我说。

“霍克肖？”他说，“他们管他叫霍克肖？呵，乖乖。霍克肖。呵，乖乖。”

三个月后，我又到了杰斐逊。路过理发店时，我没停，只往里看了一眼。霍克肖的椅子后面站着另一个家伙，一个年轻家伙。我嘀咕着“不知道霍克肖有没有留下他那袋薄荷糖”，但一步也没停。我只是在想，“好吧，他终究还是走了”，只是寻思等真的上了岁数，老得动不了了，他会在哪儿，会不会黑领结、哔叽裤，撸起衬衫的袖子，往某个三人位的乡下小店里一站，就死在椅子后面。

我继续往前，见了客户，吃了午饭，下午，我去了史蒂文斯的办公室。“看来你们这儿有新理发师了。”我说。

“是的。”史蒂文斯说。他看了我一阵，说：“你没听说？”

“听说什么？”我说。他移开了视线。

“我收到你的信了，”他说，“说霍克肖还清了贷款，还刷了房子。来，详细说说。”

于是我就说了。我说当时，霍克肖前一天刚走，我就到了迪维逊。他们在商店门口聊他，正琢磨着斯塔恩斯的亚拉巴马亲戚什么时候会来。他自己动手，粉刷了房子，把母女俩的坟都打扫了一遍，斯塔恩斯的他没去打扫，估计是不想打扰。我去看了那两座坟。他连墓碑也擦了，还在那姑娘的坟上摆了根苹果枝。枝上开满了花。听大伙儿都在聊他，我也好奇起来，想到那房子里看看。店主有房门钥匙，他说霍克肖估计也不会介意。

房子里像医院一样干净。炉子又光又亮，柴箱里满满当当。那店主说，霍克肖每年都这样，离开迪维逊前，他总会填满柴箱。“那些亚拉巴马亲戚肯定挺感动的。”我说。我们走出厨房，回到客厅。角落里有一台簧风琴，桌上有一盏灯，一本《圣经》。灯很干净，空着灯碗，里外不见一丝灰尘，连油味都闻不出来。那张结婚证书被框了起来，像画一样挂在壁炉架上，上面写着日期：1905 年 4 月 4 日。

“还贷记录他放在这儿。”那店主（他名叫比德韦尔）说。他走到桌边，翻开了《圣经》。正面是出生和死亡的日期，分两栏。那姑娘叫苏菲。我在出生栏里找到了她。在死亡栏里，她的名字紧挨着最后一个名字。字是斯塔恩斯太太写的，看上去像用了十分钟才写完，而且写成了这样：

Sofy starnes Dide april 16 th 1905

（苏菲·斯塔恩斯死于 1905 年 4 月 16 日①）

---

①“苏菲”原拼为“Sophie”，“死亡”原拼为“Died”，“Starnes”是姓氏，首字母本应大写，“April”首字母也应大写。

死亡栏里的最后一条是霍克肖写的，写得整洁、漂亮，像是会计的笔迹：

Mrs Will Starnes. April 23，1916

（威尔·斯塔恩斯太太。1916 年 4 月 23 日）

“账在反面。”比德韦尔说。

我们翻到反面，看见整整齐齐的一栏记录。都是霍克肖的字迹。头一行写着：1917 年 4 月 16 日，200.00 美元。第二行是到银行还的第二笔钱：1918 年 4 月 16 日，200.00 美元。第三行：1919 年 4 月 16 日，200.00 美元。第四行：1920 年 4 月 16 日，200.00 美元。一直到最后一行：1930 年 4 月 16 日，200.00 美元。然后，他计了总数，在下面写上了：

Paid in full. April 16，1930.

（全款付清。1930 年 4 月 16 日）

短短一句，写得像在旧时商学院发的习字簿上誊出来的，像生了花枝，好像他还紧着手劲，笔却自己舞了起来，看上去也没自夸的意思，但写到最后，不知怎的，字就舞了起来，像是不等他收笔，就这么脱管而出的一样。

“所以，他做到了答应她的事情。”史蒂文斯说。

“我也是这么跟比德韦尔说的。”我说。

史蒂文斯顾自说着，好像没怎么听我说话。

“这样，老太太就能安息了。我想他手里的笔不听使唤，打起花来，也就是为了说一句：现在她可以安息了。他才四十六七，反正刚过四十五吧。还不算太老，但怎么说呢，他在那排数字下写上‘全款付清’的时候，昏暗的时间和绝望会从他脚下涌起，渐渐把他吞没，像吞没任何一个戴花冠的男孩或者无冕无冠的女孩一样。”

“只是那姑娘不待见他了，”我说，“四十五岁再找别的姑娘，实在是晚了。等他找到，他至少得五十五了。”

史蒂文斯抬头打量着我。“看来你还没听说。”他说。

“我知道呀，”我说，“他不在了，我经过理发店的时候，往里看了一眼。但我知道他不会留下。我一直都知道，只要债还清了，他就会离开这儿。反正，他可能根本不了解那姑娘。也可能他了解，但并不在乎。”

“你觉得他不了解她吗？”

“我想不出他怎么能忍受得了。但我真不知道。你觉得呢？”

“我不知道。我觉得我也不想知道。我知道的比这好太多了。”

“知道什么？”我说。他直直盯着我看。“你总说我没听说。我错过了什么？”

“三个月前，霍克肖休假回来那晚，他们就结婚了。这次他带她一起走了。”

夕阳

1

如今在杰斐逊，礼拜一不算多么特别的日子。镇上的街道经过了铺砌，焕然一新，电话公司和电力公司不停砍掉路边遮阴的大树——水栎、刺槐、枫树、榆树，没有例外，腾出的地方栽上了一根根铁杆，杆头挂着一串串肥肿的葡萄，白惨惨的，没有生气。一家洗衣店开了起来，每到礼拜一清早，便有一辆辆颜色鲜艳的特制汽车四处转悠，挨家挨户地收罗成包成包的衣服：电喇叭警报似的一阵急鸣，一礼拜攒下的脏衣脏裤就像鬼影一样随车子一起消失不见，轮胎碾着柏油路面，发出绸布撕裂似的声响，久久扎着耳朵。眼下，即便是那些依老习惯给白人洗衣服的黑人妇女，取活儿送活儿的时候，也都用上了汽车。

十五年前的光景可大不一样。每个礼拜一早晨，在灰土满地、浓荫遮天的宁静街道上，随处可见缠着头巾的黑人洗衣妇。她们用被单扎起衣物，一捆捆的，棉花包大小，稳稳顶在头上，从白人家的厨房出门，一路走到“黑人谷”，手连扶都不扶一下。“谷”里一间小木屋的门边，摆着那口黑乎乎的洗衣锅。

南希总是先顶起衣包，再把那顶不论冬夏都不离身的黑色卷边草帽往上一盖。她个头挺高，颧骨突出，脸上泛着悲哀，缺牙的地方嘴还瘪了一块。我们几个偶尔会跟她一段，走出巷子，越过草场，眼睛盯着她头顶，那衣包安然不动，草帽一颤不颤，哪怕在水渠里爬上爬下，或者弓着腰穿过栅栏，她也照样顶得平平稳稳。遇到小沟，她会四肢着地，俯身爬过，起来再接着走，头却始终保持原样，直直抬起，一大捆衣服既像块石头，又像只气球，妥妥当当，一点不晃。

有时洗衣妇的男人们会帮着取衣送衣，不过耶苏却从没帮过南希，即便是爸爸还允许他来家里的时候，即便是迪尔西生病，南希来给我们做饭那会儿，他也没帮她分担过什么。

而且，该南希来家里做早饭时，十天里有五天，我们得穿过巷子，去她家喊她催她。爸爸让我们别跟耶苏（他是个矮个子黑人，脸上还有条刀疤）来往，于是我们到渠边就停，朝南希家丢石头，直到她一丝不挂地出来，脑袋往门上一靠。

“干吗砸我家房子？”南希说，“你们这些小鬼想干吗？”

“爸爸叫你快点来做早饭，”凯蒂说，“爸爸说你晚了半小时了，叫你马上来。”

“我可没想着做什么早饭，”南希说，“让我睡醒了再说。”

“你肯定喝醉了，”杰森说，“爸爸说你喝醉了。是不是，南希？”

“谁说我喝醉了？”南希说，“我得先睡够了觉，可顾不上想什么早饭的事儿。”

于是，没多久，我们就放下石头，掉头回家，南希很晚才到，连我上学都耽误了。所以我们总觉得她私下在偷偷喝酒。那天她被人抓了，送去了监狱，半路还撞见斯托瓦尔先生——一个银行出纳，也是浸礼会的执事。

“嘿，白人，”南希开口了，“你什么时候付钱？到底什么时候？你这白人，都三次了，你一分钱都没给呢……”斯托瓦尔先生一拳打倒了她，可她还不住嘴，“你什么时候付我钱呀，白人，都三次……”斯托瓦尔先生上去又是一脚，鞋跟猛地砸到她嘴上。警官上前拉住先生，南希在大街上躺着，一个劲笑。她转过头，啐掉嘴里的血沫和碎牙，说：“他足足三次没给过一分钱了。”

南希就这样丢了几颗牙。一整天，全镇都在谈论她和斯托瓦尔先生；一整夜，路过监狱的人都能听见她又唱又叫。大伙儿看见她两手扒着窗上的铁栏，不少人都在篱墙前停下，边听她嚷嚷，边听牢里的看守怎么想方设法堵她的嘴。南希扯着嗓子，一直喊到天亮，刚一停下，看守便听到楼上传来碰撞声和刮擦声，他上楼一看，发现南希在窗栏上挂着，上吊了。那看守说，这不是酒的缘故，而是可卡因，因为黑鬼除非满肚子可卡因，否则绝不会上吊，而一个黑鬼要是满肚子可卡因，他也不再是一个黑鬼。

看守割断绳子，放下南希，让她清醒过来；紧接着，就是一顿毒打鞭抽。当时，她脱掉衣服，牢牢系在铁栏杆上，但她被逮的时候身上就这一件衣服，上吊时找不到绑手的东西，结果那手就拉着窗架，死活不肯撒开。看守这才听见了动静，赶到牢房——她赤条条地吊在窗上，肚子微微隆起，像小气球一样。

后来，迪尔西病了，要在家休养，南希来给我们做饭。我们都看得出来，她腰间的围裙鼓起来了；耶苏在厨房（那会儿爸爸还没下禁令），坐在炉子后面，黑脸上的刀疤像条脏兮兮的细绳。他说南希的衣服里塞了个西瓜。

“总不会是你那条藤上结的。”南希说。

“什么叫藤上结的？”凯蒂问。

“甭管哪条藤，我都能给它砍喽。”耶苏说。

“你干吗当着孩子的面乱讲？”南希说，“你干吗不去干活？光知道吃。你在杰森先生的厨房里瞎晃，还当着孩子的面说这种话，不怕被他逮着？”

“说哪种话？”凯蒂又问，“什么藤呀？”

“我不能在白人家的厨房里晃，”耶苏说，“白人却能来我家的厨房。白人能进我家的门，我还不能拦着。只要白人想进我家，我就没有家了。我挡不住，但他也不能一脚踢我出去，就是不能。”

迪尔西还在家歇着。爸爸叫耶苏不准再进我家的门。迪尔西不见好转，病了许久。晚饭后，我们一家人聚在书房。

“南希还在厨房里忙活？”妈妈问，“很久了，我看早该洗完盘子了。”

“让昆汀去看一眼吧，”爸爸说，“昆汀，去趟厨房，看南希怎么样了，告诉她弄完就可以回家去了。”

于是我到了厨房。南希都拾掇完了，碗碟收起，灶里的火也熄了。她挨着冷炉子，在椅子上坐着，盯着我看。

“妈妈想知道你忙好了没。”我说。

“好了。”南希说。她看着我。“都弄好了。”她直直盯着我看。

“你怎么了？”我问，“出什么事了吗？”

“我就是个黑鬼罢了，”南希说，“那不是我的错。”

她看着我，戴着那顶草帽，一直在灶前坐着，我只好回到书房。总以为厨房能让人暖和，里面忙忙碌碌，会充满欢笑，可那儿除了冷掉的炉子，什么也没有——只有冷掉的炉子，碗和碟子这些都收起来了，而且那个点上，没人想吃东西。

“她弄完了？”妈妈问。

“嗯……”我说。

“那她在干吗？”妈妈又问。

“什么也没干。都弄完了。”

“我去看看。”爸爸说。

“她说不定在等耶苏来接她回家。”凯蒂说。

“耶苏走了。”我说。南希告诉过我们，有一天早晨她睁开眼睛，发现耶苏不见了。

“他留下我一个人走了，”南希说，“我觉得是去孟菲斯了，估计想躲躲那些警察。”

“走了好，清净，”爸爸说，“我倒希望他待那儿别回来了。”

“南希怕黑。”杰森说。

“你也怕。”凯蒂说。

“我才不怕。”杰森说。

“胆小鬼。”凯蒂说。

“我不是！”杰森说。

“闭嘴，坎迪丝[①]！”妈妈说。爸爸回来了。

“我去送送南希，”他说，“她说耶苏回来了。”

“她看见他了？”妈妈问。

“那倒不是。有人捎信儿给她，说耶苏回镇上来了。我去去就来。”

“你要丢我一个人在这儿，去送南希回家？”妈妈说，“在你眼里，她安全比我安全还重要，是吗？”

“用不了多久。”爸爸说。

“那黑鬼就在附近，你要扔下这些孩子？”

“我也一起去，”凯蒂说，“让我去吧，爸爸。”

“能怎么办呢，谁让我不走运，非得找这些人干活？”爸爸说。

“我也想去。”杰森说。

“杰森！”妈妈叫了一声。但很明显，她喊的是爸爸，听她喊这名字的调子就听得出来。那口气，就好像她心里认定了爸爸成天尽琢磨着那些最让她恼火的事情，而且始终觉得爸爸立刻就能意识到她指的是什么。我待在一旁，没有吭声，爸爸和我都懂，妈妈只要及时想到，就会让爸爸叫我留

---

①“凯蒂”是“坎迪丝”的昵称。

在家陪她，所以爸爸也没朝我看。我们几个里，我年纪最大，九岁，凯蒂七岁，杰森才五岁。

“别瞎说了，”爸爸说，“我们很快就回来。”

南希戴好帽子，和我们一起进了巷子。“耶苏一向待我不坏，”南希说，“只要他有两块钱，就有一块是我的。”我们在巷子里走着，南希又说，“出了这巷子就不要紧了。”

巷子从头到尾都乌漆墨黑。“万圣节前那天晚上杰森就是在这里被吓坏的。”凯蒂说。

“我没有。”杰森说。

“雷切尔大婶不能劝劝他吗？”爸爸说。雷切尔大婶年纪大了，头发都白了，她住在南希家附近，一个人生活，整天在屋里抽着烟斗，活也不再干了。大伙儿都说她是耶苏的妈，她有时承认，有时又说自己跟耶苏没半点关系。

“你就是被吓坏了，”凯蒂说，“你吓得比弗洛妮还厉害，连 T. P. 都不如，胆子比黑鬼还小。”

“谁都拿他没辙，”南希说，“他说我弄醒了他身体里的魔鬼，只有一个办法能叫它冷静下来。”

“好吧，不过他人都走了，”爸爸说，“你也没什么可怕的了，只要你别再招惹那些白人。”

“别招惹什么白人？”凯蒂问，“怎么不招惹？”

“他哪儿都没去，”南希说，“我感觉得到，现在就感觉得到，他在，就在这巷子里，在哪儿猫着等着，听我们说话，一字一句地听着。我看不见他，再也看不见了，直到最后他衔着刀子出现在我面前——就是他藏在衬衫里、系在背带上的刀子，真到了那时候，我甚至不会惊讶。”

“我没害怕。”杰森说。

“你要是老实点，就不会到今天这地步，”爸爸说，“不过现在应该好了，他没准在圣路易斯，没准又找了个老婆，早把你忘干净了。”

“要真是这样，他最好别让我知道，”南希说，“我会死死盯着他们，他敢抱她，我就砍了那胳膊。我要砍了他的脑袋，切开那女人的肚子，我要撵……”

“嘘！”爸爸说。

“切开谁的肚子，南希？”凯蒂问。

“我没害怕，”杰森说，“巷子我敢一个人走完。”

“哼，”凯蒂说，“要不是我们也在，你一步都不敢走。”

2

迪尔西一直生病，我们只好每晚送南希回家，直到有一天，妈妈按捺不住，说：“这要到什么时候才算个完？你们去送个担惊受怕的黑鬼，把我一个人撇在这空落落的大房子里？”

于是，我们在厨房给南希打了个地铺。一天夜里，我们被奇怪的声音吵醒，乍一听，既不是歌，也不是哭，一阵阵的，从昏暗的楼梯下传来。妈妈的房间里还亮着灯，我们听见爸爸穿过走廊，从后楼梯走了下去。我和凯蒂也溜上走廊，地板冰凉冰凉，我俩蜷着脚趾，竖起耳朵，细听那声响：似唱非唱，像是黑人经常发出的那种怪声。

过了一会儿，声音停了，爸爸下楼的脚步声清晰起来，我和凯蒂也挪到了楼梯口。忽然，那声音又响了起来，就在楼梯上，声音不大；一片黑里，我们看见了南希的眼睛，在楼梯半腰，紧挨着墙，那眼睛像猫的眼睛，像有只大猫倚在那儿，凝视着我们。我俩走下楼梯，站在南希身边，她便不出声了；爸爸握着手枪到厨房转了一圈，再回到我们这儿，接着又和南希一起下楼，取来了睡垫和铺盖。

我们在自己的房间里给南希打好地铺，妈妈屋里的灯一熄，南希的眼睛又亮了起来。“南希，”凯蒂悄悄说，“你睡了吗，南希？”

南希嘀咕了一声，我没听清她说的是“噢”还是“没”，恍惚里，又觉得好像没人说过什么，那声音无形中来，又无形中去，好像连南希也根本就不存在，好像仅仅是因为刚才在楼梯上使劲盯着她的眼睛，那双眼睛的模样就映到了我的眼底，就跟闭上眼睛，那看不见的太阳还映在眼底一样。“耶苏，”南希低着声说，“耶苏。”

“是耶苏吗？”凯蒂问，“耶苏想进厨房里吗？”

“耶苏，”南希说，“耶——欸——埃——欸——苏。”她长长唤了一声，声音慢慢减弱，终于消失，像火柴和蜡烛渐渐熄灭一样。

“她喊的是另一个耶苏①。”我说。

“你看得见我们吗，南希？”凯蒂小声问，“你也能看见我们的眼睛吗？”

“我就是个黑鬼罢了，”南希说，“天晓得。天晓得。”

---

①“耶苏”和“耶稣”同音。

“你刚才在厨房里看见什么啦?”凯蒂又问,“什么想进来呀?”

“天晓得,”南希说,“天晓得。”黑暗里,我们看得见她的眼睛。

过了一阵,迪尔西好起来了,来给我们做午餐了。“还是在家多躺两天。”爸爸说。

“为什么?”迪尔西说,“我要是再晚来一天,这地方指不定乱成什么样了。快都出去,让我好好拾掇我的厨房。”

晚餐也是迪尔西下厨。那天晚上,太阳刚刚下山,南希进了厨房。

“你怎么知道他回来了?”迪尔西说,“你又没看见。”

“耶苏是黑鬼。”杰森说。

“我能感觉得到,”南希说, “我感觉他就躲在水渠那儿。”

“今天晚上?”迪尔西说,“你说今天晚上他就在那儿?”

“迪尔西也是黑鬼。”杰森说。

“吃点东西再说。”迪尔西说。

“我什么也不想吃。”南希说。

“我可不是黑鬼。”杰森说。

“那就喝点咖啡,”迪尔西给南希倒了杯咖啡,“你当真知道他今晚在那儿?你怎么知道是今晚?”

“我知道,”南希说,“他就在那儿等着,我明白得很,跟他这么久了,他想干什么,我比他还清楚。”

“来,喝点咖啡。”迪尔西说。南希举起杯子,凑到嘴边,往杯里吹气,噘起的嘴像橡皮做的,像伸展的猪鼻蛇的嘴巴，好像吹着吹着就吹没了唇上的血色。

“我不是黑鬼，”杰森说，“你是黑鬼吗，南希？”

“孩子，我是地狱里生的，”南希说，“要不了多久，我就什么也不是了。很快，我就要从哪儿来回哪儿去了。”

3

南希捧着杯子，啜起咖啡，可喝着喝着，又朝杯里吐起怪声，咖啡溅出杯子，洒到她手上、衣服上。她坐在那儿，眼望着我们，两肘支在膝头，两手捧住杯子，目光越过湿答答的水杯，直直打来，嘴里不停发着怪声。“瞧南希，”杰森说，“现在南希不能给我们做饭了，迪尔西的病好了。”

“你可别多嘴了。”迪尔西说。南希仍捧着杯子，看着我们，发着怪声，像有两个南希似的：一个看着我们，另一个发着怪声。“你为什么不请杰森先生给警察打电话呢？”迪尔西说。南希一听，就不出声了，棕色的、细长的手牢牢握着杯子。她又试着喝点咖啡，但咖啡又溅了出来，洒到手上、衣服上。于是她放下杯子。杰森望着她。

“我咽不下去，”南希说，“我咽了，但就是下不去。”

“去我家吧，”迪尔西说，“弗洛妮会给你打好地铺，我一会儿就来。”

“咱们这些黑鬼里没人能奈何得了他。”南希说。

“我不是黑鬼，”杰森说，“对吧，迪尔西？”

“我想你不是。”迪尔西说。她转向南希：“我看不见得。那你打算怎样？”

南希看着我们，眼睛死死盯着我们，像是多看一眼算一眼了。她就这么看着我们，同时看着我们三个。“还记不记得那天晚上我睡在你们那儿？”她说起第二天我们怎么醒了个大早，起了床又怎么玩的——我们在她的地铺上轻悄悄地玩，一直玩到爸爸醒来，到了早饭的点。“去求求你们的妈妈，让我留下来过夜，”南希说，“不打地铺也没关系的。咱们能一起玩呀。”

凯蒂去问妈妈，杰森也一起去了。“我可不让黑鬼睡家里的卧室。”妈妈说。杰森立马哭了，哭个没完，妈妈就说，他要是再哭就三天不许他吃甜食了。杰森听了，说要是迪尔西做巧克力蛋糕给他他就不哭。当时爸爸也在边上。

“你就不想想办法？”妈妈说，“那些警察是干什么的？”

“南希为什么那么怕耶苏呀？”凯蒂问，“妈妈你怕爸爸吗？”

“警察能怎么样？”爸爸说，“南希自己都没见过他，让警察怎么找？”

“没见过她怕个什么？”妈妈说。

“她说他在那儿等她。还说她知道就是今晚。”

“我们是交了税的，”妈妈说，“到头来却要我一个人在这大房子里等你们送个黑鬼女人回家。”

“我没拿着刀在外面埋伏你呀，是吧。”爸爸说。

“迪尔西做巧克力蛋糕我就不哭。”杰森说。妈妈叫我们全都出去，爸爸说他不知道杰森有没有蛋糕可吃，但他知道杰森如果再不听话就该吃苦头了。我们回到厨房，把妈妈的态度告诉南希。

“爸爸说你回家把门锁上就没事了,”凯蒂说,“会出什么事呀,南希,耶苏生你的气了?”南希又拿起咖啡,肘抵着膝头,两手捧住杯子,悬在腿间。“你做了什么让耶苏生气的事啦?”凯蒂又问。南希手里一松,杯子掉在地上,没碎,但咖啡倒了一地。她愣愣坐着,手还保持着捧杯的姿势。那怪声又开始了,声音不大,似唱非唱。我们在一旁看着。

“听着,”迪尔西说,“别出声了。别自己吓自己了。你在这儿等着,我去找威尔许送你回家。”说完,迪尔西就出门去了。

我们望着南希,她的肩膀一直在发抖,但嘴里不出声了。我们盯着她看。“耶苏要把你怎样?”凯蒂说,“他走了呀。”

南希也望向我们:“那天晚上在你们的房间,咱们玩得很开心吧?”

“我不开心,”杰森说,“一点也不开心。”

“你在妈妈那儿呼呼睡呢,”凯蒂说,“又没和我们一起。”

“咱们一起到我家去玩吧,再开心一下。”南希说。

“妈妈不会答应的,”我说,“太晚了。”

“别打扰她嘛,”南希说,“等明天一早再告诉她,她不会生气。”

“她肯定不同意的。”我说。

“这会儿咱不问她,”南希说,“不去烦她。”

“妈妈也没说我们不能去呀。”凯蒂说。

“是我们没问。”我说。

“你们去了我就告诉妈妈。”杰森说。

“我那儿可好玩了，”南希说，“他们不会介意的，就是去我家嘛。我在你们家干这么久的活了，他们不介意的。”

“我可不怕去你那儿，”凯蒂说，“是杰森怕，他会打小报告的。”

“我不会。”杰森说。

“你会，”凯蒂说，“就是会。”

“我才不打小报告，”杰森说，“我不怕。”

“跟我回家杰森不会怕的，”南希说，“是不是呀，杰森？”

“杰森肯定会告密。”凯蒂说。巷子里伸手不见五指，路过草场门口，凯蒂又说：“我敢打赌，要是有东西从门后面蹦出来，杰森准被吓得大哭大叫。”

“我才不会。”杰森说。我们在巷子里走着，南希在大声说话。

“南希，你干吗大喊大叫？”凯蒂问。

“谁？我？”南希说，“听听，听听，昆汀凯蒂杰森说我大喊大叫呢。”

“你说话的样子，好像我们有五个人呢，”凯蒂说，“好像爸爸也在。”

“谁？我声音大吗，杰森先生？”南希说。

“南希管杰森叫‘先生’呢。”凯蒂说。

“快听听，凯蒂昆汀杰森怎么说话呢。”南希说。

“我们可没大喊大叫，”凯蒂说，“你才大喊大叫，就像爸爸……”

“嘘——别出声，”南希说，“别出声，杰森先生。”

“南希又叫杰森‘先生’……”

“别出声。”南希说。我们过了水渠，弯腰穿过栅栏（那道她常常顶着衣包穿来穿去的栅栏），南希扯着嗓子，一直嚷嚷。我们加快脚步，很快就到了她家。南希打开门，一股油灯似的气味朝我们扑来，南希闻上去就像灯芯，好像那屋子和她在互相等着，一碰面就合着发出味儿来。南希点灯，关门，扣上了闩子，就不再大声说话。她看着我们。

“我们玩什么呀？”凯蒂问。

“你们想玩什么呢？”南希说。

“你说你家有好玩儿的。”凯蒂说。

南希家有一点怪，除了南希和屋子，还有别的味儿，连杰森都嗅出来了。“我不想待在这儿了，”他说，“我要回家。”

“那你回吧。”凯蒂说。

“我不想一个人走。”杰森说。

“我们要玩好玩的了。”南希说。

“怎么玩？”凯蒂问。

南希在门边站着，看着我们，眼睛却空荡荡的，好像她不再使唤它们了一样。“你们想玩什么呢？”她说。

“讲个故事，”凯蒂说，“你会讲故事吗？”

“会呀。”南希说。

“那就讲嘛。”凯蒂说。我们齐刷刷地望向南希：“你根本没故事讲。”

“有,”南希说,“我有。”

她走到炉前,坐上椅子。炉子里冒着火星,等它热起来时,她拢了拢柴。摇曳的火光里,她讲起了故事,可那嘴巴一张一闭,跟她的眼睛给人的感觉一样,不论是嗓音还是眼睛,好像都不属于她了。她好像在别的什么地方等着,好像人在屋外,只剩声音和躯壳——那副能像顶气球一样轻松顶起大捆的衣服,不慌不忙地钻过长满刺钩的铁栅栏的躯壳——在屋里,仅此而已。“于是,王后往水沟边走去,坏人就藏在沟里,她一边走,一边说:‘但愿我能平安过去。’她这么说着……”

“什么水沟?”凯蒂说,“像外面那条一样?一个王后为什么要去水沟?”

“为了回家呀。”南希说。她看着我们:“她得过了这沟,快快回家闩门。”

“她为什么要快快回家闩门?”凯蒂问。

4

南希看着我们,不说话了。她就那么看着我们。杰森坐在南希的膝头,腿直直伸出裤脚。“这故事不好,”他说,“我要回家。”

“可能我们是该回家去了。”凯蒂说。她从地板上站起。“现在他们肯定在找我们呢。”她朝屋门走去。

“别,别开门。”南希赶忙起身,抢在凯蒂前头。她没碰门和闩子。

“为什么不开?”凯蒂问。

“快回灯那儿坐好,”南希说,“还有好玩的呢,用不着回家。”

“我们要回去了,”凯蒂说,“除非有好多好玩的。”她和南希回到火炉和油灯边上。

“我要回家,”杰森说,“我要告诉妈妈。”

“我还有一个故事。”南希说。她挨灯站着,看着凯蒂,像看着竖在鼻尖上的一小根木棍。当然,她得朝下看才看得见凯蒂,可那双眼睛就那么对着鼻尖,像在保持棍子的平衡。

“我不要听,”杰森说,“我要踩地板了。”

“这可是个好故事哟,”南希说,“比刚才那个有意思多了。”

“是讲什么的?”凯蒂问。南希站在灯旁,手罩在灯上,灯光衬出那只棕色的、细长的手。

“你的手放在灯上,”凯蒂说,“不觉得烫吗?”

南希看一眼灯上的手,慢慢把手拿开。她站在那儿,看着凯蒂,不停把手拧来扭去,好像那手是用绳子系在手腕上的。

“咱们玩别的吧。”凯蒂说。

“我要回家。”杰森说。

“我这儿有玉米。”南希说。她看看凯蒂,看看杰森,看看我,最后又看向凯蒂。“我这儿有玉米。”

“我不喜欢爆米花,”杰森说,“我还是喜欢吃糖。”

南希望着杰森。“你可以拿锅爆玉米哟。”她仍一刻不停地拧着那只棕色的、细长又无力的手。

“好吧，”杰森说，“要是能拿锅，我就再待一会儿。凯蒂不能拿，如果凯蒂拿了，我就要回家。”

南希把火弄旺。“看呀，南希的手到火里去啦，”凯蒂说，“你怎么了，南希？”

“我这儿有玉米，”南希说，“还有呢。”然后，她从床底拿出锅子。锅是破的。杰森大哭起来。

“爆不了玉米花了。”他说。

“反正我们该回家去了，”凯蒂说，“走吧，昆汀。”

“等一下，”南希说，“再等一下，我能修好，你们不想帮我一起修吗？”

“我不想吃爆米花，”凯蒂说，“现在太晚了。”

“杰森，你来帮帮我，”南希说，“你不想帮我吗？”

“不要，”杰森说，“我想回家。”

“嘘，”南希说，“嘘，看呀，快看，我能把锅修好，然后杰森就能拿它爆玉米了。”她找来一根铁丝，把锅绑牢。

“还会破的。”凯蒂说。

“不会破的，”南希说，“等着瞧吧。你们几个来帮我剥点玉米。”

玉米也在床底。我们把玉米剥进锅里，南希手把着手，帮杰森把锅放到火上。

“玉米不爆，”杰森说，“我要回家。”

“等一等，”南希说，“马上就爆了。爆开就好玩啦。”她坐在炉边。油灯的芯子被捻得老高，开始冒出烟来。

“你为什么不把灯捻短一点？”我问。

“不打紧，”南希说，“我会弄干净的。再等等，玉米花马上就爆出来了。”

“我不信，”凯蒂说，“不管怎样，我们该回家去了，爸爸妈妈会担心的。”

“别呀，”南希说，“会爆的。迪尔西会跟他们说的，说你们和我在一起呢。我在你们家干这么久的活了，你们来我家玩，他们不会介意。再等等，就快爆了。”

这时，烟跑进杰森的眼睛，他大哭起来，把锅往火里一丢。南希找了块湿布，给他擦了擦脸，但他哭个不停。

“不哭，”南希说，“不哭。”杰森还是在哭。凯蒂把锅从火里弄了出来。

“都烧焦了，”她说，“你得再拿点玉米，南希。”

“你们都放进去了？”南希问。

“是呀。”凯蒂说。南希看着凯蒂。她接过锅子，打开锅盖，把焦渣子倒进围裙，用长长的、棕色的手挑拣起来。我们在一边看着。

“你没有玉米啦？”凯蒂问。

“有，”南希说，“有着呢。看，这些都没焦，只要……”

“我要回家了，”杰森说，“我要去告诉妈妈。”

“嘘！”凯蒂说。我们静静听着。南希已把头转向闩住的屋门，眼里映着通红的光。“有人来了。”凯蒂说。

南希又低低幽幽地发起怪声，她坐在炉前，细长的手挂在膝间；霎时，大颗大颗的汗珠从她脸上渗出，每颗都好像裹着一个旋转的小火球，像火星子一样闪着光滚下，最后从下巴上滴落。“她不是在哭。”我说。

“我没哭，”南希闭着眼睛，“我没哭。是谁来了？”

“不知道呀。”凯蒂说。她走到门口，望了望外面：“我们得走了，是爸爸来了。”

“我要告诉爸爸，”杰森说，“是你们拉我来的。”

南希的脸上仍淌着汗，她在椅子上转身：“听我说，你们告诉爸爸，就说我们会玩得很开心的，说我肯定能好好照顾你们一晚，让他答应让我跟你们回家，我睡地上，告诉他我不用打地铺，我们会很开心的，上次我们多开心呀，还记得吗？”

“我没开心，”杰森说，“你弄疼我了。你把烟弄到我眼睛里了。我要告诉爸爸。”

5

爸爸走进屋里。他看着我们。南希没有起身。

“快跟他说。”南希说。

“是凯蒂让我们来的，”杰森说，“我不想来的。”

爸爸走到炉前，南希抬头望向爸爸。“你就不能去雷切尔大婶那儿待一阵吗？”他说。南希抬头望着爸爸，两手挂在膝间。“他不在这儿，”爸爸说，“在的话我来的时候就看见他了。连个人影儿都没。”

“他在沟里，”南希说，“他就在那沟里等着。”

“瞎说，”爸爸看着南希，“你怎么知道他就在那儿？”

“我看见兆头了。”南希说。

“什么兆头？”

“我看见了。我进屋的时候，那东西就在桌上，是根猪骨头，上面还有带血的肉，就在灯边上放着。他就在外面，你们一走，我也该去了。”

“去哪儿，南希？”凯蒂问。

“我才不会打小报告。”杰森说。

“胡扯。”爸爸说。

“他就在外面，”南希说，“这会儿他正从窗口朝里望着，在等你们走呢。你们一走，我就该去了。”

“荒唐，”爸爸说，“把门锁好，我们送你去雷切尔大婶那儿。”

“没用的。”南希说。她不再望着爸爸，爸爸仍低头望着她，望着那双细长、无力、不停扭动的手。“这么拖着，一点用也没有。”

“那你想怎么办？”爸爸说。

“我不知道，”南希说，“我一点办法也没有，只能拖了再拖，可拖着更不是办法。我想我是命该如此，注定要碰上的事，怨不得别人。”

“碰上什么？”凯蒂问，“什么是注定的？”

“没什么，”爸爸说，“你们都该睡了。”

“是凯蒂让我来的。”杰森说。

“去雷切尔大婶家吧。”爸爸说。

“没用的。”南希说。她坐在炉前，两肘撑在膝头，细长的手挂在膝间：“住在你家厨房也不管用。哪怕我睡你孩子屋里的地板，到明天一早，我也会躺在那儿，血……”

“别说了，”爸爸说，“锁门熄灯，上床睡吧。”

“我怕黑，”南希说，“我怕它在什么也看不见的时候来找我。”

“那你要亮着灯坐一宿吗？”爸爸说。南希又发起怪声，她坐在炉前，细长的手挂在膝间。“哎，真见鬼，”爸爸说，“来吧，你们几个，早过睡觉的点了。”

“你们一回家，我就完了。”南希说。这会儿，她说话的声音轻了一些，脸色看上去平静了许多，手也安分下来。“反正，棺材钱我攒了，都存在洛夫莱迪先生那儿。”洛夫莱迪先生是个浑身脏兮兮的小矮个儿，平时靠收黑人的保险费过活。每个礼拜六一早，他就到黑人住的小屋和各家厨房转悠，每人收十五美分。他和他老婆住在旅馆。一天早上他老婆自杀了。他们有个孩子，一个小姑娘，老婆一死，他就带着孩子走了。过了一两个礼拜，他一个人回了镇上。一到礼拜六早上，我们就能在一些小巷里和一些偏僻的街道上看见他的身影。

“胡说八道，”爸爸说，“明天一早我在厨房里头一个要见到的就是你。”

“见到什么就是什么了吧，我想，”南希说，“不过，到底会见到什么，只有上帝知道。”

6

我们离开的时候，南希还坐在炉前。

“过来闩上门吧。”爸爸说。但她没动，也不再看我们了。她静静坐着，一边是灯，一边是火。我们在巷子里走了一段，回头，还能看见她坐在敞开的门里。

“怎么了，爸爸，”凯蒂问，“要出什么事呀？”

“没什么。”爸爸说。杰森由爸爸背着，一下就变成我们中最高的一个。我们下到渠里，我前后左右，看了又看，没有出声，月光和黑影交织，实在看不出什么名堂。

“如果耶苏躲在这里，他就能看见我们，是不？”凯蒂问。

“他不在这里，”爸爸说，“他很久以前就走了。”

“是你们让我来的。”杰森说。他高高在上，衬着夜空，乍看好像爸爸生了一大一小两个脑袋。“我就是不想来的。”

我们从渠里出来，还看得见南希家的屋子和那扇敞开的门，但看不见南希了。这时她仍旧坐在炉前，也没想着关门，因为她累了。“我实在太累了，”她说，“我不过是个黑鬼。那不是我的错。”

但我们听得见她的声音。我们刚从渠里出来，她又发出了那种声音，那种似唱非唱的声音。“爸爸，我们的衣服以后谁来洗呢？”我问。

“我不是黑鬼。”杰森说。他高高趴在爸爸头顶。

“你比黑鬼还差，”凯蒂说，“你是打小报告的。要是有什么东西蹦出来，你肯定比黑鬼还吓得厉害。”

“我才不会。”杰森说。

“你准会又哭又叫。”凯蒂说。

“凯蒂。”爸爸说。

“我不会！”杰森说。

“胆小鬼。”凯蒂说。

“坎迪丝！”爸爸说。

干旱的九月

1

九月的黄昏，残阳如血。整整六十二个日夜，天滴水未降。一则消息像燎原之火，迅速传播开来，说是故事也好，谣言也罢，都无所谓。总之，事情跟明妮·库珀小姐和一个黑人有关。那天是礼拜六。傍晚，理发店里聚满了人。吊在天花板上的电扇不停地转，却赶不走污浊的空气，反倒把人呼出的腐气和身上的体臭，连同润发油和洗发液的阵阵气味，一股脑地吹了回来。究竟发生了什么，没人知道，但店里诸位跟自己遭罪、自己受了侮辱似的，都错愕不已。

“反正不是威尔·迈耶斯。”一个中年理发师说。他身形瘦削，皮肤沙黄，面目倒挺和善。这时他正给一位客人修脸。“威尔·迈耶斯我认识，是个老实的黑人，明妮·库珀小姐我也比较了解。”

“你了解她什么？”另一个理发师问。

“谁啊？”那客人插嘴道，“是个年轻姑娘？”

“不是，”理发师说，“估摸着该有四十了吧，没结过婚，所以我才不信……”

“信什么信，见鬼去吧！”一个人高马大，绸衬衫上汗渍斑斑的青年吼道，“白皮肤女人说的话你不信，难道要信个黑鬼？”

“我不信威尔·迈耶斯会做这种事，”理发师说，“我了解威尔·迈耶斯。”

“这么说，没准你知道是谁干的？搞不好那犯事儿的家伙早被你送到镇外了吧，你这亲黑派！”

“我不信有谁犯过什么事儿，也不信会出这样的事儿，你们大伙儿想想，如果不是那些老大不小还不嫁人的小姐抱着过去的观念不放，觉得男人不该……”

“那你就真是个混账白人。”那客人说，围布下的身子躁动起来。那青年从座上咚地蹿起。

“不信？”他说，“你在指责一个白人妇女撒谎？”

理发师握着剃刀，手悬在半坐半起的客人上方，目不斜视。

“都怪这鬼天气，”另一个人开口说，“人都热死、干死了，还有什么事干不出来。连她也不放过。”

可店里没人发笑。理发师的语气依然温和、固执：“我没指责任何人、任何事的意思。我只知道，大伙儿也知道，一个女人如果总不成家……”

“跟黑鬼一家亲的东西！”青年骂道。

“别骂了，布奇，”另一个人说，“时间有的是，弄清了真相再作打算不迟。”

“谁来？谁来弄清真相？”青年反问，“去他妈的真相！老子……”

“你这白人，当真是好样的，”那客人说，“不是吗？”他的胡须上沾满白沫，模样活像电影里看到的沙漠里的耗子。“杰克，你替我跟他们说，”他冲青年说，“虽然我只是个跑街搞推销的，也不是本地人，可就算是这样，哪天这镇上的白人都死绝了，你也能算上我一个。”

“这就对了，哥几个，”理发师并不理会客人，“先弄清真相。我了解威尔·迈耶斯这人。”

“呵？我的老天！”青年破口大叫，“这镇上居然有白人……”

“别说了，布奇，”第二个人又说，“我们有的是时间。”

话音刚落，那客人坐起身来，直瞪着他：“你什么意思？一个黑鬼侮辱了一个白皮肤女人，还能有什么隐情，有什么借口？难不成你要告诉我，你是个白人，却赞成这种事情？我看你还是一路向北，回老家去吧，南方不需要你这种家伙。”

“北什么北，”那人回道，“我生在这儿，长在这儿，土生土长。”

“哎，上帝啊！”青年一声高呼。呼罢，他绷脸环顾四下，目光里透着困惑，像在努力回忆自己想说的话、想做的事。他提起袖子，抹了抹淌汗的面孔，又说：“他娘的，要是我让一个白人女士……”

“你告诉他们，杰克，”推销员说，“老天作证，要是他们……”

突然，门被砰地撞开，一个大汉走进店里，只见他两腿一叉，从容站定，魁伟的体格稳重如山。他穿着白衬衫，大敞着领口，头戴一顶毡帽，用灼灼发光的双眼气势汹汹地扫视着屋里的人。他叫麦克伦登，行伍出身，曾在法国前线指挥部队打过仗，也因作战勇猛受过嘉奖。

“怎么着，”他说，“你们打算傻坐在这儿，任那黑崽子在杰斐逊的大街上强奸白人妇女，是吗？”

布奇一听，又咚地跳起，绸衬衫紧紧粘在他宽厚的肩上，腋窝下黑乎乎地印出两道半月形的汗渍，“我一直在跟他们说！我就是这么……”

“真出事儿了？”第三个人问，“就像霍克肖说的，这可不是她头一次被男人吓到。差不多一年前，不就有过一次？说有个男人趴在厨房顶上偷看她脱衣服什么的。”

“什么？”客人又好奇起来，“那是怎么回事？”理发师缓着手劲，把他按回椅子；他却不依不饶，不肯躺下，头还抬得老高。理发师只好一直使力，把他摁住。

麦克伦登倏地转身，面向第三个说话的人：“出事儿？出了跟没出有他妈什么区别？你还想放这些个黑崽子一马，叫他们哪天真闯出祸来？”

“我就是这么说的！”布奇大喊。他骂骂咧咧，没完没了，可到底骂谁，又骂了什么，都不得要领。

“行了，行了，”第四个人说，“小点声，别老这么大嗓门儿。”

“没错，”麦克伦登说，“根本没必要多说，该说的都说透了。谁跟我来？”他两脚一踮，左右张望起来。

理发师用力摆平推销员的脸，横过剃刀："先打听一下，伙计们，查清来龙去脉。我了解威尔·迈耶斯这人，肯定不是他干的。咱找治安官来，别自作主张。"

麦克伦登猛一转身，狠盯着他，气得两眼冒火。但面对咄咄逼人的目光，理发师并不躲闪：两人像是不同种族的人。这时，其他理发师也停着手里的活，客人都干躺在那儿。"你的意思，"麦克伦登说，"是你宁可买黑鬼的账，也不信一个白人妇女的话？呵！你这黑鬼养的混球……"

第三个说话的人起身拽住麦克伦登的胳膊，他早年也当过兵："算了，算了，咱从长计议。到底是怎么回事，有人知道吗？"

"计议个屁！"麦克伦登肘子一甩，挣脱开来，"要跟我走的都站出来，不想来的……"他蹙紧眉头，环视四周，用袖子抹了把脸。

一听召唤，三个人当即起立，躺在椅子里的推销员也坐直了身板。"来来，"他边说边扯着脖子边的围布，"把这破布给我去了。我挺他。我不住这儿，但老天在看，要是咱们的贤妻良母、姐妹妯娌……"他抓起白色的围布，在脸上乱擦一通，唰地扔到地上。麦克伦登杵在屋子中央，对异己们满嘴咒骂。于是，又一人起来朝他走去；剩下的人互不相视，即便坐着，也浑身都不自在，犹豫了片刻，也只好起身，一个接一个地加入麦克伦登的阵营。

理发师捡起围布，折叠整齐："伙计们，别冲动。威尔·迈耶斯绝不是那种人，这点我很清楚。"

"来吧！"麦克伦登一声令下，转过身去，只见他裤子后兜里插着一把沉重的自动手枪，枪把露在外面。一行人走到店外，纱门在他们身后猛地撞上又啪地弹起，震颤声在死寂的空气里回荡。

理发师麻利又不失细致地擦干净剃刀，收起放好，然后朝后屋跑去，从墙上摘下帽子。“我尽快回来，”他对其他理发师说，“我不能让……”话没说完，他已奔出店外，另外两个理发师跟到了门口，正赶上纱门弹起，便探身张望，目送他在大街上孤身远去。空气又沉又闷，了无声息，舌根燥苦燥苦，像含了块铅。

“他去了又能怎样？”第一个人说。第二个人低声念着“上帝啊上帝”。“威尔·迈耶斯真闯祸了倒还好了，要是霍克肖惹毛了麦克伦登……”

“上帝啊上帝。”第二个人喃喃不止。

“你说他当真把她那啥了？”第一个人问。

2

她不是三十八就是三十九了，还跟久病不起的母亲和一个骨瘦如柴、面色蜡黄，一劳碌起来就一刻不停的姨妈一起，住在一栋小木板房里。每天上午十到十一点的样子，她会戴着一顶镶花边的睡帽走上阳台，往秋千里一坐，一直荡到中午。午餐后，她躺下小憩，等下午凉快一些，就换上薄纱裙（每年夏天她都会准备三四件新的），进城和其他女士、太太们一起逛商店打发时间：她们拿起各色商品，翻来覆去，掂掂量量，全无买之一二的念头，却仍伶牙俐齿、话声冷冷地讨价还价。

她家境宽裕，衣食无忧。她家在杰斐逊不算顶顶阔绰，却也是门风端良的正派人家。她相貌平平，但身材保持得不错。平日，她喜欢明快靓丽的着装，言谈举止虽隐约透着股憔悴，但也算开朗大方。年轻时，她苗条婀娜，敏感活泼得有点神经质的性格让她一度荣登杰斐逊社交女王的宝座。当年，她和她的同辈们正值年少，尚无门第意识、等级观念，不论是高中舞会还是教会活动，她都是当仁不让的明星。

她始终沉浸其中，待韶华渐逝，风潮更变，她也没及时意识到自己已开始落伍。一直以来，她都像一簇欢腾的火焰，比常人更明亮、更活跃，却从没发觉，以往的伙伴里，男的越发势利，学会了谄上欺下，女的要起手段，爱上了打击报复。等她终于醒悟，那灿烂的笑容里也第一次出现了那抹憔悴和失落。昏暗的门廊里，夏天的草坪上——各式各样的聚会上，仍有她的身影，可那欢容悦色，似已变成一张面具、一面旗帜，目光里流露出的，尽是不甘默默接受现实、不解一切何以至此的神色。某晚的派对上，她听见了一男两女（都是昔日的同学）的谈话，就再没接受过任何邀请。

她眼睁睁地看着和自己一起长大的姑娘们结婚成家，生儿育女，男人们却只和她交往一二，浅尝辄止。日子一久，姐妹的孩子都长大了，开始一口一个“阿姨”地喊她，而且，这“阿姨”她一当就是多年。妈妈们常忆起往昔，津津乐道，说明妮阿姨年轻的时候可讨人喜了。后来，每到礼拜天下午，镇上的人就看见她和银行出纳一起，乘着车在街上兜风。那出纳四十上下，是个鳏夫，看上去红光满面，气色很好，身上总散发着淡淡的发油味和酒味。他坐拥全镇第一辆汽车——一辆红色的敞篷车，明妮也成了全镇第一个戴上专用兜风帽和兜风面纱的人。很快，街头巷尾都传起了窃窃私语："可怜的明妮。"也有人说："她不是小孩子了，该能管好自己。"也正是这时，她开始一一嘱咐那些老同学们，要她们让孩子叫她"表姐"，别再"阿姨""阿姨"地喊了。

舆论指责她跟别人私通，是十二年前的事了，从出纳调去孟菲斯的一家银行算起，也已过了八年。每年圣诞，他才回杰斐逊一天，参加河边一家打猎俱乐部举办的一年一度的单身汉聚会。一行人朝河边走去，路过明妮家附近，邻居们便撩起帘子，在窗口偷偷望着他们。人们在圣诞节登门拜访她时，总会不停说起她那"老相好"来，说他英俊潇洒、容光焕发，说听闻他在城里混得如鱼得水，一天比一天发达，边说边亮着眼睛，用诡秘的目光打量那张不吝笑容又难掩憔悴的脸——而且往往在这个时候，她嘴里会有股浓浓的酒味。一个在冷饮店干活的年轻人常供她威士忌喝："对喽，这酒就是我为那老姑娘买的，我寻思她也该快活一下。"

如今，她母亲卧病不起，足不出户；虚瘦的姨妈操持着大小家务。相形之下，她那光鲜亮丽的衣裙和无所事事、日日虚度的过法倒显得极不真实。眼下的她晚上只和女性朋友、邻里熟人结伴去看电影。每天下午，她都挑一身新衣，一个人去闹市区；她到的时候，她那些年轻的"表妹"们已在街上优哉游哉地逛了半晌，个个秀发如丝、容颜姣好，胳膊又细又长，却一点也不自然，走起路来还刻意扭着屁股。她们或是相互依偎，或是在冷饮柜前和男伴打情骂俏，时而尖声一叫，时而咯咯娇笑。她走过她们身边，走过密密麻麻的铺面，男人们懒洋洋的，在店门口或坐或躺，目光已不再追随她的身影。

3

理发师快步赶路，稀落的街灯挂在死气沉沉的半空，放出冷涩、刺眼的光。飞虫迎光旋舞，蔽日的风沙吞没了白昼，广场被凝滞不去的尘土笼罩，灰蒙一片，昏黄的穹窿如铜钟的大口，悬在头顶。月亮在东方天际时隐时现，朦胧中，似有两倍于平时的大小。

他赶上大部队时，麦克伦登和另外三人正要钻进一辆停在巷子里的汽车。麦克伦登低着他那笨重的大脑袋，从车篷下朝外张望。“改主意了，是吧？”他说，“妈的好极了。上帝啊，要是明天让镇上的人听说你今晚讲的那些鬼话……”

“好了好了，”另一个退伍军人说，“霍克肖还是明事理的。来吧，霍克肖，上车。”

“伙计们，就算事儿是真的，”理发师说，“也不会是威尔·迈耶斯干的。哎，我清楚，大伙也都清楚，论品性，这镇上的黑人比任何地方的都好，而且你们也不是不知道啊，女人有时会没来由地怀疑男人，自找烦恼。无论如何，明妮小姐……”

“行了行了，”退伍军人说，“我们就是去找他谈谈，没别的意思。”

“谈个屁谈！”布奇说，“等咱们把他……”

“别说了！看在上帝的分上！”退伍军人喝道，“难道你想让全镇的人……”

“我的老天，就得告诉他们！”麦克伦登说，“就得让每一个黑崽子都明白，谁敢对白皮肤女人……”

“走吧，走吧。那辆也来了。”第二辆车冲出团团尘沙，拉出长而尖厉的声响，出现在巷口。麦克伦登发动引擎，驾车打头。尘土浮在街上，似厚厚迷雾。街灯像没在水里，泛着暧昧的光晕。一行人驶出镇子。

一条爬满乱辙的小路向右拐去，路面上尘土飞扬，风沙无处不在。夜空下，制冰厂的黑影赫然立起，黑人迈耶斯就在厂里守夜。“车停这儿最好，是吧？”退伍军人说。麦克伦登并不作答，猛地一脚油门，纵车一冲，又使劲一刹，把车停下，前灯的光直直打向白墙。

“听我一句，哥几个，”理发师说，“如果他人在这儿，不正说明他清白？不是吗？真干了这事，他早该跑了。这还不明白吗？”第二辆车跟着开到，停在一边。麦克伦登开门下车，布奇一跃而出，跟在一旁。“听我说，伙计们。”理发师又说。

“把车灯关了！”麦克伦登命令道。无声的黑暗顿时压下，四下一片沉寂，他们能听见的，只有自己的呼吸——在盘踞两月不去，焦热难当的尘土里寻找空气的呼吸；紧接着，麦克伦登和布奇蹬步而去，脚步声渐渐销匿，又过不久，远处传来麦克伦登的喊声：

“威尔……威尔！”

东方天际，惨白的月晕似鲜血般溢开，月亮爬上山脊，空气和尘土染上一层银灰，像在一锅熔化的铅水里呼吸、生存。四下不闻虫鸣、鸟叫，没丝毫动静，只有人的呼吸声和引擎冷却、金属收缩时发出的轻微的咔啦声。他们坐在车里，互相挨着，身上火烫难耐，皮肤却燥乎乎的，像出着干汗。“天啊！”有人坐不住了，“咱出去吧。”

但他们终究没动，直到前方一片黑里隐约有嘈杂声响起，才下了车，在无声的黑暗里紧张地等待。很快，又传来抽打声、嗞嗞的吐气声和麦克伦登压着嗓门的咒骂声。他们愣站了一会儿，然后拔腿朝声音奔去，跌跌撞撞，笨手笨脚，像逃命一样。“弄死他，弄死这狗娘养的。”其中一人念念有词。麦克伦登一把推开他们。

“别在这儿，”他说，“先弄到车里。”“弄死他，弄死这黑崽子。”那人嘟囔个没完。他们把黑人拖到停车的地方。理发师一直在车边站着，只觉浑身冒起冷汗，明白阵阵反胃快要袭来。

“什么事啊，各位长官？”黑人问，“我什么也没干。我发誓，约翰先生。”这时，有人亮出一副手铐。他们围着黑人，像围着根柱子似的一顿忙活，个个聚精会神，一声不吭，又互相妨碍，乱作一团。黑人没辙，只能奉上双手，让他们铐，同时瞪大了眼睛，眼珠子滴溜直转，不停打量着陌生又模糊的脸。“你们是谁呀，长官们？”黑人边说边探出身子，使劲辨认着一张张面孔，他凑得很近，他们能感觉到他嘴里呼出的气，闻到他身上的汗臭。他叫出一两个名字。“你们说我干什么了，约翰先生？”

麦克伦登猛地拉开车门。“进去！”他吼道。

黑人站着不动："你们要把我怎么样啊，约翰先生？我什么也没干！各位白先生白长官们，我真的什么也没干。我对天发誓。"完后，他又唤出一个名字。

"给我滚进去!"麦克伦登大喝，还给了那黑人一记耳光。其余几人咝咝嘘一口气，也跟着一通拳脚。黑人霍地转身，破口大骂，举起铐着的双手，劈头盖脸地朝人挥去；手铐划破了理发师的嘴，连理发师也动手揍他。"把他弄进去。"麦克伦登说。于是，他们又推又拽，使足了劲，黑人总算放弃挣扎，上车静静坐着。其他人也各自坐好。黑人被理发师和退伍军人夹着，缩手缩脚，唯恐碰着他们，眼珠子仍转得飞快，来回看着各人的脸。布奇手抓窗沿，站在踏脚板上。车开了，理发师用手帕捂住了嘴。

"怎么了，霍克肖？"退伍军人问。

"没事。"理发师说。汽车又开上公路，离镇子越来越远。第二辆车落在后面，淹进重重尘土。车向前疾驰，越开越快，最后一排房屋向后急退，消失不见。

"妈的，他真臭!"退伍军人说。

"一会儿咱给治治，就不臭了。"坐在麦克伦登身边副驾驶座上的推销员说。车外，踏脚板上的布奇迎着扑面的热风纵声大骂。车里，理发师突然探身，碰了碰麦克伦登的胳膊。

"让我下车，约翰。"他说。

"跳下去吧，你这黑鬼养的。"麦克伦登头也不回地说。他把车开得飞快。另一辆车冲出漫天沙尘，追了上来，车头迸出晃眼的灯光。不多久，麦克伦登把车拐进一条年久失修、坑坑洼洼的小路，路的尽头是一间废弃的砖窑，只见一座座红色的土堆和一个个蔓草丛生又深不见底的洞穴。这儿曾是一片牧场，直到有天，牧场主丢了匹骡子；他用长竿在洞里小心仔细地戳了半天，始终够不着底。

“约翰。”理发师又叫一声。

“想下你就跳吧。”麦克伦登边说边顺着凌乱的辙印飙车。理发师身边的黑人喊了声：

“亨利先生。”

理发师向前一倾。狭窄的路面飞速逼近，又倏然远遁，像熄灭的焚炉里喷出的疾风，虽不炙热，却了无生气。路凹凸不平，车一路颠簸。

“亨利先生。”黑人又喊一声。

理发师拼命推着车门。“小心！”退伍军人说，“别……”可理发师已踹开车门，侧身一跨，站到踏脚板上。军人扑过黑人，伸手去抓，但理发师抢先跳了下去。车毫无减速的意思，继续向前奔驰。

向前的势头太猛，他被甩得老远，滚过积满沙土的草丛，摔进了沟里，震起一片尘灰；干枯的草茎纷纷折断，发出轻微的、不怀好意的脆裂声。他躺在地上，连连干呕，直到第二辆车匆匆开过，消失，才站起身。他踉跄着回到路上，往杰斐逊回，边走边甩手掸掉身上的沙土。月亮高升，终于摆脱了尘沙的蒙影，当头拂照。走了一阵，镇上的灯火在风沙里依稀可见，渐趋明朗。他一瘸一拐地走着，不多久，便有汽车的声音传来，灯光刺穿他身后的尘土，越发耀眼。他潜下公路，伏进草丛，等汽车开过。这次，麦克伦登的车开在后面，车里坐着四人，布奇也不站踏脚板了。

车一往直前，冲进尘土的怀抱，没了踪影，明晃晃的灯光和轰隆隆的声音也跟着远去。扬起的沙浮在半空，停了片刻，很快又和永恒的尘土融为一体。理发师爬上大路，跛着脚朝镇子走去。

4

那个礼拜六晚上，她梳妆打扮，准备吃晚餐时，觉得浑身烧得滚烫，一系纽扣，两手还不住哆嗦。她感到眼睛发热，目光像着火了一样，头发又干又脆，梳子一过，就不断打起小卷，噼啪碎响。没等她穿戴得当，朋友就来了。她们坐在一旁，看她穿上最轻薄的内衣、长袜和一条新纱裙。“身子没事儿吧？能上街吧？”她们问道，明亮的眼眸里闪着暗暗的光泽，“等你缓过劲，定了神，一定要把你碰到的事儿都告诉我们。那家伙说了什么，干了什么，仔细讲讲。”

临街树木的阴影里，四个人朝广场走去，走着走着，她像准备跳水的游泳者一样，一下下做起深呼吸来，直到身上不发抖了才停。她们极力放慢脚步，一是因为酷热难当，二是出于对她的关心。快到广场的时候，她又浑身打战。她昂着脑袋，双拳紧攥在身体两侧，朋友的话音化作嗡嗡声响（和她们忽闪的眼神一样，也带着那股燥热、那种恍惚），在耳边萦绕。

进了广场，她走在几人中间，一身新衣，却显得弱不禁风。街上的小孩吃着雪糕，她却阵阵发冷，哆嗦得更厉害了，路也走得越来越难，但她还是高昂着头，两眼在憔悴不堪，像旗帜一样的脸上冒着虚火，灼灼发亮。路过旅馆时，一群脱了外套、沿街坐着的推销员在椅子上扭过头来：“就是她，看见没？中间穿粉红色衣服那个。”“就是她？他们把那黑鬼怎么样了？他们把他……”“当然。他可好着呢。”“好？是吗？”“当然，还兜了风呢。”然后，她们又走过药店，懒懒倚在门口的年轻人用手指支起帽檐，目光随她大腿和屁股的摆动而动。

四人一直走着，见她们经过，绅士们纷纷抬帽行礼，周遭的话声突然中断，人们态度恭敬，生怕惊扰了她。“你看见了吗？”朋友们问。她们把声音拉得很长，还呲呲地出气，飘飘然的，像是喜不自禁。“这广场上一个黑的也没有。一个也没有。”

最后，她们到了小仙境似的电影院里：大厅灯光灿亮，贴满了描绘人间悲喜、命运变迁的彩色海报。她的嘴唇抽搐起来，隐隐地发麻。等电影开始，一切便都会好的；她能憋着忍着，不至于早早把笑声浪费。于是，她加快脚步，迎着齐齐转来的面孔，顶着暗暗惊讶的耳语向前走去。她们坐到老位子上，银幕亮白一片，照出狭窄的过道，年轻男女成双结对地走进场内。

灯光逐渐暗下，幕布泛起银光，生活情境如画卷般展开，美妙、热情，又不乏忧伤。半明不暗的光线里，仍有男男女女陆续进场，闻得到他们身上的香水味，听得见他们嘴里的喁喁声，那对对背影轻盈又不失柔和，优美又富有光泽，细长的身躯灵敏又有些笨拙，诠释着青春的神圣活力。

在他们身后，银色的美梦连绵不绝，不容反悔又不留余地地奔泻向前。她忍它不住，失声发笑，想克制自己，倒笑出更大的声响；人们一听，都转过头来。她大笑不止，直到被朋友搀起，领到了场外。她站在路边，尖声狂笑，一点没停下的意思。总算，一辆出租车开来，她被扶上了车。

她们脱掉她的粉色纱裙，除去轻薄的内衣和长袜，让她躺在床上，还敲来冰块，敷上脑门，同时派人去请大夫。一时找不到大夫，她们就亲自照料，给她换冰，打扇，不时小声唤上几句。冰块刚换，还没融化的时候，她会安静地躺着，偶尔低低呻吟几下，可要不了多久，那笑声便又涌上喉头，猛得近乎尖叫。

“嘘——嘘——”她们不停哄她，边换着冰袋，边轻抚她的头发，还不忘睁大眼睛，找她白了的头发。“可怜的姑娘！”其中一人感叹。叹完又问边上的人：“你觉得真出事儿了？”她们的眼睛闪着暗沉沉的光亮，诡秘又兴奋。“嘘——可怜的姑娘！可怜的明妮！”

5

夜半，麦克伦登驱车到家。房子清清爽爽地涂着白绿相间的油漆，整洁得像只全新的鸟笼，也小得像只鸟笼。他锁上车，登上前廊，开门进屋。妻子见他回来，从挨着台灯的椅子上起身。麦克伦登站在屋子中央，死死瞪着她看，直到她垂下眼睛。

“看看几点了。”他抬起胳膊，指了指钟。她低脸站在他跟前，手里握着本杂志。她一脸苍白，神色紧张，似已疲惫不堪。“我有没有告诉过你，别这么半夜不睡，坐那儿等着看我几点回家?”

“约翰。”她叫了一声，放下杂志。麦克伦登满脸淌汗，双脚牢牢扒着地板，两眼冒着怒火，直勾勾地盯着她看。

“我跟你说过没有?”他走向她。她抬起头。他抓住她的肩膀。她呆呆站着，眼望着他。

“别这样，约翰。我睡不着……天太热了，不知道怎么回事。求你了，约翰，你弄疼我了。”

“我跟你说过没有?”他松开手，半推半搡，把她摔进椅子。她瘫坐在那儿，静静看着他离开房间。

麦克伦登穿过屋子，边走边扯下身上的衬衣。他走到装了纱窗的后阳台上，站进一片黑暗，用衬衣抹了抹脑袋、肩膀，就扔到一旁。他从后兜里拔出手枪，放上床头小桌，然后一屁股坐到床上，脱掉鞋子，又起身脱掉长裤。短短片刻，又是一身的汗。他弯下腰，野兽似的到处找那衬衣。总算找着，他又上上下下擦了一遍，接着一丝不挂，往积满灰尘的纱窗上一靠，站着直喘粗气。屋内外没一点动静、一丝声息，连只虫子也没。冷月当空，星不再眨眼，灰暗的世界像重病缠身，沉沉昏死过去。

第三部分

密史脱拉[①]

1

米兰白兰地只剩最后一点。我喝了一口，把酒给唐，他翘起瓶子，细长的瓶脖钻进细窄的皮夹克领缝，酒液黄黄地斜进嘴里，他举瓶的当儿，那当兵的敞着军衣领口，推着自行车沿路走来。他年纪很轻，一张轮廓分明的瘦脸。他没好气儿地跟我们打了个招呼，从我们跟前经过，冲酒瓶看了一阵。我们望着他登上山顶，骑上车，消失不见。

唐喝了一满口，把余下的倒出。酒泼在焦渴的土上，溅出一片亮了又暗的麻点。他晃晃酒瓶，甩干最后一滴。“干，”他边说边递回酒瓶，“谢了，喔，天哪。我主原谅，如果我觉得我还得往胃里再灌一点才能睡着的话。”

“看你这不喝不行的样子，没法说你，”我说，“就不能

① 指“密史脱拉风”，经罗纳河流域和法国南部吹往地中海的强冷西北风，主要出现在冬季。

不喝。”我收好瓶子，我们继续往前，越过山顶。山道开始下坡，仍掩在影里。空气鲜活，沁着不尽是光热的阳光，隔着前面的拐角，不知从哪儿捎来一阵羊铃，遥远、清畅。

“我看你每天揣着这累赘玩意儿心里就烦，”唐说，“所以我不喝不行。你喝不了，又不肯扔掉。”

“扔掉？花了我十里拉呢。我买它干吗？”

“天知道。”唐说。衬着注满阳光的山谷，树好像炉膛的栅栏，山道像栅栏间的缝隙，谷里碧蓝、透亮。羊铃就在前面不远。一条比我们脚下的阔道更陡、更浅的小道横着岔向一边。“他往那儿走了。”唐说。

“谁？”我说。唐指着自行车轮胎留下的浅印，印子打了个弯，拐进了浅道。

“看看。”

“他肯定嫌这道儿不够陡吧。”我说。

“他肯定在赶路。”

“那是当然，拐了这弯哪能不赶。”

“底下没准有干草垛呢。”

“也可以一路不停，穿过山谷，冲上另一座山，再下坡回来，冲上这座，冲到冲不动为止。”

“或者冲到饿死。”唐说。

“没错，”我说，“你听说过谁是在自行车上饿死的吗？”

“没有，”唐说，“你呢？”

“没有。”我说。我们顺道下坡。山道一转，我们拐过了弯，便撞见了那只羊铃。它挂在一头驮满东西的骡子身上，骡子在路边吃草，身子轻轻抽动，晃出叮叮脆响。不远处有座石龛，龛边坐着一个穿灯芯绒裤子的男人和一个裹着亮色披巾的女人，女人身边有只盖着的篮子。他们看着我们走到近前。

“你好，先生①。”唐说，“路还远吗？”

“你们好，先生们。”那女人说。那男人看着我们。那双蓝色的眼珠像在水里泡了很久，快要溶掉了一样。那女人碰碰他的胳膊，又动起手指，在他眼前麻利地比画了一阵。完后，他用蝉叫一样又干又尖的声音跟我们说：

“你们好，先生们。”

“他听不见了，”那女人说，“不远了，没多少路。从那儿就能看见房顶。”

“好，”唐说，“我们累坏了，能在这儿歇一歇吗，夫人？”

“歇着吧，先生们。”那女人说。我们松下背包，就地坐下。阳光斜照石龛，照着龛里那尊宁静安详、风蚀了的圣像和平躺在那儿的两扎干了的山紫菀。女人在男人眼前耍着指活。她另一只手静静搭着她身边的篮子，皮肤粗糙，关节扭得像树瘤一样。它一动不动，僵在那儿，闲着，又不习惯闲着，说歇着，倒更像是废了，死了。它看上去像一只附在披巾边缘的假手，像是她照例戴在身上，搭配披巾用的。可另一只手，那只她用来跟男人说话的手，却麻利、柔软，像变戏法的一样。

那男人看着我们。“你们走路，先生们。”他轻着毫无

① 本篇楷体文字，原文皆为意大利语。

起落的声音说。

“对。”我们说。唐掏出香烟。男人稍一抬手，打了个谢绝的手势。唐坚持给烟。男人坐在那儿，端端正正地欠了欠身，伸手往烟盒上摸。女人从盒里抽出香烟，放到他手里。接火的时候，他又一欠身。“从米兰来的，”唐说，“很远。”

“很远，”那女人说，然后指间一瞬波动，又说，“他去过那儿。”

“我去过，先生们。”那男人说。他用拇指和食指小心地夹着香烟。“你得当心躲着马车。”

“是，”唐说，“那些没马的马车。”

“没马的马车，”那女人说，“有很多。在这山区里我们也听说了。”

“是多，”唐说，“整天呼呼呼的。”

“对，”那女人说，“我在这儿也见过。”她的手指在阳光里波动。男人静静看着我们，抽着烟。“知道吧，他在那儿的时候可不是这样。”她说。

“那是很久以前了，先生们，”那男人说，“很远。”他在跟我们解释，讲话的语气和那女人一样，严肃、有礼。

“很远。”唐说。我们抽着烟。骡子在一边吃草，叮叮抽着身子。唐伸手对着山道拐弯的地方，指指悬崖那边的山谷，山谷浸在蓝里，一片明亮。“那儿能休息对吧？”他说，“能弄碗汤水，弄点酒喝，弄张床睡？”

那女人看着我们，目光越过静坐不动的聋子；他袒着胸脯，像堵赤裸的城墙，拇指和食指夹着香烟，烟贴手缭绕。

女人的手在他眼前闪烁。“对，”他说，“对。有神父在：怎会没有？神父会收留他们。”他还说了些别的，但说得太快，我没听明白。女人掀开盖着篮子的花格布，拿出一只羊皮酒囊。我和唐欠了欠身，轮流喝了几口，那男人也冲我们欠了欠身。

“到神父那儿还远吗？”唐说。

那女人的手又闪烁起来，快到不可思议，另一只手就那么搭在篮上，像没长在她身上一样。“那就让他们到那儿等他。”那男人说。他看向我们：“今天有丧要送。你们到教堂就能找到他了。喝吧，先生们。”

我们轮流喝着，三个人喝，不急不抢。酒很烈，辣喉，劲儿大。骡子在吃草，小铃铛叮叮响着，骡影被斜照的阳光拉长，横在道上。“死的是谁，夫人？”唐说。

“他本来要在这次秋收以后和神父的孩子结婚，”那女人说，“通告①都念了，都安排好了。是个有钱人，年纪也不大。可两天前，他死了。”

那男人读着她的嘴唇：“啧。他有地有房：我也有。这没什么。”

“他很有钱，”那女人说，“因为他年轻，条件又好，我男人嫉妒他来着。”

“现在是两码事了，”那男人说，“是吧，先生们？”

“活着就好。”唐说。他说，是好。

“是好。”那男人说；说完又补上一声，好。

---

① 指举行婚礼前连续三个星期天在教区教堂发布的结婚公告。

“你说，他本来要和神父的私生女[1]结婚。”唐说。

“他们不沾亲的，”那女人说，“神父的养女罢了。他收养她的时候，她才六岁，什么家人亲戚，一个也没有。她妈妈是济贫院长大的，当年在那边山上的一间棚屋里住。爸爸是谁没人知道，神父费了好长时间，想劝出那个当了爸的跟她妈妈结婚，为了孩子的——”

“劝出当了爸的？”唐说。

“从可能当了爸的人里，先生。可到底是谁一直没人知道，直到一九一六。当爸的还很年轻，是个劳工；我们知道这事儿的第二天，那当妈的也走了，也奔打仗的地方去了，认识她的人都再没见到过她，直到卡波雷托那仗[2]打完——那当爸的就死在那儿，从我们这儿出去的一个小伙打完仗回来，说在米兰一栋不是什么好房子的房子里看见那当妈的了。于是神父就去找到孩子。那年她六岁，又黑又瘦，像条蜥蜴。神父到那儿的时候，她藏在山上；房子是空的。神父在石头堆里追着她跑，像逮野兽似的逮住了她：她光着膀子，鞋也没穿，那会儿还是冬天。”

“所以神父就收下她了，”唐说，“真是牛啊。”

“她没有家人，没有住处，没有吃食，除了神父给的，她什么都没有。可谁能想到，每到礼拜天或者什么节日，她总穿一身红色或者绿色的衣服，到十四五岁，姑娘家的该懂

---

① 原文为niece，有“侄女”“甥女”的意思，也可婉指“教士的私生女”。

② 指一九一七年发生在意大利军队和奥德联军之间的卡波雷托战役，战役以意军失败告终。

得体面、勤劳，准备给丈夫脸上增光的年纪，她还是这样。神父早先说过，她以后要投身教会，我们纳闷的是，他几时才会让她为了主的无限荣光，改改这德行。可十四五岁的时候，她就已经是舞会上最亮、最噪、最不知道累的人了，年轻小伙也开始献殷勤了，哪怕她已经和刚刚死了的那位安排好了，也挡不住他们。”

“神父改主意了，教会不要她进，倒给她找了个丈夫。”唐说。

“他给她找的对象，是这教区里最好的了，先生。年轻、有钱，每年都找米兰的裁缝做一套衣服。结果，到秋收了，你猜怎么着，先生们？她还不肯嫁呢。”

“我记得你刚才说的，是今年秋收完了，再结婚吧？”唐说，“你的意思，是到今年秋收，已经推迟了一年？”

“推迟三年咯。三年前就定了婚期，那年秋收一完，就办。就是朱利奥·法里扎勒被召进军队那礼拜定的。我记得我们当时都很意外，谁也没想到这么快就叫到他的号了，虽然他打着光棍，除了叔叔婶婶，什么亲戚也没有。”

“是吗？”唐说，“政府都这样，时不时叫你意外一下。他怎么摆脱掉的？”

“他没有摆脱。”

“喔。所以才推迟结婚，是吧？”

那女人朝唐看了一阵：“朱利奥不是那未婚夫。”

“喔。我懂了。朱利奥是谁？”

女人没立刻回答。她坐在那儿，微微低下脑袋。他们说话的时候，男人一直读着他们的嘴唇。“说吧。”他说，“跟他们说。他们是男人：不怕女人叽叽歪歪，一只耳进一只耳出。女人啊，就是咯咯咯咯，先生们，让她们喘一口气，她们就鹅一样咯咯咯咯。喝吧。”

“就是那个她晚上经常约在河边见面的人；他还要年轻：所以我们才意外，这么快就叫到他的号了。我们都觉得她没到那年纪，她就约上他了。而且一直瞒着神父，瞒得轻车熟路，再成熟的女人也就那样——”男人那双褪了色的眼睛冲我们一亮，闪出一瞬好奇。

“她跟另一个人订过婚了，还一直跟这个朱利奥见面？”唐说。

“不。订婚是后来的事了。我们都觉得她还没到约谁见谁的年纪。听说了这事儿，我们就说，哎，这不知从哪儿来的孩子就像邮局里的一封信呢：看信封，可能跟别的信没什么两样，可拆开一看……圣人也会像你我一样，先生们，一下就上了罪孽的当。他们只会更快，因为他们是圣人。”

“最后他发现了吗？”唐说。

“发现了。没多久就发现了。傍晚她会溜出门去；有人看见她了，也看见了神父，他躲在花园里盯着那栋房子：神圣的主的仆人，被迫当起了看门狗，让全世界都看到。真是糟糕，先生们。”

“然后那年轻人就突然被召去当兵了，”唐说，“对吧？”

“突然得很；我们都很意外。我们只觉得那是主的旨意，觉得这下神父该送她去修道院了。然后，同一个礼拜，我们知道她订婚了，等秋收结束，就要和那刚刚死掉的年轻人结婚，我们就说这是主的旨意，是主为了保护祂的仆人，不计较她的罪过，还赐她一个丈夫。因为圣人就跟你我一样，先生们，经不住魔鬼的迷惑；没有天主伸手帮忙，他们也很无助。”

“啧，啧。”那男人说。“这没什么。神父也惦记过她。”他说，“男人就是男人，穿法袍的也一样。是吧，先生们？”

“你当然会这么说了，”女人说，“主都不待见你。”

“神父也惦记过她。”唐说。

“那是对他的考验，对他的惩罚，一直以来，他都对她太仁慈了。而且惩罚还没完呢：到了秋收，我们听说那婚要迟一年结：你说说，先生们，这叫什么事儿？一个姑娘家的，这么个出身，蒙神父关照，才有机会从她给自己挖的坑里，从她爹妈给她挖的坑里救出她自己……她和神父是怎么吵的，她怎么顶撞神父，怎么在天黑后溜出那房子，跑到她那未婚夫随时可能看见或者听说她去了的舞会上去，我们都听说了。”

“那会儿神父还惦记着她吗？”唐说。

“那是对他的惩罚，他是在赎罪。就这样，到第二年秋收，该结的婚又推迟了，要推到第三年秋收以后；一次通告都没机会念。神父被她顶撞到这种程度，先生们，她算什么，一个叫花子罢了，我们都说：‘有礼有节懂得体面的良家闺女不是没有，她那未婚夫哪天才能听说那姑娘的事儿，知道她不是个好姑娘呀？’”

“您家里有闺女吗，夫人？”唐说。

“对，有一个。两个我都嫁出去了，一个还在家里。要我说，那才是好姑娘，先生们。”

“啧，女人。”那男人说。

“您说是那肯定是了。”唐说，“也就是说，那年轻人去当了兵，婚就推迟了一年。”

“接着又是一年，先生们。完了又是第三年。然后，今年秋收结束，事儿就该办了，也就不到一个月了。通告也念了，神父在教堂里亲口念的，上礼拜天是第三次，两人都在，男的穿着米兰裁缝新做的套装，女的在他边上，披着他送的披巾——花了一百里拉的披巾，还戴着根金链，看他送的礼物，就知道在他眼里，她可是个王后，哪是个连亲爹的名字都叫不出来的姑娘。我们都以为神父总算是赎完了罪，总算把魔鬼送出了家门，毕竟到今年秋天，那当兵的也该当完兵了。现在倒好，那未婚夫死了。”

“他病得很重？”唐说。

“病得特别突然。这么个健壮的人；谁见了都觉得能活很久。头一天还好好的，第二天就病得不行。第三天人就没了。你们年轻，耳朵好使，细听的话，没准能听到钟声。”对面的山罩上阴影，山谷隐在山间，仍不露面。阳光填满寂静，骡子抽着身子，铃叮叮响得随意。“都是主的意思，”那女人说，“谁敢说命是自己的呢？”

“这谁敢呀？”唐说。他没看我，用英语说了句：“给我根烟。”

“烟在你那儿。”

“没啊，不在我这儿。”

“就在你那儿。在你裤兜里呢。”

他掏出烟来，继续用英语讲话：“他死得突然。当时那婚也订得突然。而且同一时间，朱利奥又突然被征兵。突然到让人意外。所有事情都很突然，唯一不突然的，就是有人一直盼他俩结婚。可这婚又好像不着急结，是吧?”

“我不知道。我不说话。”

“其实，后来的事情好像一点都不突然了，直到朱利奥快回来了，才又突然起来。所以我看，我得去问问，意大利的神父是不是也给征兵局当差。”那老人望着他的嘴唇，褪了色的眼睛里迸出严肃又热切的目光：“如果这条道是下山的主道，那自行车却拐进了后面那条窄道儿——怎么样，先生们?”

“我觉得不错。就是有点辣喉。可能到了下边，我们能弄点东西，去去这味儿。”

男人望着我们的嘴唇；女人又低下了脑袋，用僵着的手抚了抚盖篮子的花格布。“你们到教堂就能找到他了。”那男人说。

“是啊，”唐说，“到教堂。”

我们又喝了几口。那男人又接过一根香烟，还是那副正正经经，一点不肯失礼的态度，动作也染上了某种优雅却不违和的仪式感。女人把酒囊放回篮里，又把篮子盖好。我们起身拎起背包。

“你用手说话说得很溜，夫人。”唐说。

“他看嘴唇也能读懂。不像以前，夜里躺床上还有别的事做。老了，睡不了那么多了。老了就躺床上说说话了。不像你们，你们还没到时候。”

“是这样。您给您家主人生了不少孩子吧，夫人?”

“对。七个。可现在我们老啦。我们就躺床上说说话了。”

2

我们还没到村里，钟就敲了。钟声从阴森森的教堂尖塔里传来，一阵、一阵，像从冬天的枝丫上刮下来的，随风飘荡。太阳一沉，风就起了。我们望着太阳碰到山上，天褪去淡淡的、鲜亮的蓝，渗出一抹浅浅青绿，像玻璃，衬着不远处黑得醒目的山头，石龛和龛里那丛干花已暗作一团，龛顶的十字架也没进暗里。接着便起风了：一堵稳稳挪动，满携某种无形颗粒的气墙。墙压向树枝，枝便一弯，没一丝颤抖，像有无形的手在摁着，一进墙里，没等我们在山道变成卵石路的地方停脚，浑身血液就开始变冷。

钟还在响。“这个点送丧，真有意思，”我说，“在这个海拔，人能放很久吧，没必要这么急着入土。”

“他交上一群急性子了。”唐说。从我们站的地方，看不见教堂，有道墙挡着。眼前是一扇大门，门里是个三面围墙的院子，一条藤蔓绕在安了椽子的棚架上，遮着天光。院里有张木桌，有两把没有靠背的长凳。我们站在门口，正朝院子里望，唐说：“所以这就是叔叔的房子。”

“叔叔？”

“除了叔叔婶婶，他没别的亲戚，”唐说，“在那儿，看那屋门边上。”那屋门沉在院底。门里生着火，门边有辆自行车靠在墙上。“看那自行车。神出鬼没的。”唐说。

“那是自行车吗？”

“当然。就是自行车。”车是老款，把手很高，像羚角一样往后弯着。我们看着那车。

“刚才那岔道是连后门的，”我说，“家用通道。”钟声传到耳边，我们朝院里望着。

“没准这风它不往那里边吹呢，”唐说，“再说也不急。反正丧没送完，我们也见不着他。”

“这些地方，有时候就是旅馆。”我们进了院子。然后，我们见着那当兵的了。我们走近木桌的当儿，他走到门口，往火光里一站，从那儿看着我们。他换了身白衫。但看他的腿，我们就知道是他。然后，他回到屋里。

“马尔布鲁克[①]回家来喽。”唐说。

“没准他是来送丧的呢。”我们听着钟声。院里的暮色浓重了些。头顶的叶子直直僵在风里，像点点黑斑，印在灰里透青的天上。那当当钟鸣听来也像风中的叶子，扯着一条坚不可摧的藤蔓，被吹得又平又直。

“他哪儿知道要送丧？”唐说。

“可能那神父给他写了封信。”

“可能吧。”唐说。门里的火光看着很旺。然后，一个女人站到光里，看着我们。“你好，老板娘，”唐说，“这儿

---

① 马尔布鲁克（Malbrouck），福克纳指的是英国将军、政治家约翰·丘吉尔，并对后者的头衔马尔博罗公爵（Duke of Marlborough）作了变形。约翰·丘吉尔在权力和财富上的野心很大，“马尔布鲁克”这个名字也出现在福克纳的另一则短篇《烧马棚》中，都带有戏谑的意思。

能讨口酒吗？”她看着我们，衬着火光，一动不动。她个子很高。她高高地站着，衬着火光，一动不动，没碰那屋门。钟声敲响。“她也当过兵，”唐说，“她是个军士。”

“没准她就是命令马尔布鲁克回家的上校。”

“不。要是她下的命令，刚才在山上跟我们照面的时候，他走得还会更快。”然后，那女人说：

“这样啊，先生们。那请歇吧。”她回到屋里。我们松下背包，坐在凳上。我们看着那辆自行车。

“骑兵，”唐说，“他为什么走后门呢，奇怪。”

“好吧。”我说。

“什么好吧？”

“好吧。奇怪。”

“你在开玩笑呢？”

“当然。就是玩笑。因为我们老了。我们在征兵名单上躺着。也是玩笑。”

“说点正经的。”

“好吧。”

“咱俩在山上听到的，莫非不是同一回事儿？”

“我不说话。我爱意大利。我爱墨索里尼。”那女人拿来了酒。她把酒放在桌上，正要转身回去。“问她，”我说，“问不就得了？”

“好吧。我问。——您家里有军人吧，夫人？”

女人看着他。“没什么，先生。是我侄儿回了。”

“结束了，夫人？”

“结束了，先生。”

“请接受我们的祝贺。他一定有很多朋友会为他回来而高兴。”她长得很瘦，不老，低着一双冷眼；她看着唐，硬着脸听着，等着。“今天这村里有丧。”她一字不吐，就站在那儿，等着唐把话说完。“为他哀悼。”唐说。

“希望如此。”她说。她回身要走，唐又问她哪儿有住处。没有，她应得斩钉截铁。然后我们意识到，钟声停了。我们能听见风从头顶的叶缝间穿过，飒飒、飒飒地响。

“我们有听说神父——”唐说。

“是吗？你们有听说神父。”

“听说神父那儿说不定能找到住处。”

“那你们最好去见见神父，先生。”她转身回屋，迈着男人似的大步进了光里，消失不见。我看向唐，他把头一撇，伸手拿酒。

“你怎么不多问几句？”我说，“怎么这么快就算了？”

“她急着要走。她说她侄子刚从军队回来。他今天下午才到的家。他没别的亲戚，她想陪着。”

“可能是怕他被召回去吧。”

“又开玩笑？”

“我没觉得是玩笑。”他倒上酒。“叫她回来。就说你听说她侄子要跟神父的孩子结婚。就说我们想随个礼吧。一台胃泵。听好，我没开玩笑。”

“我知道。”他小心斟满他的杯子。“是照这么说，还是到神父那儿过夜，你选？”

“干。”我说。

“干。”我们喝了一杯。叶子长长发出一阵狂乱的枯响。

“要还是夏天多好。”

“今晚会很冷，马棚里也冷。”

“嗯。所幸今晚咱不用在马棚里睡。”

“马棚也没那么糟，草焐热了，睡着了就好。”

“话是没错，但没必要。咱能睡个好觉，明天趁早出发。”

我倒上酒：“到下个村子不知道多远。”

“太远了。”我们又喝一杯。“是夏天就好了。是吧？”

“嗯。”我倒空瓶里的酒。“喝点儿。”我们拿起杯子。我们互相看着。风里的颗粒好像穿透了石灰砌的砖墙，钻进衣服，刺进皮肉，直往骨头上扎。“干。”

“说过‘干’了。”唐说。

“好吧。那干。”

“干。”

那会儿我们年轻：唐二十三；我二十二。而年龄就是你出生或长大的地方的一部分，怎么也分不开的。所以离了家，隔着些距离——隔着些空间或者时间或者经历，你总会比自己老上一些，同时，也永远年轻一些。

我们站在黑色的风里，望着送丧的队伍——神父、棺材和一小撮送丧的人——从街上经过，人的衣服，特别是神父那一身锈黑，都往前鼓着，看着有种急着送人归西的错觉，好像所有人都忙着超过自己，穿过绿得凛冽的暮色（吸一口气，像是大冬天里硬灌了一口冰柠檬水），往教堂里赶。“咱也避避风吧。”唐说。

“天黑还得一个钟头。”

“当然；天黑前咱没准能登上山顶呢。”他看着我。我别开脑袋。这会儿，屋顶的红瓦也黑下来了。“咱避避风吧。”然后，钟又敲了。“咱们什么都不知道。可能本来就没什么事。反正咱们也不知道。没必要知道。走吧，别吹风了。”教堂是那种方方正正、光秃秃的，用石头砌成的教堂，是伦巴第那些横眉铁腕的伯爵和主教的手笔。它生来古老；时间不曾磨掉它半点棱角，将来也不能，永远都不能。山也可能是他们造的，暮光也可能是他们在漆黑的地底，在一间地牢里发明的。门边靠着那辆自行车。进教堂时，我们静静看了它一阵，然后一起出声，轻轻说了声：

“海狸[①]。”

“他在抬棺的人里，”唐说，“他回来是为了这个。”钟不停敲着。我们经过高坛，在后厅站着。我们躲开了风口，只觉冰凉的风梢打着小卷，舔上我们的后背。我们能听见外面的风，缓慢的钟响一出钟楼，就被风扯掉半截，传到我们耳边，似已成了从很远的地方传来的回声。教堂中厅，穹棱幽幽拱进暗里，底下的一小团弓着腰背的人影一下矮了几分。隔着人影，平稳的烛光托起圣体[②]，像有一对对翅膀，不无黯然也不乏鼓舞地飞进煤烟似的灰影，在半空拉起了一张结彩的蛛网。没有风琴，没有音乐，起初也没半点人声。他们就跪在那儿，就着冰冷、凝静又微弱的烛光，被沉沉幽暗压得又矮又小。人都好像死了一样。唐小声说了句：“天

① 暗指奸夫。

② 指圣餐饼。

黑透了他们也完不了事儿。”

“可能是秋收的缘故。”我小声回他，“大概整天都得干活。活人总不能围着死人转呀，是吧。”

“可你说，如果他像他们说的一样有钱，这好像……”

“有钱人该谁来埋？有钱的埋，还是没钱的埋？”

“没钱的埋。”唐说。然后，那神父出现了，高高的，对着一丛低垂的脑袋。起初我们没看见他，可这会儿他在了，看不清轮廓，人在烛火下的阴影里糊成一片，脸像一斑污渍、一个拇指印似的印在暗里，暗里，圣体发着微光，光连成一串，渐消融，像一道瀑布；他的声音填满了教堂，缓慢，平稳，像翅膀在拍打冰冷的石头，压着风的回声不断响起，蜡烛不顾风响，立在那儿，像画一样一晃不晃。“所以他惦记过她。”唐小声说。“说起来，他得隔着桌子坐在她对面，盯着她看。看她吃啊吃的，从什么都没有变成什么都不差，心里明白她本来吃不上饭，吃下去的全是他的，可变成哪样都不是为他。你懂的：姑娘嘛，从什么都不是，到没什么不是。你就看着她们在你眼前变成那样。不对，也不光是眼前，在暗里也一样。没变的时候你就知道；你怕的不是她们变成那样，你怕的是她们发现自己变成了你早就知道的那样，你死几次都不够。这可不对。这不公平。我但愿我永远不生女儿。”

“那是乱伦。”我小声应着。

“我没说不是。我的意思，它就像火，像看着火苗扑上来又蹿开去一样。”

“火嘛，要么在边上看着，要么在里面烧死。或者远远待着。你选哪个？”

“我不知道。是姑娘的话，我宁可在里面烧死。”

“连远远待着都不行？”

“是的。”因为那会儿我们年轻。年轻，就好像对什么都不上心，除了鸡毛蒜皮的事情。我们能赋予它们悲剧的深度，这世界就是这样。因为，说到底，现实本身就没什么特别深刻的地方。因为到四五十岁、五六十岁，你真的看到、碰到现实的时候，会发现它不过是个六尺深、十八尺见方的东西。

然后，事儿办完了。又到了外面。风从黑乎乎的山上不停吹来，掏空了绿兮兮的玻璃天碗。我们看着他们排队走出教堂，把棺材抬进教堂墓地。四个人提着铁皮灯笼；暮色里，他们一声不响地凑在坟边，样子滑稽得很，风不停压向他们，压向灯里的火苗，把细碎的沙尘吹进坟里，好像天地自然都急着掩上坟土。然后，丧送完了。灯火跳动起来，越来越近，我们看着那神父。他碎着步子，连奔带跑，鼓着一团黑袍穿过墓地，赶回宅子。那当兵的一身便服。他走出人群，也像他婶婶一样拉起长腿，扎着大步。他看了我们一眼，甩下一脸凶悍，骑上车，走了。“他在抬棺的人里。”唐说，“你怎么看，先生？”

“我不说话。”我说，“我爱意大利。我爱墨索里尼。”

“你说第二遍了。”

“好吧。那干。”

唐看着我，脸上没丝毫醉意。“干。”他说。然后，他看向神父的宅子，把背包往前一拽。宅门关着。

“唐。”我说。他停下脚，看着我。夜已淹没山色，群山像在向我们倒来。这感觉像待在一座死火山底下，埋进了狂乱的绿风，风怎么动，它本身都是死的，活的是满风而起、不眠不休的劲沙。我们互相看着。

“好吧，去他妈的，”唐说，“那你说现在怎么办吧。”我们互相看着。再过一会儿，可能听着风就想睡了。可能吧，如果两边有墙挡着，身子暖了的话。

“好吧。”我说。

“你能真心‘好’一次吗？去他妈的，总不能什么也不干。现在是十月，不是夏天。我们什么也不知道。什么也没听说。我们不说意大利语。我们爱意大利呀。”

“我说了，好吧。”我说。那宅子也是石头砌的，围着个芜草丛生的园子，不免荒凉。我们在石板路上走到一半，屋檐下开了扇窗，一个穿白衣服的人低头看了我们一眼，又拉上窗板。整串动作一气呵成。我们又一起出声，轻轻说了句：

“海狸。”但天太暗了，什么也看不太清，窗又关严实了。前后不到十秒钟时间。

“只是‘海狸’该改成‘雌海狸’。”唐说。

“确实。你在开玩笑吗？”

“嗯。开玩笑呢。”一个木着脸的农妇来开了门。她端着一支蜡烛，烛火遭风一吹，倒向屋里。她背后的大厅一洞漆黑，吐出一股阴凉的腐味儿。她站在那儿，看着我们，脸上粗糙的皮肤一块一块，亮得分明，一双眼睛像两个山洞，洞里闪着两簇小小的火苗。

“来啊，”我说，“跟她说点什么。”

“夫人，我们听说神父这儿——”唐说，“也许我们能——”烛火倒了又直。她抬起另一只手，护住火苗，用身子把门堵上。“我们是过路的，没车没马；我们听说——晚饭和床……”

我们跟她走进大厅，耳朵还像海贝壳一样，长长地回响着先前的风声。屋里没一丝光线，只有她端着的烛火。就这样，我们跟在她后面，走在暗里，烛火经过，一面墙上耸起一道楼梯的影子，锯齿越升越高，越来越淡，两眼都被它牵着，扫过黑秃秃的墙面。“很快从那窗口往外就什么也看不见了。”唐说。

“到时她可能也不用看了。”

“可能吧。”那女人打开一扇门；我们走进一个点了灯的房间。房间里有张桌子，桌上有一只插着蜡烛的铁烛台、一瓶酒、一条长面包和一只盖上有槽的金属盒。桌是给两个人摆的。我们把背包往角落里一丢，看着那女人又摆出一个人的位置，从大厅里另搬了一把椅子。但那样也只够三个人坐，我们看着她拿起她的蜡烛，走出另一扇门。然后，唐看着我。“没准咱终究要见她一面。”

“你怎么知道他不吃？”

“什么时候吃？你还不知道他会在哪儿？”我看着他，“他得在外边的花园里待着。”

“你怎么知道？”

“那当兵的刚才就在教堂。他肯定看见他了。肯定听说了——”我们看向房门，但来的是那农妇。她端来三只碗。

“汤吗，夫人？”唐说。

“是。汤。”

“好，好。我们走了很远的路。”她把碗放在桌上。“从米兰来的。”她扭头瞥了唐一眼。

“你们待在那儿就好了。”她说。然后，她出去了。我和唐互相看着。我耳朵里仍旧吹满了风。

“看来他是在花园。”唐说。

“你怎么知道他在？”

唐看了我一会儿，然后挪开眼睛：“我不知道。”

“嗯。你不知道。我也不知道。我们不想知道。不是吗？”

“嗯。我不说话。”

“我的意思是，确实是这样。”

“我也是这个意思。”唐说。我们耳朵里那沙沙的声音似乎往房间里灌满了风。然后，我们意识到，我们听到的风就是外面的风，虽然墙上那唯一一扇窗关得严实。这安静的房间好像被隔绝在空间的极顶，在混乱中，在漫长而黑暗的时间怒流中被掏空，不停发出喃喃风响。奇怪的是，那火苗却在烛芯上立得那么稳当。

3

就这样，我们进了房子，才见到他本人。在那之前，他不过是一副声音，一个衣衫褴褛，身子瘦小，看不清轮廓，碎步跑在送丧队伍的前头，穿过傍晚风沙的人影。声音和人影好像完全不属于彼此：人影被黑风鼓起，声音搅起静静沉在烛火上的空气，冷淡、疏远，绝望、凄凉，不知疲倦又精疲力竭。

他进来的时候，有种莽撞的感觉，好像跳水的人直到跳出去后才深深吸一口气。他还没看我们一眼，嘴里就开始说话，一口气跟我们打了招呼，说不好意思怠慢了我们，话声又低又快。没等嘴里停下，看我们一眼，他就到了桌边，在另一把椅子上坐下，脑袋冲餐盘上一低，声音不磕不断地念起一段拉丁文祷告；又像在教堂里一样，他的声音缓缓出口，将将压着风声，毫不费力地响起。声音持续了一阵；听了一会儿，我抬起头。唐正盯着我看，眉毛稍稍拱起；我们转眼看那神父，见他两手搁在盘子两边，正缓缓扭动。然后，那女人突然从我背后出声，吐了个词儿；我没听见她进来，一个憔悴的女人，个子不高，褐红的脸上不见血色，说是二十五岁不怕说小，说是六十怕也不多。神父嘴里念完，头一次看向我们，眼里透着虚弱和匆促。一双棕色的眼睛，不分眼珠眼白，像老狗的眼睛，看我们的时候，像是他用鞭子抽起，再使劲按在那儿的一样，睁得绝望，一种尴尬又匆促的绝望。“我忘了，”他说，“有些时候——”那女人又突然出声，冲他吐了个词儿，在桌上放下一大碗汤，一条胳膊在他脸上投下一道阴影，影就停在脸上，但我们已挪开眼睛。屋外的长风吹过石檐；烛火像支削尖的铅笔，在无风的风声里稳稳立着。我们听见她往碗里盛汤，盛完又站了一会儿，那神父的脸一直掩在她那胳膊罩下的影里；她像是按着我们，让我们等着，要等那一刻——甭管哪一刻——过去，才让我们动弹似的。然后，她出去了。我和唐吃了起来。我们没朝他看。最后，他开口了，语气已成了冷淡有礼的平调。“走了很远的路吧，先生们?”

“从米兰来的。”我俩一起应道。

“再之前，佛罗伦萨。”唐说。那神父的脑袋一直埋在碗上。他吃得很快。他头也不抬，冲面包打了个手势。我把面包推到他那儿。他掰下一头，继续吃着。

“啊——”他说，“佛罗伦萨。是个城市。比我们的米兰——怎么说呢?——高雅。”他吃得很急，一个劲往嘴里塞。他身上的袍子往后翻着，底下是一件法兰绒内衣，袖子露在了外面。他手里的汤匙当当响起；那女人应声进屋，端了一盘花椰菜来。她收掉汤碗。他把手一伸。她递去酒瓶，他头也不抬，往杯里倒上了酒，然后举起他的杯子，简单祝了句酒。但他只是假装在喝；我看他的时候，他正盯着我看。我挪开眼睛；我听见他当当敲起碟子，唐也在盯着我看。然后，那女人的肩膀挡在了我们和神父之间。“有些时候——”他说。他当当敲着碟子。女人尖着声，提着语速，冲他满口土话的当儿，他猛地把椅子往后一推，一瞬间，隔着那条胳膊，我们看见了那双鼓着劲儿的眼睛。“有些时候——”他抬高了嗓门。但后面的话又被那女人像墙一样堵在中间的声音淹没，我和唐看向别处，听他们走出了房间。脚步声消失。我们能听见的，只剩下风。

“他刚才的祷词——”唐说，唐是天主教徒，“那是葬礼上念的。”

“嗯，”我说，“反正我不懂。”

“嗯。是葬礼上念的。他搞混了。”

“行，”我说，“那就是了。现在我们怎样？”我们的背包躺在墙角。两只背包也能像两只鞋子一样透出人味儿，彻彻底底的人味儿，彻彻底底的疲惫。那女人进来的时候，我们正望着房门。但她没有停下的意思。她看都不看我们。

“现在我们该怎样，夫人？”唐说。

“吃吧。”她一步不停。然后，屋里又只剩风声。

“喝点儿。”唐说。他拿起酒瓶，然后又停住了手，酒瓶在我的杯子上悬着，我们竖起耳朵。那声音隔着一堵墙（两堵也不一定），一直在说，听不清说了什么。他没跟任何人说话：听得出来。甭管在哪儿，他都是一个人：听得出来。也许是风的缘故。也许自然条件一被放大——无论是风是雨是旱，人总会孤身一人。就这样，过了一分多钟，酒瓶也在唐手里，在我的杯子上悬了一分多钟。然后，他开始倒酒。我们吃起东西。那声音闷在那儿，一直在说，像是从机器里发出来的。

“要是夏天就好了。”我说。

“喝点儿。”他倒上酒。我们起杯停在半空。听起来就像机器的声音。听得出来，他一个人。谁都听得出来。“问题就出在这儿。”唐说，“因为根本没人在那儿。这房子里根本没人。”

“那女人在呢。”

“我们也在。”他看着我。

“喔——”我说。

“可不是吗？她还想要，还能要什么更好的机会？他在这儿至少待了五分钟呢。三年了，他刚从军队回来。第一天到家，过了下午、傍晚，到了天黑。你也看见她了。不就在那上面？”

“他锁门了。你知道他肯定锁了。”

“这房子是天主的，它上不了锁。你不知道？”

“是。我忘了你是天主教徒。你知道。你知道得多，行吧？”

“不。我什么也不知道。我也不说话。我也爱意大利。”那女人来了。这次她什么也没拿。她走到桌边，站在那儿，脸在烛火上一沉，低眼看着我们。

“那么，好了，”她说，“你们能走了吗？”

“走？”唐说，“晚上不待在这儿？”她低眼看着我们，一手搁在桌上。“那我们能待哪儿？谁能收留我们？十月里山上可没法睡人呀，夫人。”

“是的。”她说。她没在看我们了。我们听着隔墙的话声、隔墙的风。

“这到底是怎么了？”唐说，“这儿出什么事了，夫人？”

她若有所思地看着他，一脸严肃，当他是小孩一样。“你看见的，是主的旨意，小少爷。”她说，“求主保佑，但愿你还年轻不记事儿吧。”然后她就走了。过了一会儿，那声音停了，像线被切断一样。又只剩下风声。

“只要避开了风，就没那么糟。”我说。

“喝点儿。”唐拿起酒瓶。酒剩不到一半。

“还是别再喝了。”

“不。”他满上杯子。我们喝了起来。然后，我们停住一听。那声音突如其来，又开始了，一点都不掖着，好像那寂静倒成了被切断的线。我们喝了起来。“把那花椰菜也吃完了吧。”

“我不想吃了。”

“那就喝点儿。”

“你已经喝得比我多了。”

“好吧。”他满上我的杯子。我喝了。“好了，喝点儿。”

“不该都喝完吧？”

他拿起酒瓶：“还剩两杯。留着也没用。”

“没两杯了。”

“赌一里拉。”

“好吧。但让我来倒。”

“好吧。”他递来酒瓶。我满上我的杯子，伸手想给他倒。“听。”他说。那声音起起落落大概一分钟了，像只慢下来的滚轮。这下它没再起来；只剩长长的风声。“倒吧。”唐说。我把酒一倒。杯只满了四分之三。酒滴滴答答，慢慢流干。“翘一下瓶子。”我翘起瓶子。最后一滴在瓶口挂了一会儿，掉进杯里。“欠你一里拉。”唐说。

硬币在那带槽的盒子里叮当地响。他从桌上拿起盒子，一摇，盒里又没了动静。他从兜里掏出硬币，投进槽里。他又摇了几下。“听着还不够。拿钱。”我往槽里丢了几个；他又摇摇盒子。“现在听着还行。”他隔着桌子看着我，空杯子倒扣在面前。“喝点儿吗？”

起身的时候，我去拿墙角的包。包压在底下。我得把唐的包翻到边上。他看着我。“你拿包干什么呢?”他说，“拿出去遛遛?”

“不知道。”我说。风拉着长长的叹息，不停吹过冷冰冰的、看不见的屋檐。蜡烛上，火苗静静立着，像又白又长的小丑鼻上支着的羽毛。

大厅里黑黢黢的；没一点声音。空荡荡的，什么也没有，只有久不见光的石灰和寂静酿出的冷臭，和人住着——住过和将要住过——的气味。我们包没上肩，就贴着腿拎，好像包是偷的。我们走到门边，把门一开，又扎进了黑风。风已荡清了天，最后的天光——最后的暮色渐渐散去，露出一片透净。我们朝大门走去，刚走到半道，便看见了他。他正快着步子，在墙边来来回回。他光着脑袋，身上的袍子鼓成一团。看见我们的时候，他并不停脚，也不显匆忙。他就在墙边，转身往回，又转过身来，走得飞快。我们在大门边等着。我们谢了他给的吃食，他低着脑袋，稍稍侧着身子，像聋子似的一动不动地听着，袍子抽得扑扑地响。唐往他跟前一跪，他蓦地一缩，好像唐要打他。然后，我感觉自己也像皈依了天主，也往那儿一跪，他这才匆忙抬手，伸进黑里透绿的暮色狂风，在我们头顶画了个十字，动作像是在水里①做的。我们走出大门，回头一看，仍能看见他的脑袋衬着夜空和夜空下那光秃秃的、瞎了火的房子，像沿着墙头飞

① 此处指天主教的洗礼仪式。

跑的侏儒一样，来来回回地动着。

4

咖啡馆在街道背风一侧；风吹不到我们坐的地方。但沿着水沟，还是能看见垃圾阵阵扬起，打着旋飞过，偶尔有一舌头风从我们腿上冰冰凉地舔过，能听得见，风一刻不停，在屋顶间弥漫的浓重暮色里呼呼地吹。路边，两个山里来的乐手——一个拉提琴，一个吹风笛——坐在那儿，奏着一支调子粗放、声音尖辣的曲子。两人不时停下喝酒，喝完又继续奏同一支曲子。曲子没个开头，也好像没有结尾，粗放得不成调子的调子随风飘卷，有种激昂又悲伤的气质。服务员拿来了白兰地和咖啡，他身上那条脏兮兮的围裙忽地飘起，又露出一条绿色的，像生锈的黄铜一样硬邦邦地围在里面的围裙。另一张桌边，五个年轻小伙正坐着喝酒，边喝边摸出各自的小钢镚儿来，往服务员的托盘里丢，撞出叮叮当当的声音；他好像光听音色就能数钱，数完便把托盘一斜，把钱一股脑倒进马甲。一个侧看身子很长，屁股上驮着个小孩的年轻农妇停在路边，听起音乐。她放下小孩，小孩滴溜溜跑到那桌子底下，几个年轻人把腿一收，任他钻来钻去，孩子的妈倒一点都没看着。她圆着一张平静的脸，微张着嘴，看着那两个乐手。

“咱喝点儿。”唐说。

“好吧。”我说。“我喜欢意大利。”我说。又一杯白兰地下肚。那农妇正连哄带骗，想让孩子从桌底下出来。一个年轻人好不容易抱出孩子，还给了她。过路的人纷纷停下，在路边听着音乐，一个女人和一头小小的骡子牵着一辆高高垒着柴捆的二轮板车一步不停地从旁经过，然后，那姑娘便穿着白色的裙子出现在街上，这下我感觉我离开了主的怀抱。她一身白色，没穿外套，正扭动着纤柔的身体，踏着轻盈的步子。我什么感觉都没了，就那么看着那条白色的裙子在暮色里飘得轻快，带她——又或被她带着——去向某个地方：总之，它也在去向某个地方，随她也因她而动，又因为随她而动，并跟她一起走向那一瞬间的失去而不断失去那个被失去的她。我记得当年，听说陶、怀特和伊芙琳·内斯比特的事[①]后，我哭得多凶。伊芙琳对我来说，不过是个名字，本来我根本不会听说，我哭，是因为她的美丽、她的失去，是因为她必须失去，我才会发现她的存在，而我又必须在发现她的同时把她失去。知道依她的岁数她该有个长大成人的儿子或者女儿或者别的什么的时候，我哭了，因为那时我已经失去自己，再不会因为失去而受伤。就这样，我望着那条白色的裙子，心想，下一秒她就会走到近前，那会是她离我最近的一刻，过后，她就会穿着裙子，继续往前，永远地离开，永远地消失在暮色里。然后，我感觉到唐也在看她，再然后，我们就看见那当兵的从自行车上跳了下来。他们走到一起，停下，有那么一会儿，他们就在那儿，在街上

① 指20世纪初发生在美国的著名情杀事件。1905年，著名美女模特伊芙琳·内斯比特嫁给了富翁哈里·肯德尔·陶，陶于1906年枪杀了妻子的前绯闻情人斯坦福·怀特，原因是得知了内斯比特曾指控怀特强奸但又继续和怀特保持关系。

的人群里面对面站着，却没有接触。他们可能连话都没说，站了多久也不重要；时间的长短无关紧要。然后，唐用肘子轻轻推了推我。

“看那桌。”唐说。五个年轻人都转了身；五个脑袋凑在一起，不时冒一只手，伸一条胳膊，神秘兮兮地打着手势，脸都朝着同一个方向。他们仰身靠着椅背，面不转向，服务员也站着，托盘顶在胯上，化作一具矮矮胖胖、透着讽刺，比“欲望祖父”本尊还要古老的形象，也在观望。最后，他们转过身，他推着自行车，和她一起朝他走来的方向沿路走去。快从视野里消失的时候，他们又面对着面，在人头攒动的人群里停了一停，没丝毫接触。然后，他们又往前走去。“咱喝点儿。”唐说。

服务员把两杯白兰地放在桌上，他那围裙像块临时挡风板一样。“你们镇上有当兵的吧。”唐说。

“是的，”那服务员说，“一个。”

“得，一个就够了。”唐说。那服务员朝街上看去。但他们已没了人影，那白色的裙子勾勒着她的步伐、她姑娘般的纯洁，却不是给我们看的。

“也有人说，一个也太多。”他秃着脑袋，挂着细长的鼻子，模样远比那神父更像个僧侣。他看上去像只颓废的老鹰。“你们在神父那儿过夜是吧？”

“你们这儿又没旅馆。”唐说。

那服务员从马甲里找出零钱，还特地让钢镚儿叮当落到桌上。“要来干吗？没人过路，哪有人住？就你们英国人会来。”

“我们是美国人。”

“得。”他微微耸了耸肩，“那是你们的事了。”他对着我们，但其实没看我们；准确地说，是没看着唐：“去卡瓦尔坎蒂那儿试过了吗？”

“镇子边上的一个酒栈？那当兵的人的婶婶，是不？试过。但她说——”

那服务员这下看着他了：“她没让你们去找神父？”

“没有。”

“啊——”那服务员说。他身上的围裙突然飘起。他使劲按下，用它擦起桌子。“美国人是吧？”

“是的。”唐说，“她为什么不肯告诉我们去哪儿？”

那服务员擦着桌子。“那个卡瓦尔坎蒂。她不是这个教区的人。”

“是吗？”

“三年前就不是了。那老板属于山那边的一个教区。”他说了个村名，上午我们到过那里。

“我懂了，”唐说，“他们不是本地人。”

“喔，可他们是在这儿生的。直到三年前，他们都属于这个教区。”

“但三年前他们变了。”

“变了。”他发现桌上还有一斑污渍。他用围裙擦掉了它。然后他检查了一下围裙。“总有变的，变得也不一样；有的变得更远。”

“老板娘变到了比山那边还远的地方，是吗？”

“老板娘不属于任何教区，”他看着我们，“像我一样。”

“像你一样？”

“你们试过跟她聊教会吗？”他望着唐，“明天到她那儿跟她提教会试试。”

“这是三年前的事情。”唐说，“那年他们变的倒不少。”

“你算说对了。侄子当了兵，老板过了山，老板娘……而且都是同一个礼拜的事。明天到她那儿去问问她吧。”

“所有这些变化，他们是怎么看的？”

“什么变化？”

“近来这些变化。”

“多近？”他看着唐，“法律没说不准变化。”

“那是。变得不犯法的时候是不会说。但有时候法律也会多个心眼，就是要看看变得规不规矩。是这么回事儿吧？”

那服务员摆出一副无所谓的态度，看上去吊儿郎当，但那双眼睛，那张长脸，还有所谓。太大了——他那张脸，对他来说太大。“你怎么知道他是个警察？”

“警察？”

“你说‘当兵的’；我知道你想说‘警察’，只是语言功夫不够。没事，练练就能说好。”他看着唐，“所以你也认出他了，对吧？下午刚来过这儿；说是跑推销卖鞋来的。但我认出他了。”

“已经来了，”唐说，“奇怪，他怎么不阻止……趁他们还没……”

“你怎么知道他是个警察？”我说。

那服务员看着我：“他是不是警察，我无所谓，兄弟。两个让你选，你选哪个？以为一个人是警察，结果发现他不是，还是以为他不是警察，结果发现他是？”

“你说得对，”唐说，“所以他们都这么说吧。”

“他们说得多了。一直都说，也一直会说。换了哪个镇子都一样。”

“你怎么说？”唐说。

“我不说。你也不说。”

“嗯。”

“我背上又不掉皮[①]。他们想喝，我就伺候；他们想聊，我就听着。这样就够我整天忙成我想忙成的样子了。”

“你说得对，”唐说，“事儿又没发生在你身上。”

那服务员朝街上望去；天快黑彻底了。他好像没听见唐说的话。“我在想，是谁叫的警察？”唐说。

“人有了钱，他就会找很多人来帮他找别人的麻烦，死了也一样。”那服务员说。然后，他看着我们。“我？”他说。他往前一凑；他轻轻拍了拍胸口。他朝另一张桌子扫了一眼，然后他弯下腰，嗞嗞说了句“我是无神论者，跟美国人一样”，然后往后一步，站定看着我们。“在美国，人人都是无神论者。**我们**都知道。”他站在那儿，围着脏兮兮的围裙，一张长脸上透着厌倦和放荡，我们先后起身，一本正经地跟他握手，那五个年轻人都转头看着我们。他低着另一条胳膊，贴着大腿冲我们弹了弹手。“行了，行了。”他嗞嗞地说。他扭头看了那五个年轻人一眼。“坐下。”他悄着声说。他冲我们身后的店门戳了戳下巴，老板娘在吧台后坐

① 原文为“no skin off my back”，意为“毫不在乎，没什么关系”。

着。“我还得吃饭，懂吗?”他小步跑开，又拿了两杯白兰地来，还是之前那副吊儿郎当的样子，酒端得摇摇晃晃，好像刚才他除了给我们点单，什么也没跟我们说起。“算我的，”他说，“喝吧。”

“现在怎么说?”唐说。音乐停了；我们看着街对面的小提琴手，五个年轻人坐在桌边，他站在桌前，琴夹在腋下，另一只手抓着帽子，不时打起手势。那年轻农妇已沿街走去，孩子又骑上了屁股，脑袋跟着催眠的节奏一下一下地颠着，像骑大象的人一样。“现在怎么说?”

“我无所谓。”

“哎，别呀。”

“不去。”

“这儿没什么警探。他根本没见过。他哪儿认得出警探。意大利就没有警探：你能想象一个担着公职的意大利人有制服不穿穿便服吗?”

“不去。”

“她会给张床的，我们明天一早——”

“不去。想去你可以去。但我不去。”

他看着我。然后，他甩包上肩：“晚安。明早见。对面的咖啡馆碰头。”

“好吧。”他头也不回。然后，他拐过街角。我站在风里。不管怎样，大衣在我身上。是件哈里斯花呢狩猎大衣；我们花十一畿尼买的，一个人穿着，另一个就穿毛衣，隔天对换。去年夏天，在提洛尔，我们耽搁了三天，因为唐一门心思，就想搞定那个在旅店里卖啤酒的姑娘。他一连穿了三天大衣，说之后还我一个礼拜，我要时就还。到第三天，那姑娘的相好回来了。他魁梧得跟个筒仓一样，帽上插着根绿色的羽毛。我们看他用一只手就把她摘出了吧台。现在我相信，她其实也能一样对唐：她满身金黄粉白，像个大果园子；放眼望向一片洒满晨曦的雪地，看见的也是这般光彩。而且，那三天里，她几乎随时可以做到，只要她伸出手去。那一阵，唐胖了四磅。

5

然后，我陷入满刮的风。房子暗成一片，但挨着地面，仍有一点点光亮，像被风轧趴在地，一直站不起来，逃不出去。沿街的墙在桥头断开；河面看上去像块钢板。我以为我陷入了满刮的风，但其实还没。桥是石头造的，栏杆、路面这些，都是。我背着风，在挡风护栏下蹲着。听得见风。风沿河而下，横扫而来，从头顶、脚底吹过，像穿过铁丝网一样呜呜长啸。我蹲在那儿，等着——没等太久。

开始时他没看见我，直到我站起。“你记得把酒瓶加满吗?”他说。

“我忘了。本来是想加的。真他妈倒霉。咱回去——”

“我有一瓶。现在往哪儿?”

“我无所谓。别待在风里。我无所谓。”我们过了桥。我们踩着石头，脚下的声音都刮进了风里。河面被风轧平，被擦得干干净净，看上去就像一块钢板。河面泛着暗泽，像夹在河、风间的土地一样蓄光、反射，亮度足够让人看见。但声音统统被风刮走，几乎发都发不出来，所以，等到了对面，走进连着上坡的道口，有好一会儿，除了耳朵里的声音，我们什么也听不见；然后，声音来了：一种呜咽似的闷声，像是从头顶的空气里渗出来的。我们停脚听着。“是个小孩，”唐说，“婴儿。”

“不，是动物。是什么动物来着。”泛白的黑暗里，我们互相看着，听着那声音。

“反正就在那上面。”唐说。我们出了道口，登上坡去。一道低矮的石墙围着一块田地，地还蒙着点亮，快要没进黑暗。就在黑暗的近侧，离我们大概一百码的地方，一小片林子黑漆漆地杵着，难以名状地糊在暗里。风嗖嗖掠过田地，我们伏在墙上，眼望那片林子，听着那声音。但它没那么远；一会儿工夫，我们就看到了神父。他脸面朝下，就趴在墙里，袍子盖上了后脑，黑乎乎的外衣一下、一下，微微动着，不是风的缘故，就是人在衣服里动。他发出的声音不管是什么意思，都没给人听的意思，因为我们一弄出动静，声就停了。但他没有抬头，衣服倒还颤个不停。颤动，蠕动，来回扭动——就那意思。然后，唐碰了碰我。我们沿墙往前。“这儿下山容易些。”他小着声说。山势平坦起来，发白的路面在脚下渐渐浮起。林子糊作一团。“就是没看见那自行车。”

“要看回卡瓦尔坎蒂那儿看，”我说，“你还指望在哪儿看呢？”

“他们应该藏起来了。哦，我忘了。他们当然该藏起来的。”

“走路，”我说，“别他妈那么多话。”

“除非他们觉得他会忙着对付我们，不会——”他停嘴站定。我一头撞到他身上，然后，我也看见了：那双把手像羚角一样冒在墙头，好像隔墙藏着一头羚羊。林子衬着一片昏暗，似在搏动中慢慢隐去，像一团会呼吸的活物。因为那会儿我们年轻，对年轻人来说，夜晚、黑暗是可怕的，哪怕是这种冰冷刺骨、风号不住的黑夜。年轻人的身体就该设置成：太阳一沉，就陷入昏迷，在昏睡中安然隔绝黑暗，隔绝挫败和漫无目的、难以满足的欲望在内心深处搅起的忧愁。

“下山吧，你他妈的。”我说。他背上耸着背包，身上绷着毛衣，样子可笑得很；他看上去像个小丑；因为可笑，也因为没有大衣，他应该很冷，所以在他身上，可怕、丑陋、可悲，一下子齐了。我也一样：丑陋、可怕、可悲。“这他妈鬼风。这他妈鬼风。”我们重新上路。风暂时没吹到我们，他掏出那瓶酒来，我们喝着。酒烈得很。“说说我的米兰白兰地吧。”我说，“那他妈鬼风。那他妈鬼风。那他妈鬼风。”

“给我根烟。”

“烟在你那儿。”

“我给你了。”

“你他妈骗谁。你给个屁。”他在兜里找到了烟。但我没有等他。

“你不来一根吗？最好在这儿点上，趁咱们……”我没等他。路渐渐往上，升到和田地齐平。过了一会儿，我听见他就在我身后，我们走进风里。我扭头就能看见，他嘴里的烟在肆虐的密史脱拉——在满携似火冰尘的凛凛黑风里碎成流焰的飘带。

那不勒斯离婚

1

我们坐在店里一张桌边：蒙克顿，水手长，卡尔，乔治，我，还有三个女人。都是那种闪着艳光，好迎合男人的女人，水手都知道她们是怎么回事，当然，她们也都吃透了水手。我们用英语聊着，她们完全不会英语。这么着，她们就能不停拉着一种比有记录的言语和时间都更古老的腔调，用比我们更高或更低的声音跟我们说话。说古老，反正至少比刚刚过去的海上的三十四天时间要老。她们偶尔会互相说几句话，用意大利语。女人说意大利语，男人说英语，好像语言就是性别差异，声带的运转牵着内心的守望，直到光线暗下，配对开始。男人说英语，女人说意大利语：得体得好像两股平行的水流，中间隔着一道一会儿就塌的堤坝。

我们在聊卡尔，跟乔治聊。

“那你干吗带他过来？”水手长说。

“就是，”蒙克顿说，“我可不会带我老婆来这种地方。”

乔治骂起蒙克顿来：一声不够，一句也不够，开口就骂了整整一段。他是个希腊人，大块头，黑皮肤，比卡尔高一个脑袋，眉毛像两只并排飞着的乌鸦。我们所有人都挨过他骂，他用的都是几乎挑不出毛病的标准盎格鲁-撒克逊话，话里没半点扭捏、半点保留；不骂我们的时候，他讲起话来，用词造句倒像个杂耍演员与马生的八岁杂种。

"是啊，老哥。"水手长说。他抽着意大利雪茄，喝着姜汁啤酒。顺便一提，他喝了大概两个钟头，酒还是同一杯酒，想想也已温得跟船上的洗澡水差不多了。"我也不会带我姑娘到这种贱地方来，哪怕她穿着长裤。"

卡尔倒一直没什么反应。他顶着个圆圆的黄脑袋，睁着圆圆的眼睛，一声不响地陪我们坐着，喝一杯意大利淡啤，静得像个听惯了噪音、见惯了艳俗的婴儿；女人们悄悄聊着，看看我们，又看看卡尔，都一副揣着明白、耐着性子的模样，好像早就知道什么，却不知道自己知道。"好嫩呀①。"一个女人说；说完，她们又嘀咕起来，琢磨难题似的用神秘兮兮的眼神对卡尔一番细品。"你们没准都上过他的当了，"水手长说，"这三年里，他没准早就溜出舷窗，爬到过你们身上。"

乔治冲水手长一瞪，嘴巴一张，准备开骂，但话到嘴边，又咽了回去。他转头看着卡尔，嘴仍旧张着。他慢慢合上嘴巴。我们都看着卡尔。迎着一桌人的眼光，他端起杯子，跟没事一样，不慌不忙地喝了起来。

---

① 原文为意大利语。

“你没乱搞吧？”乔治说，“我是说，还纯着呢，是吧？”

十四只眼睛都盯着卡尔，他喝光那杯苦兮兮的三度淡啤。“出海三年，”他说，“欧洲我哪儿都去过。”

乔治紧瞪着他，脸上愤愤透着不解。他的脸刚刚刮过，两颗脸蛋这会儿气得发青，像职业拳击手和海盗一样紧紧绷着，平得像块铁板，连着一头奓开的黑发。他是我们船上的二厨。“谎话连篇，你这该死的小杂种。”他说。

水手长一点不差地照着卡尔的样，端起他的姜汁啤酒。他稳着胳膊，不紧不慢，身子稍往后一仰，脑袋一歪，把酒杯抬过右肩，往嘴里倒酒，倒的速度完全跟着咽的节奏，样子仍旧和卡尔一样，一副煞有介事，见惯了世面的神气。他放下杯子，站了起来。“行了，”他对我和蒙克顿说，“走吧。要想找地方待一晚上，回船上也一样。”

我和蒙克顿从座上站起。他抽着一根短烟斗。一个女人归他，另一个归水手长。剩下那个满嘴金牙。她估计有三十岁了，也可能没有。我们把她留给了乔治和卡尔。到门口，我回头一看，服务员正给他们续酒。

2

他们是在加尔维斯顿一块儿上船来的，乔治带着一台便携式手摇留声机，一个纸包的包裹，纸上印着一家有名的十美分商店的标记，卡尔带着两只仿皮包，每只都鼓得像有四十磅重。乔治一人占了两张铺子，一上一下，像是来乘普尔曼式卧铺车的，还一直用刺耳又含混，发“v”“r”时还掺着小舌音的口音冲卡尔叫骂，把他当黑鬼似的吆喝，而卡尔就像个老女仆一样小心翼翼地收好他们的物什，从一只提包里拿出一叠刚刚洗好熨好的粗斜纹布工作夹克，看样子少说也有十来件。之后的三十四个白天，餐厅里每开一餐，他就换一身干净的行头（他是餐厅服务员），船尾的遮篷下总晾着两三件刚洗的衣服。三十四个夜里，厨房收工以后，我们就看着他俩穿着汗衫、短裤，在一间堆满得克萨斯棉花和佐治亚松香的船舱顶上，把留声机一开，踩着后井甲板，就着音乐跳舞。他们只有一张唱片能放，唱片上还有道裂痕，唱针一卡，乔治就往甲板上重跺一脚。但我想他俩都没觉得那是在跺脚。

卡尔的情况是乔治跟我们说的。卡尔十八，老家在费城。他俩都管它叫“费利”；乔治一叫，就一股地主腔调，好像费城是他建的，不为别的，就为了造出卡尔，虽然照之后的情况看来，乔治发现卡尔的时候，卡尔已有一年海龄。卡尔也讲过一些他自己的事：他父母是第一代斯堪的纳维亚裔美国船匠，他是家里第四还是第五个孩子，由妈妈或是姐姐带着，在一间和别家一模一样的小木屋里长大，从住处到海边，得坐好一阵电车：十五岁的他，大概还不到一百磅重——某个祖先在海底敲敲打打，把他安静的骨头拼在一起（又或者是偶然落入干土的怀抱，久经庇护，在安静和自在中躁动起来），拖了三四代人的时间，才把他送回古老的骚动和古老的梦里。

“那会儿我还是小孩。”卡尔说，虽然说这话时，他连脸都还没刮过，也不需要刮，“所有的我都想过，就是没想过出海。以前我想过要当个球手，可能的话，当职业拳手也成。他们在墙上贴了球手和拳手的照片，知道吧，有时到周六晚上，姐会跟着工头把我送到街角。天哪，我就站在外面的街上，望着他们进屋，从门底下，我看得见他们的腿，我听得见他们的声音，闻得到木屑味儿，隔着烟雾也看得见墙上的照片。那会儿我还是小孩，知道吧。那会儿我哪儿都还没去过。”

我们问乔治他到底是怎么在船上找到活儿的，哪怕他只是个餐厅服务员，哪怕他已经有五尺四寸左右的个头；只要不是从上往下，透过哪扇彩窗看他，看面相，他本该走上教堂过道，循着圣光去领圣餐才是。

“他怎么就不能上船？”乔治说，“这是个自由国家不是？他妈的就算他不过是个服务员又怎样？”他看着我们，黑着脸，一本正经。“他是个处，知道吗？知道什么叫处吗？”于是他就给我们解释。很明显，不久前刚有人给他解释过什么叫处，说过他很久以前也是这么回事——如果他还记得起来。他心想我们大概也不认识那人，又或者，他觉得这是个新词儿，刚刚才发明出来，所以就给我们解释。那会儿，船刚离开直布罗陀两天，我们头一回值夜；吃了晚饭，我们都在船尾，听蒙克顿大聊花椰菜。卡尔在冲澡（晚饭结束，收拾完餐厅，他总要洗澡。乔治只负责烧饭，不到港口，不到小娇娘洗干净了，就不会洗澡），乔治就给我们解释。

然后他骂了起来，骂了好一阵子。

“行啦，乔治，”水手长说，“那如果你是个处呢，嗯？你会怎样？”

“我会怎样？”乔治说，“我怎样不行？”他又骂了一阵，势头不减。“那就像早上第一根烟，”他说，“到中午，到你想起它含在嘴里是什么味道，想起你等着火柴烧到尾巴的时候是什么感觉，想起你吸进去的第一口烟——”他一顿骂，骂得又长又不走心，像念经一样。

蒙克顿望着他，没听，就是望着，边望边清理着他的烟斗。“哎哟，乔治，”他说，“你这是要当诗人了。”

甲板上响起一顿呵斥——是个西印度码头的傻蛋，名字我忘了。“我这噼里啪啦的也叫口活？”乔治说，“你该去听听那个叫雷姆斯的哥们是怎么突突前甲板上那群该死的葡萄牙混血佬的。”

“蒙克顿说的不是语言，”水手长说，“骂人谁不会骂。”他看着乔治。“你不是第一个做这种梦的，乔治。那种事情，它只能是**当时**的事情，因为你是那么回事的时候，你是不知道的。”接着，他无意间说出了拜伦关于女人嘴巴的警句，只是换了个不宜白纸黑字印出来的说法。“可你护着他干什么呢？哪天他不是那么回事了，对你有什么好处？”

乔治破口大骂，一个一个地瞪向我们，脸上愤愤透着不解。

“到时候，可能卡尔会让乔治牵他的手吧。”蒙克顿说。他从口袋里摸出一根火柴。 “好了，你去拿点小包菜来——”

“到了那不勒斯，你可以让老大①把他隔离起来。”水手

① 指船长。

长说。

乔治又骂一通。

“好了，你去拿点小包菜来。”蒙克顿说。

3

那晚，不管是起是坐，我们都没那么利索。我们——蒙克顿，水手长，那两个女人，还有我——又去了四家馆子，都大同小异，跟撇下乔治和卡尔的地方差不了多少——一样的人，一样的音乐，一样的彩色淡饮。那两个女人跟着我们，陪而不同，都耐着性子，不响，也不拗，一字不说，却一刻不停、不厌其烦地提醒着我们到上床睡觉的点了。所以没过多久，我就自个儿走了，回了船上。乔治和卡尔还没回来。

第二天早上，他们还是没回，蒙克顿和水手长倒回了，厨师和管事在厨房里骂得此起彼伏；好像是厨师原打算一个人上岸一天。所以一整天，他们都不得不待在船上。到下午三点光景，船上来了个小个子男人，一身不干不净的套装，样子像个每天早上从查塔姆广场搭东区地铁到哥伦比亚[①]上学的走读生。他没戴帽子，闪着个油光光的大背头。他有一阵没刮脸了，讲起英语来咄咄逼人，听不出半点诚恳和友好。但他找对了船，捎来一张乔治的字条，字写在脏兮兮的报纸片上，一读，我们就知道乔治去了哪儿。他进号子

① 指哥伦比亚大学。

里了。

管事骂了一天，一个劲骂，想到什么就骂什么。知道乔治的下落后，他还是没停。他和捎信的人一起下船，去了领事馆。六点出头，管事回来了，和乔治一起。乔治也不像醉过；他看上去一脸迷茫，也没脾气，头发乱七八糟，一下巴发青的胡茬。他径直走到卡尔的铺位，开始像旅客检查三流欧洲旅馆的床铺一样一个个扯开卡尔叠得整整齐齐的铺盖，好像卡尔就藏在其中。"你们的意思，"他说，"是他没回来？他压根儿没回？"

"我们没见过他。"我们跟乔治说，"管事也没见过。我们以为他和你一起进号子了。"

然后，他动手把铺盖弄回原位；意思是，他又想把铺盖一条一条拉回床上，但完全是手动心不动，像丢了魂，没了感情一样。"他们跑了，"他闷着调子，"他们背着我溜了。我没想到他也会这样。我没想到他会这么对我。是她。就是她让他这么干的。她知道他是怎么回事，我怎么就……"然后他哭了起来，默默地哭，闷调子哭，没半点感情。"他肯定坐在那儿，手一直在她大腿上放着。我没怀疑过什么。她就不停挪她的椅子，离他越来越近。但我相信他。我什么也没怀疑。我觉得他有心要干点什么，总会先问我一声，更何况……我相信他。"

当时，乔治抬杯喝酒，透过杯底看去，卡尔和那女人已经变形，扭曲到乔治开始产生幻觉，觉得他俩也在喝酒，喝得走心却不走肾。他把他俩留在桌边，自个儿去了后边的厕所；或者，用他自己的话说，他突然意识到自己在厕所。得赶紧回去，倒不是担心他不在的时候会泄露什么，而是怕错过什么，怕他去了厕所，他俩趁他不在，就有点什么，他却不在边上。于是他回到桌边，一直都没慌神，只是提着个心，但心情不错。他说那晚他挺享受的。

所以起初，他以为他还在享受，享受到连自己的桌子都找不到了。他找到一张他以为就是原来那张桌子的桌子，但那是张空桌，只见三叠碟子，谁也不在，于是他在店里晃了一圈，心情仍旧不错，依然觉得享受；到他闯到舞池中心，从人群里冒出个脑袋，开始大叫“普罗透斯，啊嗨！”[①] 的时候，他还在享受，叫个没完，直到一个说英语的服务员过来把他拉走，领他回到那张摆着三叠碟子、三只杯子的空桌。然后，他认出了自己的酒杯。

但他还在享受，虽然兴奋劲儿退了几分，他以为自己被恶作剧了，一开始他还能应付，到后来，他好像确实挑了些事儿，惹了些乱子，感觉越来越不享受，店里的服务员和客人越聚越多，把他围了起来。

最后，真的意识到他们已经走了，并且接受了这个事实的时候，他想必难受坏了：愤怒，绝望，时间在一点点流逝，必须找到卡尔，在夜里，在这陌生的城市，越快越好。他想出去，酒钱还没付就拨开人群往外面钻。倒不是他想逃账，他只是顾不上付。要是能在接下来的十分钟里找到卡

① 普罗透斯（Porteus），古希腊神话中的早期海神之一，他有预知未来的能力，且善于变化外形。荷马称他为“海洋老人”，并在《奥德赛》中讲述了他与忒勒马科斯之间的故事。啊嗨（ahoy），特指船员有所发现时的高呼。

尔，他会回来付双倍的钱：这一点我敢肯定。

结果，他们抓住了他，抓住了这个野蛮的美国人，服务员和客人——男男女女——拉起了一个包围圈，他上掏下摸，从口袋里挖出一把钢镚儿，往瓷砖地上哗啦一撒。然后，他说那感觉，就跟一大群狗挤在你腿边似的：服务员、客人，男男女女，手脚着地，追着打滚的钢镚儿又扒又抓；他砰砰跺着大脚，边走边吓唬着满地的手。

接着，他就站到了一个蛮横的大圈子中央，嘴里还犯着喘，身边一左一右，立着两个腰上别剑，戴护棺手套，头顶“皮西厄斯骑士团”① 圆帽的“拿破仑”②。他不知道他干了什么，只知道自己被警察抓了。等他们到了地方官署，有人翻译了，他才知道自己成政治犯了，原因是他踩到了钢镚儿上的国王肖像，侮辱了国王的权威。他们把他关进一个四十尺见方的地牢，牢里还关着另外七个政治犯，其中一个就是那个来送信的人。

“他们收走我的皮带、领带，鞋带也从鞋子上抽走。”他闷着声说，“牢房里什么也没，只有定在地板中间的一只箍桶和沿墙一圈木凳。那桶我一看就知道是干吗用的，我到的时候他们已经用了一阵。木凳的意思是你站不住了就睡在上面。我弯腰凑近一看，那就像从飞机上看四十二号大街，一条一条的凳子，跟黄色的出租车一样。然后我过去用桶。但我不该坐上去的，那就不是让屁股坐的。”

---

① 皮西厄斯骑士团，一个兄弟会性质的组织和秘密社团，于 1864 年 2 月 19 日在华盛顿成立，受美国国会特许。

② 指警察。

然后他说起那个送信的人。真的，绝望，就像贫穷一样，除了自己谁也不顾。牢里八个犯人：意大利人不说英语，乔治几乎什么语也不说，意大利语是肯定不会。那会儿大概早上四点。不过，到天亮的时候，他已经从另外七个人里找到一个能帮他，或者说可能会帮他的人。

“他跟我说他中午就能出去，我说我一出去就给他十里拉，他弄来纸片和铅笔（光秃秃的地牢，进来的人都被剥得一干二净，只留单单一层冻不死人的料子：别说钱、刀子、鞋带，连别针和松了的扣子都没剩下；就这样，那七个人里居然有人还留着纸笔），我写了字条，他藏好，等他们放人，他出去以后，又过了大概四个钟头，他们来下面提我，管事在上面等着。”

“你怎么跟他聊的，乔治？”水手长说，“连管事都一路蒙着，到领事馆才知道情况。”

“我不知道，”乔治说，“就那么聊，不聊我怎么让人知道我在哪儿。”

我们想让他上床睡觉，但他不肯，连脸都不刮。他到餐厅里弄了点吃的，就上岸去了。我们看着他走下了舷梯。

“可怜的杂种。”蒙克顿说。

“何必呢？”水手长说，“他干吗带卡尔去那种地方？可以去看电影嘛。”

“我没说乔治。”蒙克顿说。

“喔，”水手长说，“好吧，男人嘛，这么一趟一趟往岸上跑，总要被糟蹋几回，在任何地方都一样，更别说欧洲了。”

“我可不想，”蒙克顿说，“老天保佑吧。”

第二天早上六点，乔治回了，人还相当清醒，相当冷静，但依旧一脸迷茫。过了一夜，他的胡子又长了半厘米多。“找不到他们，”他低着声说，“哪儿都找不到他们。”这下，他得客串服务员了，得替卡尔到桌边伺候长官吃饭，但早餐一完，他又没了影儿。管事在船上跑上跑下，到处找他，边找边骂，一直骂到中午。快到中午的时候，他回到船上，伺候中餐，完后又上岸找人。天黑前，他回了。

“找到没？”我说。他不说话。他用那种空洞的眼神盯了我一阵。然后，他走到他们的铺位，拽下其中一只仿皮包，把卡尔的东西一股脑地丢进包里，把盖子往半截还挂在外面的袖子、袜子上一压，猛一使劲，把包甩到井甲板上。包在甲板上一颠，裂开大口，呕出白色的夹克，哑巴似的袜子和内衣内裤。然后，他上床睡了，衣服也没脱，一睡就是十四个钟头。厨师来过，想叫他起来忙活早餐，但怎么都没用，像在叫个死人。

他一觉睡醒，气色好了些。他问我借了根烟，去刮了脸，回来又借了根烟。“死了也活该，”他说，“随他去吧，这杂种。我他妈才不在乎。”

那天下午，他把卡尔的东西又放回他的铺位，动作既不小心，也不粗心：他把东西都拢在一起，倒到床上，走开前又停了一会儿，看看有没有东西会掉到外面。

4

那是天快亮的时候。我半夜回船，宿舍没人。天快亮的时候，我醒了，其他人的床上还是空的。我半睡半醒地躺在那儿，过道上有动静，是卡尔。他脚步很轻，几乎听不见声音，直到他出现在门口。进来前，他在那儿站了一阵，背着过道的光，看上去不过是青春期男孩的个头。他一进来，我赶紧合眼。我留神听着，他仍踮着脚走，走到我的铺位，站那儿看了我一阵。然后我听见他走开了。我稍稍睁眼，睁到刚好能看见他的程度。

他麻利地脱下行头，扯衣服时还扯掉一颗纽扣，扣子撞上舱壁，有啪嗒一声轻响。他脱了个精光，又使出一股可怕的劲儿，急着把乔治扔在他床上的衣服翻开，从里面挖出一条毛巾；光线微弱，他看起来比任何时候都弱小。然后，他悄悄走到外面，光脚踩得过道吱吱地响。

隔着舱壁，我听得见淋浴声，水放了很久。那一大早的，水该凉了。但水放了很久才停，水声一没，我又把眼睛一闭，直到他走进舱里。然后，我看着他从地上捡起之前脱下的内衣，很快往舷窗里一塞，样子有点儿醉鬼一醒就把空瓶一收的意思。他穿好内衫，套上一件干净的白夹克，往小镜子前一凑，梳了梳头，盯着自己的脸看了好久。

完后，他就干活去了。他在桥楼甲板上干了整整一天的活；我们倒想不出来，他在那儿能找到什么活干。但天黑前，他都没回过船员宿舍。整整一天，我们就看着那身白色的夹克，不是在开着的门里左飞右闪，就是跪在那儿，对着甲板天窗的金属框一顿猛擦。他好像边干边生着股气。有时，职责所在，他不得不到上甲板来，但他总到左舷干活，我们躺在靠码头的右舷，都看在眼里。乔治或在厨房附近，或在后甲板上，活不上心，只顾晃荡，没往桥楼看过一眼。

“所以他要待在上面，擦一整天的框子，”水手长说，“他知道乔治不能上那儿。”

“我看乔治也没想上去。”我说。

“这就对了，”蒙克顿说，“赌一美元，乔治会上罗经座问船长要根烟抽。”

“但又不是因为好奇？”水手长说。

“你以为有这么简单？”蒙克顿说，“就因为好奇？”

“当然，”水手长说，“还能是什么？”

“蒙克顿说的是，”我说，“婚姻里最难的就是这时候了：老婆一夜没回，第二天你怎么办呢？”

“这话说得，这可再容易不过了，”水手长说，“这下乔治可以甩掉他了。”

“你真这么以为？”蒙克顿说。

我们在右舷躺了五天。卡尔仍旧在桥楼甲板上擦天窗框子。管事会喊他到上甲板去，见人到了就走；过一会儿，他又会回来，看卡尔还在左舷赖着，就赶他往右，到码头上那些球衣脏得发亮的意大利男孩和卖色情明信片的小贩头顶去干活。但他待不了多久，就又往下跑，我们都看着，他会坐在那儿，一身白衣罩着幽幽浊气，安安静静，没事儿就补补袜子，等着晚饭的点。

乔治还一个字都没跟他说过，好像卡尔根本没回过船上，好像身边就空着那么一块，刚好缺了卡尔的身体，没了那种自在舒畅的氛围。这下轮到乔治夜不着船，日里大部分时间也不见人了，到凌晨三四点钟，他才会回来，每次都带着点儿醉，一回就动手摇人，除了卡尔谁也不落，让所有人都听他嘴里不干不净，扯着嗓门把他一天一换、上手就玩的女人盘点一遍，再爬进铺子。依我们看，一直到我们往直布罗陀去了，他们都没看过对方一眼。

接着，卡尔干活时生着的气泄了几分。但他还是整天整天地干，干完就洗澡，洗完，就湿着一头顺滑的金发，套件显瘦的纯棉背心，在船腰，或在船头，一个人靠着栏杆，身披幽长的暮光，任我们远远看着，只是从来不靠近船尾，我们在那儿抽烟、聊天，乔治也在，留声机又放起那张没得换的唱片，伴着乔治中邪似的，魂不附体地跳个没完，哪怕没人要求，也像头冷血动物一样一次次地返场。

然后，一天晚上，我们看到他俩待在一块儿。两人并排靠着船尾的栏杆。从回船那天早上算起，那是卡尔第一次朝船屁股对着的方向，朝那不勒斯看去，就在这样一个傍晚：赫拉克勒斯之门①没入蜡黄的暮色，海河②汇入暗沉的汪洋，桅顶的横杆衬着高峭的夜和低挂的新月，又缓慢有度地摇摆起来。

“他没事咯，”蒙克顿说，“狗又回头吃屎来喽。”

---

① 指直布罗陀海峡两侧的峭岩，又称“赫拉克勒斯之柱”。

② 原文为“River Ocean”，指直布罗陀海峡间的狭长海域。

“我就说他一直都没事，”水手长说，“乔治才不在乎。”

“我没说乔治，”蒙克顿说，“乔治还没搞定。”

5

乔治告诉我们：“他就一直在那儿洗洗涮涮，要不就是发呆，知道吧，我就一直想跟他说话，告诉他我不生气了。嗐，该来的总会来的；人不可能做你一辈子的天使。可他连往后看一眼也不肯。直到有一天晚上，他突然说：

‘拿她们怎么办呢？’我看着他。‘做男人的，该怎么办？’

‘你意思是说，’我说，‘你跟她待了三天，该怎么办她没教你？’

‘我是说，给她们，’他说，‘男的难道不该给她们——’

‘我的老天，’我说，‘你给她的东西，换在暹罗，她们还得付你钱呢。你说不定就当王子了，或者至少也是个宰相。你还想给她什么？’

‘我不是说钱，’他说，‘我是说……’

‘好吧，’我说，‘如果你还要见她，如果她想做你的姑娘，你就得给她点什么。带回来给她。穿的、用的或者别的什么：是什么她们也不怎么在乎，这些外国女人，一辈子都是给意大利人买的，喘口气的机会都没，像玩具气球一样；你给什么她们都不会往心里去的。不过，你没准备再跟她见面了，对吧？’

‘不，’他说。‘不，’他说。‘不。’他看上去像要跳进海里，一路游到哈特勒斯等我们一样。

‘所以你不用操这心了。’我说。然后我跑去把留声机打开，心想听到那唱片，他会高兴起来，毕竟，看在上帝的分上，他不是第一个呀；又不是只有他会这样。关键是第二天晚上；我俩在船尾栏杆那儿——那是他头一回往后边看，我俩望着计程绳上闪着的磷光，他说：

‘我可能给她惹麻烦了。’

‘你干什么了？’我说，‘什么麻烦？惹上警察了？你不是没让她给你看她的小娇娘吗？’就好像她还要收门票呢，就凭那满脸金光；妈呀，好像光凭她那张脸她就能乘火车了；没准她钱都没存长筒袜里，倒把脸当银行用了。

‘什么门票？’他说。我就给他解释。有一会儿，我以为他哭了，再一看，他就是想吐，在那儿憋着。然后我知道是什么麻烦了，我知道他在愁什么了。我记得我头一次闻到的时候，也吓了一跳。‘噢，’我说，‘是那味儿吧。那没什么，’我说，‘你不用担心什么。不是那东西有多难闻，’我说，‘意大利这国家的空气就是这味儿。’”

然后，我们都觉得他终究是病了一场。白天，他一直干活，晚上，等我们其他人睡下，都打上鼾了，他才肯上床，夜里他会起来，又往上甲板跑，我见过，还跟着去了，看他坐在一只起锚机上，样子像小男孩一样，小小的个头，裹着内衣，一动不动。不过，每天除了干活还是干活，呼吸的都是浸盐的空气，哪怕是上了年纪的人，也不会病得太久，何况他还年轻。所以，两周过去，我们又成了观众：晚饭后，他和乔治又穿着汗衫，在后井甲板上跳起舞了；蜡黄的月光下，留声机昂起它愚蠢的、千篇一律的自我，船打着沉鼾，嗞嗞穿过长长的海，离哈特勒斯越来越远。他们什么也不聊，只顾着跳舞，跳得沉重，跳得不知疲倦，只见那夜夜照面的月亮越升越高。接着，我们转向南方，湾流[1]像蓝色的墨水，淌在船边，在向暖的纬度迎夜吐着闪光的泡沫，然后，在离开托尔图加斯后的一晚，船就像个笨手笨脚又侍主心切的朝臣，踏上了月亮的银裾，将近二十天后，卡尔终于开口了。

“乔治，”他说，“帮我个忙，好吗？”

“当然，兄弟。”乔治说。唱针每卡一下，他就往甲板上重跺一脚，他黑压压的头肩在上，卡尔光脖子白脸在下，两人礼貌地抱着，两双帆布鞋和鸣似的嗞嗞响着。“当然，”乔治说，“说就是了。”

“我们到加尔维斯顿的时候，我想你给我买一套女士穿的那种粉红泰迪熊丝绸套装。比我穿的再大一点，你明白吗？”

---

① 指墨西哥湾流。

卡尔卡松[1]

而我骑着一匹灰黄色的小马，它的眼睛像蓝色的电，鬃毛像纷乱的火，它飞奔上山，奔向世界之巅，冲进高高的天堂

他的骨架静静躺着。它也许正琢磨着这般情景。不管怎样，过了一会儿，它呻吟起来。但什么也没说。这真的不像是你他想你不像你自己。但要我说稍微安静一下也不是坏事

他躺在一道铺开的柏油纸房顶下。整个他都在，除了不用忍受虫子和高温，正骑着那匹不知终点的小马，不知疲倦地奔上一座堆着积云的银山，没有蹄声回响，不见蹄印留下，向那永远到不了的蓝色悬崖奔去的那一部分。这一部分他既非肉体，也非魂灵；他盖着柏油纸铺盖，不无愉悦地感受着它难以为继的冥想给他带来的刺痛。

于是，睡眠的机制，藏进山洞过夜的机制，也简化了。每天早上，整张床都重新卷成一筒，笔直立在角落。它就像从前那种老太太常戴的老花镜一样，系着根挂绳，绳子往线

① 位于法国南部，中世纪时重要的要塞城市，众多骑士故事发源于此。

轴上一卷，就能收进一只干净精致、没有标记的小金盒里；一根线轴，一只盒子，深深依偎在睡眠之母的胸口。

他静静躺着，咀嚼着这一切。在他身下，林孔不曾偏离它宿命的、隐秘的、夜夜不停的追寻，街道被浓郁、凝滞的黑暗笼罩，亮灯的门窗像用吃饱颜料的宽刷厚厚抹出来的。码头传来不知因何而起的汽笛。起初，有一会儿，它还是声音，接着，它裹住寂静，裹住静谧之气，让一团空无撞上鼓膜，什么也没有，连寂静都不是。然后，它退去，消散；寂静又一阵呼吸，棕榈叶沙沙擦碰，像有沙子淌过铁皮。

他的骨架仍一动不动地躺着。它也许正琢磨着这般情景，他则把他的柏油纸床想象成一副眼镜，透过眼镜，他夜夜研读着梦的构造：

一双镜片拉开一片透明，马儿占据了画面，它仍在飞奔，纷乱的鬃焰起伏翻腾。它踩着节拍，一步落定，又往前一步，前后双腿接连顶向紧绷的圆肚，每两次前踏，都夹着蹄铁光闪一瞬的柔软与灵活。他看得见连着马鞍的肚带和马镫上骑手的鞋底。带子正好在马肩隆后把马一分为二，但它仍踩着节拍，燃着怒火，不知疲倦地原地狂奔。他想起那匹无人在背，朝撒拉森埃米尔①奔去的诺曼战马，那首领双目鹰视如斯，巧腕有力如斯，利剑一挥，一下便斩断那飞奔的野兽，可断成两截的兽躯隆隆不息，披起当年愠色沉沉、且战且退的布永和坦克雷德②也曾在那儿披起的圣灰一往无

① 撒拉森人，中世纪欧洲人对穆斯林的称呼。“埃米尔”特指撒拉森人的“首领”“酋长”。

② 布永和坦克雷德，均是中世纪有名的骑士。

前，依然裹着熊熊怒火和冲锋陷阵的骄傲，隆隆穿越敢与我们那位谦和的天主为敌的刀山，不觉身断命殒。

阁楼的天花板垮了一般，歪头斜向低处的屋檐。一片黑暗，身体意识担起视觉的职权，在他的心眼里形塑出了他的身体，那一动不动的身体经受着打他出生那天就已设定其中、不可逆改的腐烂，这时已泛起一层磷光。*肉体死了又凭节俭自食自活其命于其精神新生永生不死因为我即***复活**[1]*我即***生命** 男人死后，蛆该健壮、精瘦，满身是毛。女人死后，如丝竹婉转入耳却转瞬即逝的纤纤丽娘们死后，它该通体圆柔，生来便吃，吃出漂亮，吃出俊俏。*虽然在本即***复活***与***生命***的我看来它不过是沸腾的鲜奶*

一片黑暗。低曝光裕度减轻了木头的痛楚；空荡荡的房间都罢了吱呀，不迸裂口。不过，过一段时间，一旦出于本能反应的古老冲动耗竭，也许木头也和其他任何骸骨一样。骨头或许会躺进海底的巨穴，被渐息的海浪回波搅动，互相碰在一起。就像那些马的骨头，碰在一起，咒骂那些骑过它们的劣等骑手，彼此吹嘘如果上来的是个一等一的骑士它们会怎样。但总有人要钉死那些一等一的骑手。所以，还是做堆骨头，随落潮时疲竭的浪涌而动，在海底的岩穴溶洞里敲敲碰碰。

布永和坦克雷德也在那里

他的骨架又呻吟起来。在那双镜片拉开的玻璃地上，马儿仍在原地飞奔，不知疲倦，终点是畜棚，里面拴着睡眠。

---

① 原文为“Resurrection”，指耶稣复活。

一片黑暗。在楼下开酒馆的路易斯允许他睡在阁楼。但阁楼和柏油纸都归标准石油公司所有，黑暗也一样；他用来睡觉的，是属于标准石油公司的老板娘——威德灵顿太太的黑暗。如果你哪儿的活都不干，她会把你也变成一个诗人。她相信，如果呼吸的理由她不能接受，它就不成理由。在她那儿，如果你是个白人，又不干活，那你不是个流浪汉就是个诗人。也许你就是这样。女人真有智慧。她们已学会了如何不受现实困扰，无动于衷地活着。一片黑暗。

让我的骨头不停不停地碰在一起 一片黑暗，一片被妖精小脚的轻踏填满的黑暗。偷摸又坚决。有时，在夜里，冰冷的脚步落到脸上，会把他弄醒，等他一动，它们便碎着步子，匆忙跑开，无影无踪，就像枯叶突然被风吹散，一阵窸窣急急响起，留下一股鬼祟与贪婪的恶臭，稀薄，却清晰。偶尔，日光沿歪垮的屋檐昏昏斜照，他就这么躺着，看它们移形换影，晦暗不明，从这儿到那儿，猫一般硕大的幽影循着滞浊的寂静，用妖精小脚踩出阵阵细语。

老鼠也归威德灵顿太太所有。但富有的人总得拥有那么多东西。只是她并不指望老鼠靠作诗来支付黑暗和寂静的费用。倒不是它们作不出诗，真要作诗，它们没准还作得不赖。拜伦身上就有种鼠性：隐秘贪婪的训谕；血色的挂毯后面，有妖精小脚踏过，毯上是山 在山里我是**万王之王**但那个女人和那个睁着狗眼的女人让我的骨头不停不停地碰在一起

“我想露一手。”他说，他的嘴唇在黑暗中无声地翕动，那飞奔的马儿踏着无声的惊雷，又填满他的脑海。他看得见

马鞍的肚带和骑手踩着马镫的鞋底，他想起那匹诺曼战马，那匹经代代繁育而生，只为披上铁甲，在平缓、潮湿、碧绿的英格兰山谷里奔跑的良种，被炎热、干渴和遥遥无望、闪烁着虚无之光的地平线激怒，依然乘着生前积累的势头，沉浸于狂奔的节奏，浑不自觉地断着两截兽躯隆隆向前。它罩着头甲，完全看不见前方，甲片中央凸起了一根——凸起了一根——

“盔刺。”他的骨架说。

“盔刺。”他默想一阵，眼前那头不知道自己死了的野兽隆隆向前，羔羊的敌人的队列在圣灰里张开口子，让它通过。“盔刺。”他重复道。像这样过上了离群索居的生活，他的骨架几乎无法对世界有任何了解。但它还是会用某种惊人又恼人的方法点点滴滴地给他提供已暂时逃离他脑海的琐碎信息。“你知道的都是我告诉你的。”他说。

“也不尽然，”骨架说，“我知道生命的终点就是静静躺着。这你还不知道呢。至少从没听你提过。”

“喔，这我知道，”他说，“这一点我再三叮嘱过自己。这不是关键。关键是我不信这是真的。”

骨架呻吟起来。

“我说，我不相信。”他重复道。

“好吧，好吧，”骨架不耐烦了，“我不该跟你争的。我从来不跟你争。我只会劝你。”

“我看也是，是得有人劝我，”他勉强附和，“至少看上去是这样。”他静静躺在柏油纸下，躺在满是妖精小步的寂静里。他的身体又一下斜，斜进乳白色的过道，在肋骨般拱成穹棱，愈高愈薄，逐渐融进暗里的日光下穿过，最终歇进了没有风息的海洋花园。四周是不住晃动的岩穴溶洞，他的身体在泛着涟漪的海床上躺着，平静地随着摇摆不定的海浪回波起起落落。

我想露一手大胆的、悲剧的、严酷的 他重复道，在踏满小步的寂静里捏出无声的言语 我骑着一匹灰黄色的小马，它的眼睛像蓝色的电，鬃毛像纷乱的火，它飞奔上山，奔向世界之巅，冲进高高的天堂 马仍在飞奔，冲到外面；它仍在飞奔，隆隆登上长长的天堂蓝丘，打着金卷的鬃毛翻滚似火。战马和骑手隆隆向前，隆隆声越来越弱、越来越小：一颗渐渐暗哑的星高临夜空，无垠的黑暗与寂静里，**大地**，他的母亲，显出悲怆的形体，坚定、模糊，暗着深深的胸壑和庄严的侧影，正默然沉思。

标记

——译后小记

万物在场，空无标记——

在书架上扫到策兰的诗集，拨下来，像拜访一个很久没见的老友一样翻到这行。先见了面，盯着，相认，再酝酿怎么寒暄。我低头愣着。朋友用肘子捅了捅我，抬眼，见他指立额前。顺着他指的方向把头一仰，耳朵才醒了似的听见商场的广播："……病例。本商场暂时封闭……"朋友降下手指，提了提口罩。我带上老友家的房门，来不及道别。

"上了战场就是再见。"朋友说。我们坐在书店的咖啡吧里，没几个人，朋友眉头一锁，专心刷起俄乌战争的新闻，话也好像不只是对我说的。我两腿盘着电脑，修订《十三篇》的二稿。"——跟自己说再见。"他说。我点开一篇，想确认钱包还在似的找到那句：

——因为他们都已死去，所有老飞行员，都死在了一九一八年十一月十一。

（《所有死去的飞行员》）

发现钱包还在，又想确认钥匙也在似的点开一篇，找到了钥匙：

在旧世界里，我们知道自己还活着；在新世界里，照印度连长说的，我们都已死去。

（《飞向群星》）

安心，提杯啜了口咖啡。“……本商场暂时封闭……”咖啡忽然在喉头变烫：

随即，那颗滚烫的铁球又滚进我的胃里，爽快，真实，又难以忍受；又是那一瞬间，你又开始念叨：现在。现在……

（《飞向群星》）

“就是这样。”他补了一句。我想起唐·希格尔的《财色惊魂》里杀手对女主说的：“只有已经死了的人才不怕死。”是的：

就是这些。就是这样。勇气也好，莽撞也好，随你怎么叫它，不过一闪光亮，一瞬升华——啪！又回到那一片黑暗。就因为这样——它味道太重，成不了日常食粮。真成了日常食粮，它就闪不了光，耀不了眼。
（《所有死去的飞行员》）

咔啦一声，手机锁屏，他望向窗外，我跟着望向窗外，暮色灰得发青。对面大楼的墙上，电影明星看向我们，然后

……眼睛没动，目光却离开了……
（《飞向群星》）

我们。不远处一个工地砰砰敲出急声，像在和夜晚赛跑，又像远在另一个大洲的炮响。我看回电脑，继续修订《夕阳》。“……本商场暂时封闭……”脑袋像被撕了个口子，太宰治的《夕阳》往里一钻：没落贵族的夕阳。反应过来，再一定睛，看到那句：

“我就是个黑鬼罢了，”南希说，“那不是我的错。”
（《夕阳》）

这莫非是没落黑奴的夕阳？那么，是谁的错呢？又朝窗外望去，天暗了些许，电影明星亮了些许，她的微笑像安慰着这座城市的夕阳。霎时，慢慢渗出的夜渍着几片雨云，好像在说：“我就是个黑夜罢了，那不是我的错。”接着是商场：“……本商场暂时封闭……我就是个商场罢了，那不是我的错。”想着想着，自己忍不住笑了。那么，是谁的错呢？朋友像在等窗户回答。我想：

……我必须等待，直到我经过，穿过，越过这最后的暮色。

（《公道》）

几个钟头前，午饭，他喝完杯里的啤酒，擦了擦嘴，空了几秒的神，说起他很久没见的女友。他说他上次见她，隔了大概十米，他在楼下，她在楼上的窗里：天快黑了，风吹得很凶，不像要吹掉那隔着的十米，而是要吹掉他俩的视线。每隔几秒，他俩都得拧拧眼睛，把歪了、松了的注意力拉直、拉紧。“你前几年出《献给艾米丽的一朵玫瑰》那本书前，让我帮你看过提过意见不是？”他说，“当时她站在窗里的样子，那感觉，就和艾米丽一样。印象太深了……”

就这样，她历经一个又一个时代——高贵、宁静、倔强，无可逃避、无从接近。

（《给艾米丽的一朵玫瑰》）

“走的时候，我连手都没挥，因为怕，不是怕见不到她了，也不是怕她这时候往我手机上发条信息说‘爱你’‘注意安全’之类的话我就会承受不了我知道她有多难过这个事实，怕什么我也不知道，就是怕。好像唯一能让我不怕的东西就是口罩。雨落下来，密密麻麻地叮在手上，感觉像手压久了，麻了，手上有几百万个麻点……我一直走，头也没回，那条路上的拐角好像都消失了一样……”他撇过头去，

右手捂着左太阳穴，好像从女友家楼下走开以后，到这时候，他才

……头一回往后边看……

（《那不勒斯离婚》）

“我们很久没一起去旅游了。”他说，“她说她每天往窗外头看，看到的都是一样的东西。”他撇着头。不知那天他女友打心底里希不希望他回头。或许是因为我还

……年轻……而年龄就是你出生或长大的地方的一部分，怎么也分不开的。所以离了家，隔着些距离——隔着些空间或者时间或者经历，你总会比自己老上一些，同时，也永远年轻一些……

（《密史脱拉》）

所以我还相信他很快能真的回过头去，或许

……就在这样一个傍晚：赫拉克勒斯之门没入蜡黄的暮色，海河汇入暗沉的汪洋，桅顶的横杆衬着高峭的夜和低挂的新月，又缓慢有度地摇摆起来。

（《那不勒斯离婚》）

我把啤酒倒进他的空杯，用瓶口叮叮碰碰杯口，说：

“喝点儿。”

（《密史脱拉》）

他狠抽一下鼻子，转过头来，手狠捏一下酒杯，拿了起来，说：

“干。”

（《密史脱拉》）

我也说：

“干。”

（《密史脱拉》）

我喝干杯里的酒。他仰头喝了很久，喝到最后，酒好像

……不曾被咽下……沿下巴奔泻，化作无数磓流……

（《红叶》）

“……本商场暂时封闭……”咖啡吧里人越来越多。门口有嘈杂声响起，越来越大。窗外，

风已荡清了天，最后的天光——最后的暮色渐渐散去，露出一片透净。

（《密史脱拉》）

我看向他，他正盯着我看。他冲嘈杂声戳戳下巴，拎了拎眉毛。我点了保存，合上电脑。我们走到门口，像两个趁夜到艾米丽小姐家撒石灰的家伙。我们从攒在门里的七八个脑袋上冒出脑袋。看见一个大白，一个小黑。小黑手里拿着手机，屏幕上亮着一块绿色的标记。“我是四十八小时内，你看看。”小黑说。“您跟我说没用。”大白说。“你和领导说说，帮帮忙。”小黑说。“您跟我说没用。”大白说。“我家里有急事，就是来买个急用的东西。”小黑说。“您跟我说没用。”大白说。“求求你。”小黑说。他拉住大白的胳膊。“您跟我说没用。真的，不好意思。”大白说。他

生硬地柔着手劲，
（《裂缝》）

请开小黑的手。“你别走！”小黑说。他拽住大白的胳膊。“您跟我说没用。请你放手。”大白说。“……本商场暂时封闭……”商场说。“你放手！”大白说。“我不放！”小黑说。他把大白扯向自动扶梯。“对不起，您跟我说没用。”大白说。“有用！”小黑说。他几乎扑到大白的肩上。“……本商场暂时封闭……”商场说。攒在门里门外的十七八个脑袋都没说话。“走！”小黑说。然后，他嗵地掉在地上。自动扶梯口，大白侧着身子，直着左边胳膊，用右手上下抚着，护目镜慢慢转向小黑，慢得好像他不敢相信

连理发师也动手揍他。

（《干旱的九月》）

小黑坐在地上。他先向大白道歉。“对不起。”他说。他顺着自动扶梯看向商场一楼。扶梯底下也攒着几个脑袋。然后，他驼着背，盘起腿，坐那儿笑了起来，可再一细听，又像是哭，可再一细听，又像是唱起来了。大白说了一句。听不清他说了什么。大概一分钟时间，他一动不动地望着小黑，眼前自不是

……一个乞丐的无奈，乐观的无奈，而是一份苦涩，一阵回响，一阵苦笑的回响，一个驼子无人听闻的苦笑。

（《胜利》）

叮的一声。我俩的手机同时响起。之前朋友就发了朋友圈。我俩同在的小聊天群里，有朋友艾特，发来了关心：“你俩没事儿？”我回复：

我们很好……

（《胜利》）

朋友跟着回复：没事，

……很好。

（《胜利》）

在群里互相嘲讽了一阵，熄了屏幕，再一抬头，自动扶梯口已没了人影。不知过了多久，在商场大门排队，准备出去的时候，我俩还不住回头，顺着变成台阶的自动扶梯往上看去，看那没了人影的一小块地方，每次回头，那地方都变大一点，到快要出去，角度只够看最后一眼的时候，它突然变得无边无际，

却一无所见，只有偶尔闪入眼帘的残径和人一般高的残桩划裂一块块犁着螺纹、乱无章法的土地，把视线拉向螺心，拉向那一个个用低矮的红漆标牌标出的土墩——神秘、荒凉，怀着一地毁灭。

（《胜利》）

最后一眼看完，眼里只映着安全出口标识给那一小块地方蒙上的一层青绿。低头，手里亮着绿码。一样的绿——

万物在场，空有标记。

队伍静得出奇，门开，门关，风一钻一钻，却是阵阵漏气似的声音。人们都不出声，只是在动，

颤动，蠕动，来回扭动——就那意思。

（《密史脱拉》）

一个一身白裙的女生一笔一画、认认真真填完表格，再一步一定、静静稳稳地走向玻璃大门，伸手一推，那裙子哗地飘了起来。我看着她。后面的目光也蹭着我的头发、耳朵打向了她。那裙子

……飘得轻快，带她——又或被她带着——去向某个地方：总之，它也在去向某个地方，随她也因她而动，又因为随她而动，并跟她一起走向那一瞬间的失去而不断失去那个被失去的她。

（《密史脱拉》）

朋友用笔捅了捅我。我脖子一挺，哦了一声，拿住。“外面等你。”他说。他头也不回地走去，一样，每一瞬都在走向失去。我在表格里填上姓名、身份证号、住址和手机号码。十一位手机号码，写到第七第八个数字时，还像模像样，

但写到最后，不知怎的，字就舞了起来……

（《头发》）

风像堵墙。夜在凝固。树影屏住呼吸。像墨绿的果冻。车拉起扁平的光河。光在跃动，但只是风的波涛。我拉起兜帽，嘴里的烟碎成火带。我摘下眼镜，脚下没停，从腰带里

抽出内衣，擦起镜片。眼前，光散了。城市糊在被风压住、逃不出去的雨腥味里。地铁站湿淋淋扯开大口，LED 站牌红在唇上，像不绝于耳的叮咛，

> 让我的骨头不停不停地碰在一起……
> （《卡尔卡松》）

我戴上眼镜，光不可追悔地散着，散着，我加快脚步，我不想失去，“……本商场暂时封闭……”，现在，就现在，

> 我想露一手大胆的、悲剧的、严酷的……
> （《卡尔卡松》）

——现在，就现在！——可朋友拍拍我的肩膀，向我道别。现在——就一下成了过去。他头也不回地走去。眼前清晰起来。我在回家的地铁口站着，肩上似还被人拍着。他头也不回地走去，衬着右上方那永远离他十米的一窗浓黄，融入——并成为耀眼的黑。拍着。像要在我身上留下标记。他拍着。——是福克纳。他拍着我的肩膀，话里只有慈悲：

“好了，孩子。只是个故事罢了。”

叶紫

2022 年 10 月 28 日

于杭州